DER BEHÜTER

THRILLER

CATHERINE SHEPHERD

1. Auflage 2020

Korrektorat: Mirjam Samira Volgmann / SW Korrekturen e.U.

Lektorat: Gisa Marehn

Covergestaltung: Alex Saskalidis
Covermotiv: © Tea Jagodic / Alamy Stock Foto

Druck: Amazon Distribution GmbH, Amazonstraße 1, 04347 Leipzig

www.catherine-shepherd.com
kontakt@catherine-shepherd.com

ISBN 978-3-944676-26-5

TITEL VON CATHERINE SHEPHERD

Zons-Thriller:

1. Der Puzzlemörder von Zons (Kafel Verlag April 2012)
2. Erntezeit (Früher: Der Sichelmörder von Zons; Kafel Verlag März 2013)
3. Kalter Zwilling (Kafel Verlag Dezember 2013)
4. Auf den Flügeln der Angst (Kafel Verlag August 2014)
5. Tiefschwarze Melodie (Kafel Verlag Mai 2015)
6. Seelenblind (Kafel Verlag April 2016)
7. Tränentod (Kafel Verlag April 2017)
8. Knochenschrei (Kafel Verlag April 2018)
9. Sündenkammer (Kafel Verlag April 2019)
10. Todgeweiht (Kafel Verlag April 2020)

Laura Kern-Thriller:

1. Krähenmutter (Piper Verlag Oktober 2016)
2. Engelsschlaf (Kafel Verlag Juli 2017)
3. Der Flüstermann (Kafel Verlag Juli 2018)
4. Der Blütenjäger (Kafel Verlag Juli 2019)

Julia Schwarz-Thriller:

1. Mooresschwärze (Kafel Verlag Oktober 2016)
2. Nachtspiel (Kafel Verlag November 2017)
3. Winterkalt (Kafel Verlag November 2018)
4. Dunkle Botschaft (Kafel Verlag November 2019)

Übersetzungen:

1. Fatal Puzzle - Zons Crime (Titel der deutschen Originalausgabe: Der Puzzlemörder von Zons, AmazonCrossing Januar 2015)
2. The Reaper of Zons - Zons Crime (Titel der deutschen Originalausgabe: Erntezeit, AmazonCrossing Februar 2016)

Hüte die Stille und die Stille wird Dich ***behüten.***

französisches Sprichwort

1

Durch meine Adern rinnt der Tod. Er ist kühl und er breitet sich unaufhaltsam aus. Er kriecht wie ein lebendiges Wesen durch die Blutbahnen und erforscht mein Innerstes. Ich spüre, wie er in meinen Fingerspitzen ankommt und wieder umkehrt. Er sucht sich einen neuen Weg. Er ist neugierig und will jede Faser von mir erkunden. Ich gebe mich ihm hin, denn ich bin längst zu müde, um mich zu wehren. Es hat keinen Sinn, das Unvermeidbare hinauszuschieben. Der Tod hat durchaus seine angenehmen Seiten. Da wäre zum Beispiel der Schmerz, den er holt und im Nirgendwo auflöst. Die Kälte erreicht meine Halsschlagader. Mein Herz pumpt sie in meinen Kopf, den Ort, an dem das Bewusstsein sitzt. Ich warte darauf, dass der Tod mich auslöscht. So wie den Schmerz, von dem er mich bereits befreit hat. Ich lausche hinein in die fremde düstere Welt, in die ich tiefer und tiefer versinke. Doch auch nach endlosen Minuten bin ich immer noch da. Die Kälte wandert weiter zu meinen Augen. Wie von selbst springen sie auf, schließen sich jedoch sofort wieder, denn ein gleißendes Licht blendet mich. Ist es das Licht, von dem die Sterbenden sprechen? Ein heller Schein am Ende eines langen, finsteren Tunnels? Ich blinzle neugierig und erkenne den blauen Himmel durch die Wimpern.

Ruckartig richte ich mich auf.

Wo bin ich?

Ich sehe Baumwipfel direkt vor meiner Nase. Sie bewegen sich im Wind. Ganz sacht wiegen sie sich hin und her. Die Sonne scheint. Der Himmel ist beinahe wolkenlos. Nur ein paar weiße Kleckse schweben vorüber. An meinen Handgelenken erblicke ich zwei dicke Verbände. Ich spüre keine Schmerzen und überlege, ob ich vielleicht schon tot bin. Doch dann höre ich ein Geräusch, das nicht so recht zum Himmel passen will. Es ist nur ein leises Knarren. So, als ginge jemand über alte Dielen. Ich drehe mich langsam um und staune. Ich sitze in einem Zimmer aus Glas. Hoch oben der Himmel und rundherum der Wald. Nur hinter mir ist eine Wand. Sie ist aus Beton, genauso wie der Boden, auf dem ich hocke. Er ist kalt. So kalt, dass mich eine Gänsehaut überläuft. Plötzlich bemerke ich, dass ich nur ein Hemd trage. Es ist eigentlich mehr ein Sack, knielang, mit einem langen Schlitz am Rücken, der mit zwei Schnüren zugebunden wird. Es ist das Hemd, das ich im Krankenhaus getragen habe. Mit einem Mal kehrt die Erinnerung zurück. Ich blicke mich abermals um und frage mich, ob ich denn endlich tot bin. Aber da draußen zwitschern die Vögel. Eine Elster fliegt über mir. Sie schaut zu mir herab. Ich bin also kein Geist und erst recht kein Engel. Ich kneife mir in den Unterarm. Es tut weh. Verdammt! Ich lebe noch. Wie kann das sein und wo, zum Teufel, bin ich?

Verzweifelt blicke ich mich um. Die Wand hat keine

Tür. Die Glasfront ringsum ebenfalls nicht. Auch oben gibt es keinen Ausweg. Das Knarren fällt mir wieder ein. Ich betrachte den Boden genauer und entdecke einen Teppichvorleger. Er ist so grau wie der Beton. Hastig ziehe ich ihn weg. Mein Herz schlägt auf der Stelle schneller. Ich habe ein Brett entdeckt mit einem eisernen Ring in der Mitte. Ich packe ihn und hebe das Brett hoch. Tatsächlich kommt eine Öffnung zum Vorschein. Dahinter beginnen ein paar Stufen.

Ich lege mich auf den Bauch und sehe hinunter. Da unten erwartet mich nichts als Dunkelheit. Ich zögere. Angst erfasst mich. Sie ist eine alte Bekannte. Wir haben täglich viel Zeit miteinander verbracht. Doch jetzt lasse ich mich nicht von ihr abhalten. Es gibt sowieso keinen anderen Ausweg. Wovor soll ich mich schon fürchten? Eben noch erschien mir der Tod wie eine Erlösung.

Also atme ich tief ein und nehme all meinen Mut zusammen. Vorsichtig gleite ich nach unten, die Füße voraus. Ich erreiche eine Stufe und finde dort Halt. An der Seite ist eine Leiter eingelassen, auf der ich sicher hinuntergelange. Orientierungslos drehe ich mich im Kreis. Meine Augen gewöhnen sich allmählich ans Dunkel. Ich erkenne einen Flur, kann jedoch nicht sehen, wo er endet. Ich gehe ein paar Schritte. Ein schmaler Streifen Licht dringt durch eine Ritze. Rechts befindet sich eine Tür. Ich drücke die Klinke herunter, aber sie ist verschlossen. Ich gehe weiter bis zur nächsten Tür. Wieder versuche ich sie zu öffnen. Fehlanzeige. Ich probiere es noch bei drei anderen Türen, ohne Erfolg. Erst am Ende des Ganges stoße ich auf eine unverschlossene Tür. Ich schiebe sie vorsichtig auf. Doch sie knarrt so laut, dass ich unwillkürlich zusammenzucke. Ängstlich starre ich in das Zimmer. Ich warte auf einen schwarzen Schatten, der mich niederschlägt. Aber ich bin allein. Es ist totenstill. Nur einige Kerzen knistern leise. Mit klopfendem Herzen husche ich hinein.

In der Mitte steht ein Tisch. Er ist mit zwei weißen Tellern gedeckt, mit silbernem Besteck und Gläsern. In einer Karaffe schimmert dunkelroter Wein. Es duftet nach Essen. Ich folge dem Geruch und entdecke ein paar Schüsseln auf einer Anrichte. Zitternd hebe ich einen Deckel an. Kartoffeln mit Rosmarin. Augenblicklich läuft mir das Wasser im Mund zusammen. Ich ignoriere meinen knurrenden Magen und sehe mich weiter um. Irgendetwas an diesem Raum ist merkwürdig. Mir fällt nur nicht ein, was. Noch bevor ich weiter darüber nachdenken kann, höre ich wieder dieses eigenartige Knarren. Der Fußboden besteht aus Holzdielen. Sie scheinen alt zu sein und geben bei jedem Schritt nach. Jemand ist auf dem Gang. Er nähert sich. Ich flüchte in die nächste Ecke und verstecke mich neben einer Kommode. Schon fällt ein großer Schatten über die Türschwelle. Ich wage nicht zu atmen. Plötzlich blitzt das Deckenlicht auf und taucht den Raum in gleißende Helligkeit.

»Hallo, Eva«, sagt eine tiefe Stimme.

Die Panik schwappt über mich wie ein Tsunami. Ich schreie und schreie und schreie.

2

Ein Tag zuvor

Laura wusste selbst nicht, warum sie hier war. Ein schrecklicher Albtraum hatte sie aus dem Schlaf gerissen. Sie war hierhergekommen, um sich davon zu überzeugen, dass dieser Ort inzwischen harmlos war. Das Grauen von damals war verschwunden. Trotzdem konnte sie die Kälte wieder spüren. Denn hier an diesem Ort war das Kind in ihr gestorben, die kleine Laura. Das elfjährige Mädchen, das gedacht hatte, es gäbe keine Monster. Sie hatte es geglaubt, weil ihre Mutter es ihr immer wieder versichert hatte. Hätte sie bloß auf die dunklen Schatten unter ihrem Bett gehört. Sie hatten die kleine Laura gewarnt. Hätte sie ihnen doch nur zugehört, dann wäre sie vielleicht vor dem Monster weggelaufen. Sie hätte das Böse hinter der freundlichen Maske gewittert. Hätte bemerkt, dass die gütigen blauen Augen des

Mannes in Wirklichkeit eiskalt waren. Sie hätte den gemeinen Zug um seinen Mund wahrgenommen und die Gier, sie zu besitzen.

»Komm, tanz mit mir. Dies ist dein neues Zuhause«, hatte er gesagt und gelächelt. Doch als sie sich ängstlich auf dem harten Betonboden zusammengerollt hatte wie ein kleiner Igel, war er böse geworden und hatte sie grob auf die Füße gerissen. Er schleuderte sie durch den Raum, als wäre sie eine Stoffpuppe. Seine riesigen Hände hielten sie fest. Die Finger brannten sich in ihr Fleisch. Noch heute spürte sie seinen Griff auf ihren Oberarmen.

Laura blickte auf, als stünde er vor ihr. Der große Mann, der sich so plötzlich in ein Monster verwandelt hatte.

Die Erinnerungen schossen durch ihre Nervenbahnen wie elektrische Blitze. Sie war wieder hier, zurück in dem Pumpwerk, in dem er sie gefangen gehalten hatte. Laura schluchzte kaum hörbar und ging zu der Wand, an der damals ihre dreckige Matratze gelegen hatte. Sie hatte gestunken, nach Dreck und nach der Angst der anderen Mädchen, die vor ihr hier festgehalten wurden. Ihr Blick glitt hoch, die Mauer hinauf. Sie sah ihre abgebrochenen Fingernägel in den Fugen stecken, so deutlich, als wären sie wirklich noch dort. Dabei hatte man das Pumpwerk nach ihrer Flucht penibel nach Spuren abgesucht.

Unwillkürlich fuhr sie an den schwieligen Narben entlang, die sich von ihrem Schlüsselbein abwärts über die komplette Brust zogen. Es tat nicht mehr weh, aber jede Berührung zog schmerzvolle Erinnerungen nach sich. Erinnerungen, die sich so real anfühlten, als wäre sie wieder elf Jahre alt. Sie war hierhergekommen, weil das Monster sie wieder einmal bis in ihre Träume verfolgt hatte. In den letzten zwei Jahrzehnten war sie nicht oft hier gewesen. Viele Jahre lang hatte sie gehofft, die schrecklichen Ereignisse verdrängen zu können. Doch das gelang ihr nur tagsüber, und selbst dann holten sie manchmal die Schrecken der Vergangenheit ein. Sie hatte hartnäckig versucht, die Geschehnisse zu verarbeiten. Das Monster kam trotzdem immer wieder. Und heute Nacht war sie hier, weil sie es an diesem Ort zurücklassen wollte. Hier war das Monster zu Hause und hier sollte es auch bleiben. Es sollte keinen Platz mehr in ihrem Leben haben. Auch wenn der Täter nie gefasst worden war, musste sie dennoch endlich mit dem Erlebten abschließen.

Sie streckte die Hand aus und strich ganz langsam über die Fugen in der Wand. Der raue, kalte Stein kratzte auf ihrer Haut. Sie spürte die Verzweiflung, die sich in das alte Gemäuer hineingefressen hatte. Sie konnte die Schreie der anderen Mädchen beinahe hören.

Plötzlich raschelte es hinter ihr und sie fuhr erschrocken herum. Sie leuchtete mit ihrer Taschenlampe in die Dunkelheit. Die dicken Röhren des Pumpwerkes schlängelten sich meterweit über den Boden und verschwanden schließlich in der Wand. Laura wusste, dass sie dahinter abwärts verliefen. Sie waren eng. Eigentlich zu eng für einen menschlichen Körper, trotzdem hatte sie es damals durch das oberste Rohr hinausgeschafft. In die Freiheit. Wäre das Gitter am Ende nicht gewesen, wäre sie körperlich fast unversehrt entkommen. Doch das rostige Eisen hatte ihr die Haut über der Brust aufgerissen, als sie sich daran vorbeizwängte. Die tiefen Wunden hatten sich trotz aller Hilfe durch die Ärzte infiziert. Schließlich musste Haut vom Oberschenkel transplantiert werden. Ein Grund dafür, dass sie seither nur hochgeschlossene Blusen und lange Hosen trug. Niemand sollte erkennen, dass sie einmal ein Opfer gewesen war. Heute half sie den Menschen. Sie war eine Jägerin und nicht die Gejagte. Sie gehörte zu den Spezialermittlern des Landeskriminalamtes Berlin.

Es raschelte abermals und sie schoss mit dem Strahl ihrer Taschenlampe durch die Schwärze. Eine hässliche Ratte huschte davon und verkroch sich unter einem Rohr. Laura atmete auf und blickte sich aufmerksam um. Sie stand in einem dem Verfall preisgegebenen Gebäude. Nichts war an diesen alten Mauern mehr gefährlich. Das Böse war fort. Warum also holte dieser Albtraum sie immer noch ein? Sie leuchtete über die grauen Wände und die dreckigen Fenster, über die vielen Rohre und die Armaturen, mit denen früher die Pumpen in Gang gesetzt wurden. Sie verharrte eine Weile und versuchte, die alten Bilder aus ihren Gedanken zu löschen. Minuten später wandte sie sich ab und verließ das Pumpwerk. Sie setzte sich wieder in ihren Wagen und starrte das Gebäude durch die Autoscheibe an.

»Bleib da drin, Monster«, flüsterte sie und trat aufs Gas.

Sie fuhr viel zu schnell durch die Nacht. Sie musste es tun, um das Böse endlich abzuschütteln. Erst als sie die Stadtgrenze Berlins erreichte, wurde sie langsamer. Sie steuerte auf direktem Weg ihre Wohnung an. Es war beinahe drei Uhr. Müde stieg sie die Treppen zu ihrer Dachgeschosswohnung hinauf und verriegelte die Tür sorgfältig. Wie immer legte sie den stabilen Eisenriegel davor und schlich auf Zehenspitzen ins Schlafzimmer.

Taylor atmete ruhig und gleichmäßig. Er lag noch genauso da, wie sie ihn vor über drei Stunden verlassen hatte. Laura schlüpfte aus ihren Sachen und kroch unter die Bettdecke. Dann schmiegte sie sich an Taylors durchtrainierten Körper.

»Schön, dass du wieder hier bist«, flüsterte er und zog sie an sich. Laura entspannte sich und schlief auf der Stelle ein.

3

Dr. Christine Gebauer betrat das schmale Zimmer und verstand die Welt nicht mehr. Wo war die Patientin hin? Eben noch hatte sie ihre Wunden desinfiziert und verbunden. Das war höchstens zehn Minuten her. Sie blickte hinaus in den grauen Krankenhausflur.

»Schwester Sophia? Wo ist die Patientin aus Nummer fünf?«

Die stämmige, aber sehr flinke Frau schloss gerade eine andere Zimmertür.

»Ist sie nicht auf der Liege, Doktor Gebauer?«

Christine Gebauer schüttelte den Kopf.

»Dann ist sie vielleicht zur Toilette. Eben war sie noch da.«

Christine Gebauer runzelte die Stirn und schaute zur Toilette, die am anderen Ende des Ganges lag.

»Ich sehe mal nach«, murmelte sie und hastete über den Gang. Eigentlich hatte sie dafür keine Zeit. Heute Nacht war in der Notaufnahme die Hölle los. Aber die Patientin schien ihr selbstmordgefährdet. Sie konnte sie nicht einfach allein lassen. Sie musste dringend in psychiatrische Behandlung, vielleicht sogar in eine psychiatrische Klinik eingewiesen werden. Die etwa Dreiundzwanzigjährige hatte anscheinend versucht, sich die Pulsadern aufzuschneiden. Glücklicherweise hatte sie sich im Vorfeld nicht gründlich genug mit der Materie beschäftigt. Sie hatte die Adern nicht längs, sondern quer durchtrennt. Der Blutverlust hielt sich in Grenzen. Körperlich würde sie bis auf die Narben keinerlei Schädigungen davontragen. Doch Christine Gebauer hatte Sorge, dass es nicht bei diesem einen erfolglosen Versuch bleiben würde. Auf den Unterarmen der Patientin hatte sie feine ältere Narben entdeckt. Probeschnitte. Die Frau plagten offensichtlich bereits länger Suizidgedanken.

Sie öffnete die Tür zur Toilette.

»Hallo?«, rief sie in den Raum und trat ein.

Die Toilette war leer. Sie überprüfte die Kabinen. Alle Türschlösser standen auf Grün. Sicherheitshalber schaute sie in allen drei Kabinen nach. Die Patientin war nicht hier. Stirnrunzelnd lief sie zurück zum Behandlungszimmer Nummer fünf. Aber dort war niemand. Die Patientin war verschwunden. Christine seufzte. Es war nicht das erste Mal, dass so etwas passierte. Erst vor ein paar Tagen hatte eine Patientin die Notaufnahme aufgesucht, nachdem sie offensichtlich von ihrem Ehemann oder Lebenspartner misshandelt worden war. Auch diese Frau war plötzlich wie vom Erdboden verschluckt gewesen. Und das unglücklicherweise, bevor die Schwestern ihre Personalien aufnehmen konnten. Christine stellte die Behandlung der Patienten stets über die Erledigung von Formalitäten, doch wenn sich diese Vorfälle häuften, dann war Ärger vorprogrammiert. Insbesondere jetzt, wo eine suizidgefährdete Frau allein irgendwo herumlief. Sie konnte nicht einmal Hilfe organisieren, da sie ihren

Namen nicht kannte. Sie musste dafür sorgen, dass die Prozesse bei der Patientenaufnahme eingehalten wurden, zumindest bei Fällen, die nicht lebensbedrohlich waren.

Ihr Pieper schlug Alarm. Christine stieß die Tür auf und eilte nach vorn zum Eingang. Die Sanitäter brachten einen blutüberströmten Mann auf einer Trage herein.

»Autounfall. Wir haben ihn unterwegs reanimiert«, erklärte der begleitende Notarzt.

Christine verlor keine Zeit. Sie gab einem Assistenzarzt präzise Anweisungen und spritzte dem Patienten ein kreislaufstabilisierendes Mittel. Dann sorgte sie dafür, dass er umgehend in den OP kam. Als sich die Türen hinter dem Mann schlossen, war sie nicht sicher, ob er die Nacht überleben würde.

Erschöpft wandte sie sich einem weiteren Patienten zu, der sich bei einem Sturz den Oberschenkelhals gebrochen hatte. Es folgten zwei Teenager, die wegen übermäßigen Alkoholgenusses entgiftet werden mussten. Sie kümmerte sich um eine alte Frau, die völlig dehydriert eingeliefert wurde, und um einen Mann mit einer tiefen, jedoch nicht lebensbedrohlichen Stichverletzung. Erst danach blieben ihr einige Minuten Zeit zum Verschnaufen. Sie beschloss, ein wenig frische Luft zu schnappen. Verschwitzt begab sie sich zum Ausgang. Als eine Brise kühler Nachtluft ihr entgegenwehte, schloss sie die Augen. Sie genoss den Moment und entspannte sich augenblicklich. Ihr Dienst dauerte noch drei Stunden, dann könnte sie endlich ins Bett fallen. Manchmal war es wie verhext, so als ob ein Unglücksfall den nächsten anziehen würde. Es gab Nächte, da konnte sie sich zwischendurch im Arztzimmer hinlegen, und es gab Dienste wie heute, wo beinahe im Minutentakt Patienten in der Notaufnahme eintrafen. Sie ging an zwei Krankenschwestern vorbei, die unablässig tuschelten und dabei

Zigaretten rauchten. Christine hielt kurz die Luft an. Sie hasste den Gestank. Es war ihr unerklärlich, wie Menschen ihre Lungen mit Zigarettenrauch verseuchen konnten. Selbst die unübersehbare Aufklärung auf den Packungen schien viele immer noch nicht abzuschrecken.

Sie kam an ein paar Bäumen vorbei. Auf einer Bank saß ein Liebespaar. Das Bein des Mannes steckte in einem dicken Gips. Er schlang den Arm um die Frau und küsste sie. Ihr Blick blieb an den beiden hängen. Christine dachte sofort an ihren Mann, der ohne sie zu Hause im Bett lag. Küsse und mehr würden bis zum nächsten Abend warten müssen. Sie war viel zu geschafft, um auch nur an Sex zu denken. Aber vielleicht sollte sie sich doch heute noch aufraffen. Das letzte Mal war beinahe eine Woche her und außerdem ging sie langsam auf die vierzig zu. Wenn sie Kinder wollte, dann wurde es Zeit. Sie lächelte bei dem Gedanken daran, dass sich ihr Haus mit lauten Kinderstimmen füllen würde. Es war eine schöne Vorstellung, und sie kam ihr fast sinnvoller vor, als Tag für Tag das Leid und den Tod von ihren Patienten abzuwenden. Der Kampf war so oft hoffnungslos. Viel zu häufig konnte sie nichts ausrichten, so wie heute bei der jungen Frau, die vergeblich versucht hatte zu sterben. Warum wollten manche Menschen ihr Leben einfach so wegwerfen? Sie hatten doch nur eines, und niemand wusste, was danach kam. Der Tod könnte schließlich noch viel schlimmer sein als das Leben, aus dem sie fliehen wollten. Christine seufzte, wie bereits so oft an diesem Tag, und spazierte weiter. Vor ihr tat sich ein kleiner Platz mit den Müllcontainern des Krankenhauses auf. Die meisten ihrer Kollegen würden sich nicht hierher verirren, doch ihr machte der leichte Gestank nichts aus. Das Desinfektionsmittel im Krankenhaus roch auch nicht viel besser und außerdem war sie an diesem

Ort ungestört. Kein Liebespaar, keine Schwestern, keine Kollegen – einfach perfekt. Sie ließ sich auf einem Mauervorsprung nieder und legte den Kopf in den Nacken. Die Temperaturen waren mild. Über ihr schienen die Sterne. Wäre da nicht ihr stressiger Job, könnte die Nacht sogar romantisch sein. Sie fragte sich, wann sie und Ben aufgehört hatten, sich wirklich nahe zu sein. Lag es nur an ihren kräftezehrenden Berufen oder hatte sich eine gewisse Gleichgültigkeit in ihre Beziehung eingeschlichen? Sie sah Bens Gesicht vor sich. Seine blauen Augen und den verschmitzten Zug um seine Mundwinkel, der sie von Anfang an elektrisiert hatte. Sie holte ein wenig wehmütig ihr Handy aus der Tasche und sah sich das letzte Foto von ihm an. Seine Haut war durch die Arbeit im Büro fahler geworden, sein Lächeln schien viel ernster als damals. Doch seine Augen blickten sie immer noch voller Wärme an.

Sie lächelte und tippte eine kurze Nachricht an ihn:

Der Dienst ist echt stressig heute. Freue mich auf dich in spätestens drei Stunden.

Sie setzte ein Herz dahinter und schickte die Botschaft ab.

Dann schaute sie ein paar Minuten gedankenverloren in den Himmel und erhob sich schließlich, um wieder in die Notaufnahme zurückzukehren. Sie überquerte die Straße und bemerkte dabei einen großen Gegenstand, der vor den Mülltonnen lag. Neugierig machte sie einen Schlenker. Direkt davor schaltete sie das Licht ihres Handys ein. Der Gegenstand war in schwarze Folie eingewickelt. Ein düsterer Geruch ging von ihm aus. Eine Note, die ihr eine Gänsehaut bescherte. Sie kannte dieses Aroma, jedoch nicht aus dem Krankenhaus, sondern aus der Leichenhalle. Mit zitternden Fingern griff sie nach der Folie und schlug sie um. Ein dunkelbraunes Augenpaar starrte sie an. Christine blieb wie vom Donner gerührt hocken. Für eine Weile war sie zu keiner Regung mehr fähig. Ihre Augen lieferten Bilder an ihr Gehirn. Doch das weigerte sich, diese aufzunehmen.

Plötzlich löste sie sich jedoch aus ihrer Starre und machte einen Schritt rückwärts. Sie wählte den Notruf der Polizei.

»Ich habe eine tote Frau vor den Müllcontainern entdeckt«, erklärte sie mit bebender Stimme, nannte noch ihren Namen und das Krankenhaus und legte auf.

4

Laura gähnte und lehnte sich müde auf dem Beifahrersitz zurück. Max steuerte den Dienstwagen routiniert durch die Straßen von Berlin, die um diese Uhrzeit zum Glück recht frei waren. Spätestens in einer Stunde setzte der Berufsverkehr ein, dann gab es kein Durchkommen mehr. Doch um fünf Uhr morgens lagen die meisten Menschen noch im Tiefschlaf.

»Warum hat Beckstein uns diesen Fall zugeteilt?«, fragte sie verschlafen und verkniff sich ein erneutes Gähnen. Joachim Beckstein war seit gut fünfzehn Jahren Leiter des Dezernats für Entführungen, erpresserischen Menschenraub und Tötungsdelikte beim Landeskriminalamt in Berlin. Laura schätzte ihren Chef sehr, weil er in den entscheidenden Momenten stets zu seinen Leuten hielt.

»Die Kripo ist chronisch unterbesetzt und hat um Unterstützung gebeten. Außerdem behauptet die Oberärztin, die die Leiche gefunden hat, dass in letzter Zeit mehrere Frauen aus der Notaufnahme verschwunden sind.«

Lauras Müdigkeit verflüchtigte sich. Sie richtete sich auf.

»Was hat denn die Notaufnahme mit der Toten zu tun?«, fragte sie und schüttelte den Kopf. »Egal. Wir haben ja tatsächlich im Moment etwas Luft, und ich gönne es Taylor, noch im Bett zu liegen.« Sie lächelte zufrieden in sich hinein.

»Ist er bei dir?«

Max' schneidender Unterton entging Laura nicht. Er konnte sich einfach nicht mit dem Gedanken anfreunden, dass sie jetzt mit Taylor zusammen war. Max hielt nicht sonderlich viel von ihm. Was verschiedene Gründe hatte. Da war zum einen ihre gemeinsame Vorgeschichte. Eine im Nachhinein völlig idiotische Aktion. Sie hatte vor Jahren etwas mit Max angefangen. In einer Zeit, als ihn seine Frau Hannah kurzzeitig verlassen hatte. Es war nichts Ernstes gewesen und auch nie auf Dauer angelegt. Trotzdem stand diese Sache immer noch zwischen ihnen. Sie sah es in Max' Augen. Es verletzte ihn, sie mit einem anderen Mann zu sehen, insbesondere mit Taylor. Ein gut aussehender Amerikaner, der seit ein paar Jahren in Deutschland lebte und bei der Kriminalpolizei arbeitete. Der ihr eines Tages wahrscheinlich das Herz brechen würde. Doch sie hatte ihre Bedenken nach langem Hin und Her über Bord geworfen. Zumindest vorerst.

»Du weißt, dass er mir seinen Wohnungsschlüssel gegeben hat?«, erinnerte sie Max vorsichtig.

Sein Gesicht versteinerte sich. »Hör zu, Laura, du kannst zusammen sein, mit wem du willst. Ich will nur nicht, dass Taylor dir wehtut. Es tut mir leid, dass ich mir Sorgen mache. Ich mische mich nicht länger ein. Versprochen.« Er lächelte verkrampft und fuhr sich mit der Hand über die Glatze. Max gehörte trotz mangelnder Haarpracht zu der Sorte Männer, nach der die Frauen sich umdrehten. Er war groß, kräftig und hatte ein markantes Gesicht. Viele würden ihn nicht für einen fünfunddreißigjährigen Familienmenschen halten. Dabei hatte er mit Hannah bereits zwei Kinder, die er über alles vergötterte.

»Ich will es wirklich mit Taylor versuchen. Im Moment jedenfalls«, sagte Laura leise und schaute Max eindringlich an. »Ich muss mich ein wenig an den schönen Seiten des Lebens festhalten, ansonsten gehe ich irgendwann ein.« Sie hoffte, dass Max verstand, was sie ihm sagen wollte. Er sollte es wissen. Seine Familie war der ideale Ausgleich zu dem harten Job, den sie tagtäglich ausübten. Eine Familie zählte zu den Dingen des Lebens, wofür sie das alles taten. Wer nur noch in den Abgrund blickte, der wurde früher oder später hinabgezogen. Wer ausschließlich das Böse sah, der vergaß das Gute in der Welt. Laura wollte nicht zu einer dieser kaputten und verbitterten Ermittlerinnen werden, die sie aus dem Fernsehen kannte.

»Ich versteh das«, murmelte Max und tätschelte ihre Schulter. »Ich könnte Hannah und die Kinder nie im Stich lassen, aber manchmal denke ich einfach an dich und an das, was wir einmal hatten.« Er starrte stur auf die Straße.

Laura sah zu ihm und wusste, dass er keine Antwort erwartete. Sie griff seine Hand, die noch auf ihrer Schulter ruhte, und drückte sie leicht. Sie mochte Max. Er war ein Teil ihres Lebens und sie könnte niemals ohne ihn sein.

»Wir sind da«, verkündete Max und steuerte auf die Polizeiabsperrbänder zu. Ein Streifenpolizist hielt sie an. Max öffnete das Fenster und zeigte seinen Dienstausweis.

»Max Hartung und Laura Kern vom LKA«, wies er sie beide aus und fuhr die Scheibe wieder hoch, als der Polizist sie durchwinkte. Max lenkte den Wagen noch ein

Stückchen weiter und stellte ihn am Rand der Krankenhauszufahrt ab. Die Sonne ging bereits auf. Ihr kräftiges Rot tauchte den grauen Beton des Krankenhausgebäudes in ein warmes Licht. Doch Laura wusste, dass das, was sie gleich zu sehen bekämen, alles andere als angenehm sein würde. Sie stieg aus dem Auto und schritt auf eine Gruppe Polizisten und Mitarbeiter der Spurensicherung zu. Sie hatten sich vor den Müllcontainern des Krankenhauses versammelt und einen Kreis um die tote Frau am Boden gebildet.

Laura blieb stehen und betrachtete die Tote. Sie lag auf einer schwarzen Plane direkt vor den Mülltonnen. Es wirkte beinahe so, als wäre es dem Täter nicht gelungen, sie in einen Container zu hieven. Deshalb hatte er sie davor abgelegt. Vielleicht wollte er aber auch, dass die Leiche schnell gefunden wird. Laura ging in die Hocke. Die Frau war jung, höchstens fünfundzwanzig Jahre alt. Ihre braunen Augen starrten ins Leere. Die Pupillen waren bereits stumpf. Tiefe, blutige Bissspuren von den oberen Schneidezähnen zeichneten sich auf der Unterlippe ab. Auf der rechten Wange bemerkte Laura einen bläulichen Fleck, vermutlich ein Hämatom infolge eines Schlages. Der Hals wies zahlreiche Würgemale auf. Die Frau trug ein kurzes Sommerkleid. Auf ihren nackten Armen prangten etliche weitere Hämatome. Sie war offensichtlich gewaltsam festgehalten worden. Laura konnte die Abdrücke von Fingern auf ihrer Haut deutlich erkennen. Als ihr Blick zu den Händen glitt, erschauderte sie. Die beiden Zeigefinger waren blau, grün und violett angelaufen. Trotz der Schwellungen waren sie an einigen Stellen regelrecht eingedellt.

»Woher stammen diese Verletzungen?«, fragte sie schockiert und sah sich zu Dr. Herzberger, dem Rechtsmediziner, um.

»Ich vermute, ursächlich waren Schläge mit einem Stock oder vielleicht auch einem Hammer«, entgegnete er. »Der Körper weist an den sichtbaren Stellen deutliche Spuren von alten und frischen Misshandlungen auf. Sie hat sicherlich vor ihrem Tod große Schmerzen erlitten.«

»Woran ist sie gestorben?«, fragte Max.

Dr. Herzberger zuckte mit den Achseln. »Schwer zu sagen. Die Würgemale am Hals erscheinen mir nicht tief genug, um tödlich zu sein. Auf den ersten Blick kann ich es leider nicht feststellen. Äußerlich weist die Tote keine lebensbedrohlichen Verletzungen auf.«

»Wie lange ist sie schon tot?«

»Auch das kann ich Ihnen erst nach der Obduktion genauer sagen. Die Totenstarre ist bereits voll ausgeprägt. Demnach ist der Tod mindestens vor acht Stunden eingetreten. Es kann aber auch schon zwei Tage her sein.«

Laura erhob sich wieder. »Wurden ihre Taschen bereits durchsucht?«

Ein Mitarbeiter der Spurensicherung nickte. »Sie waren alle leer. Nichts. Kein Ausweis, kein Geld, nicht mal ein Taschentuch. Sie trägt keinen Schmuck, aber am Ringfinger der linken Hand ist ein hellerer Streifen auf der Haut sichtbar. Vermutlich stammt er von einem Ring.«

»Sonst irgendwelche Spuren?«

»Wir sind noch dran, allerdings sieht es nicht gut aus. Reifenspuren oder Schuhabdrücke können wir bei der Trockenheit und auf dem Asphalt nicht sicherstellen. Die umherliegenden Gegenstände scheinen mit der Toten oder dem Täter nichts zu tun zu haben.« Der Mann deutete auf eine Box, in der ein paar Asservatentüten lagen. »Wir haben eine leere Packung von Mullbinden gefunden, abgelaufene Pflaster, eine Pinzette und anderen Müll. Es scheint sich um Abfälle des Krankenhauses zu handeln, die versehentlich nicht im Container gelandet ist.«

Laura schaute sich um. »Haben Sie sich nach Kameras umgesehen?«

»Noch nicht. Das erledigen wir gleich. Über uns an der Wand ist eine, die müsste den Müllplatz eigentlich erfassen.«

Laura sah die Kamera. Hoffentlich hatte sie den oder die Täter aufgenommen. Sie blickte abermals zur Toten auf dem Asphalt hinunter und fragte sich, warum der Täter ausgerechnet diese Stelle zur Ablage der Leiche ausgewählt hatte. Direkt unter einer Kamera und an der Rückseite eines belebten Krankenhauses. Er war ein hohes Risiko eingegangen, denn er hätte jederzeit entdeckt werden können. Weshalb hatte er kein einsames Feld, einen Wald oder sonst irgendeinen entlegenen Flecken ausgesucht? Und dann die Ablage neben den stinkenden Mülltonnen. Verachtete er sein Opfer und fügte ihm damit eine letzte Erniedrigung zu? War diese Frau für ihn einfach nur Müll oder war die Wahl des Ortes vielleicht reiner Zufall? Laura schloss die Augen und versuchte, das Böse zu spüren, das an diesem Ort gewesen war. Doch sie nahm nur den warmen Sommerwind wahr, der ihr übers Haar strich. Sie drehte sich zu Max um.

»Wollen wir jetzt mit der Oberärztin sprechen, die den Leichnam gefunden hat?«

Max nickte und folgte ihr. Sie gingen am Gebäude entlang zur Vorderseite. *Notaufnahme* leuchtete über dem Haupteingang in roten Buchstaben. Laura mochte Krankenhäuser nicht besonders. Der Geruch ekelte sie an, und außerdem wollte sie sich nicht an die Zeit erinnern, die sie selbst wochenlang dort verbracht hatte. Die gläsernen Schiebetüren öffneten sich automatisch, Laura hielt die Luft an. Erst als sie vor der Frau an der Anmeldung stand, atmete sie wieder ein.

»Wir möchten mit Doktor Christine Gebauer sprechen«, sagte sie und schob ihren Dienstausweis über den Tresen.

»Kleinen Augenblick bitte, ich gebe Bescheid.« Die Frau tippte auf dem Telefon herum. »Doktor Gebauer ist unterwegs. Warten Sie bitte dort drüben.« Sie zeigte auf eine Reihe gräulich angelaufener und zerkratzter Plastikstühle. Laura setzte sich nicht.

Max blieb ebenfalls stehen.

»Was, wenn die Frau gar nicht ermordet wurde?«, fragte er nachdenklich. »Vielleicht ist sie einfach so gestorben.«

»Und dann hat ihr Geliebter oder wer auch immer sie in schwarze Plastikfolie gehüllt und vor den Mülltonnen des Krankenhauses abgelegt?« Laura schüttelte ungläubig den Kopf. »Jeder besorgte Verwandte oder Bekannte hätte den Notarzt gerufen oder sie zumindest in die Notaufnahme gebracht, auch wenn sie schon tot gewesen wäre.«

Max verzog das Gesicht. »Vermutlich hast du recht. Es kommt bei unseren Fällen nur nicht so häufig vor, dass die Todesursache nicht offensichtlich ist. Ich hätte wenigstens einen Messerstich, eine Schusswunde oder irgendetwas in der Art erwartet.«

»Ich auch«, gab Laura zu. »Mir ist es sowieso ein Rätsel, warum er sich ausgerechnet ein Krankenhaus ausgesucht hat, um den Leichnam loszuwerden.«

Eine gelblich gefleckte Tür schwang auf und eine Frau Ende dreißig mit hochgesteckten braunen Haaren und ausdrucksstarkem Gesicht kam auf sie zu.

»Guten Morgen. Ich bin Christine Gebauer. Sind Sie von der Kriminalpolizei?«

Laura schüttelte den Kopf. »Nicht ganz. Wir sind vom Landeskriminalamt.«

Dr. Gebauer zog überrascht die Augenbrauen hoch. »Vom LKA? Das ist doch für besonders schwere Fälle zuständig.«

»Ja, das stimmt. In diesem Fall liegt es aber auch an Personalengpässen bei der Kripo«, sagte Laura und studierte jede Regung im Gesicht der Oberärztin. Sie wirkte ungewöhnlich blass. Vermutlich hatte sie die Nacht durchgearbeitet und war ziemlich müde. Ihre dunklen Augenringe waren jedenfalls nicht zu übersehen.

»Wir sind hier auch ständig Land unter«, entgegnete die Ärztin seufzend und verstummte. »Ich kenne die Tote übrigens«, fuhr sie nach einer Weile zu Lauras Überraschung fort. »Sie war vor ungefähr zwei Wochen bei uns. Vielleicht waren es auch ein paar Tage weniger. Ich habe sie behandelt und dabei sind mir die vielen Verletzungen aufgefallen, die typisch sind für Frauen, die von ihrem Partner geschlagen werden. Sie kommen hierher und behaupten, sie wären die Treppe hinuntergestürzt oder hätten sich am Herd verbrannt. Das Übliche ...« Sie seufzte erneut und sah auf ihre Hände. »Jedenfalls habe ich dieser Frau geraten, ihren Mann anzuzeigen und gegebenenfalls Schutz in einem Frauenhaus zu suchen. Sie glauben nicht, was dann passiert ist.«

Dr. Gebauer blickte erst Laura und dann Max durchdringend an.

»Sie ist aus dem Krankenhaus verschwunden. Einfach so. Ihr Mann hat sie abgeholt.« Dr. Gebauer schüttelte den Kopf. »Ich verstehe so etwas nicht. Der Kerl prügelt sie krankenhausreif, und dann geht sie wieder mit ihm, als wäre nichts geschehen. Ich war mir sicher, dass ich sie irgendwann erneut bei uns sehen würde.« Dr. Gebauer stockte. »Allerdings nicht so.«

»Wie lautet der Name der Frau?« Laura holte ihren Notizblock hervor.

»Leider weiß ich es nicht. Sie ist gegangen, bevor wir ihre Personalien aufnehmen konnten. Es war so viel los in jener Nacht, dass wir gar nicht mehr hinterhergekommen sind.« Dr. Gebauer sah Laura schuldbewusst an. »Tut mir leid, dass ich Ihnen nicht weiterhelfen kann. Die Krankenhausleitung sitzt mir deshalb schon im Nacken. Aber die da oben wissen ja auch nicht, wie es ist, sich im Minutentakt um Verletzte zu kümmern.«

Laura konnte Dr. Gebauers Erklärung nachvollziehen. »Dem Beamten, der Ihren Notruf aufgenommen hat, haben Sie erzählt, dass es bereits mehrere solcher Fälle gegeben hat.«

»Ja, das ist richtig. Genauer gesagt ist erst heute Nacht wieder eine Patientin verschwunden, deren Personalien wir nicht haben. Das ist besonders schlimm, weil ich sie als suizidgefährdet einschätze. Sie hat versucht, sich die Pulsadern aufzuschneiden. Ihr Körper war übersät mit Hämatomen. Ein Zahn war abgebrochen und das linke Auge so zugeschwollen, dass sie fast nichts sehen konnte. In der Hektik ist es manchmal schwierig, an die Formalitäten zu denken«, murmelte Dr. Gebauer erschöpft. »Diese administrativen Tätigkeiten halten sowohl Ärzte als auch Pflegekräfte von der eigentlichen Arbeit ab. Wenn wir erst stundenlang Formulare ausfüllen müssen, dann stirbt in dieser Zeit womöglich jemand.«

Die Ärztin klang frustriert. Obwohl sie höchstens Ende dreißig war, schien sie realisiert zu haben, dass die Welt sich nicht so einfach retten ließ. Das war sicherlich höchst desillusionierend.

»Können Sie uns vielleicht eine genauere Personenbeschreibung geben? Wir könnten jemanden vorbeischicken, der ein Phantombild anfertigt«, schlug Max vor.

Dr. Gebauer nickte. »Natürlich. Gerne.«

»Hat eine der Schwestern oder ein anderer Mitarbeiter gesehen, wo sie hingegangen ist?«, fragte er und machte sich eine Notiz.

»Nein, wie gesagt, wir hatten heute Nacht alle Hände voll zu tun. Ich habe mir nur eine kurze Pause gegönnt und da …« Die Ärztin sprach nicht weiter.

»Es ist sicherlich schrecklich für Sie, eine Patientin tot aufzufinden.« Laura konnte es vollkommen nachfühlen. Es war sowieso schon schlimm, auf einen Leichnam zu stoßen, aber wenn es sich dann auch noch um ein bekanntes Gesicht handelte, wog der Schock umso schwerer.

Dr. Gebauer blickte Laura plötzlich an, als hätte sie eine Erleuchtung.

»Der Mann hat sie durch das Treppenhaus hinausgeführt und nicht mit dem Fahrstuhl.«

Laura konnte der Ärztin nicht ganz folgen.

Dr. Gebauer schien es zu bemerken. Sie hob die Hand und griff sich an die Stirn, während sie hinzufügte: »Das Treppenhaus ist videoüberwacht.«

5

Das gleißende Deckenlicht blendete sie immer noch. Obwohl sie die Gefahr spürte, setzte sie sich. Sie hätte sowieso nicht gewusst, wohin sie laufen sollte. Und außerdem kam sie inzwischen vor Hunger fast um. Es roch einfach köstlich. Gegen den Mann hatte sie keine Chance. Also beschloss sie, auf ihn zu hören.

Sie griff eine Gabel und pikste eine Kartoffel auf, die sie innerhalb der nächsten Sekunden verschlang. Sie schnitt sich ein Stück von dem Braten ab und kaute gierig. Dabei blickte sie sich unruhig um. Ihre Augen hatten sich noch nicht vollständig an die plötzliche Helligkeit gewöhnt.

»Schmeckt gut«, murmelte sie und zuckte augenblicklich zusammen. Wenn sie bei Frank solche Kommentare abgab, wurde er ausfallend. Schließlich stand es außer Frage, dass alles, was er tat, tadellos gelang. Doch der Mann, der ihr gegenübersaß, schien zu lächeln. Zumindest verzog sich die Skimaske um seinen Mund herum und die Augen blickten sie freundlich an. Sie fragte sich, ob es ein gutes Zeichen war, dass sie sein Gesicht nicht sehen konnte. Vermutlich schon. Er könnte sie gehen lassen, und sie hätte keine Ahnung, wer er ist. Sie könnte der Polizei nicht einmal die Farbe seiner Augen nennen. Sie musste immer noch blinzeln und außerdem konnte sie links überhaupt nichts sehen. Die schmerzhafte Schwellung machte es unmöglich.

»Das freut mich, liebe Eva«, erwiderte der Unbekannte, und sie erschrak.

»Woher kennen Sie meinen Namen?«

»Schön, dass du Appetit hast. Das ist gut«, sagte er, ohne ihre Frage zu beantworten.

Eva stopfte sich die nächste Kartoffel in den Mund. Sie überlegte, was der Kerl mit ihr vorhatte. Sobald Frank allzu freundlich wurde, heckte er meistens etwas aus. Sie musterte ihn misstrauisch.

»Ich möchte nach Hause«, flüsterte sie mit einem flehenden Unterton in der Stimme.

Der Mann vor ihr schwieg und lächelte.

Eva rutschte auf dem Stuhl herum. Der Mann hob die Hand. Sie wich sofort zurück. Doch er streckte nur den Zeigefinger aus und deutete auf das Weinglas neben ihrem Teller.

»Das ist ein ausgezeichneter Jahrgang. Ein Rioja mit kräftigen Vanille-Aromen. Koste davon, meine liebe Eva.«

Die Art, wie er ihren Namen aussprach, verwirrte sie. Es lag erstaunlich viel Wärme und Sympathie darin. Beinahe so etwas wie Zärtlichkeit. Sie nahm das Glas in die Hand und trank einen Schluck. Er hatte recht. Der Wein schmeckte köstlich. Wenn sie ehrlich war, hatte sie nie einen besseren getrunken. Frank mochte nur Bier oder die richtig harten Sachen. Deshalb hatte sie schon lange keinen Wein mehr eingekauft. Auch sonst lag kaum was in ihrem Kühlschrank. Sie ging nicht gerne in den

Supermarkt, wenn ihr Gesicht so zerschlagen aussah. Mitleidige Blicke und kluge Ratschläge waren das Letzte, was sie gebrauchen konnte. Sie sah die Ärztin aus dem Krankenhaus vor sich, die sie angesehen hatte, als wäre sie von allen guten Geistern verlassen. Besonders als sie gesagt hatte, dass sie ihren Freund nicht anzeigen wolle. Es gab nur einen Ausweg aus diesem beschissenen Leben. Sie betrachtete die Verbände um ihre Handgelenke. Hätte es bloß geklappt, dann säße sie jetzt nicht hier und müsste sich fragen, was dieser Kerl mit der Skimaske von ihr wollte, während Frank zu Hause vermutlich nach ihr suchte und langsam sauer auf sie wurde. Sie durfte ihn niemals verlassen, das hatte er mehr als deutlich gemacht. Unwillkürlich fuhr sie sich mit der Fingerspitze über das geschwollene Auge.

»Schmeckt dir der Wein?«, fragte der Fremde. Sein Blick durchdrang sie von Kopf bis Fuß.

Sie nickte und leerte das Glas. »Darf ich noch etwas haben?«

Der Mann grinste. Jetzt sah sie es glasklar. Seine vollen Lippen zeichneten sich unter der Maske ab. Er erhob sich und schenkte ihr Wein nach. Sie nahm seinen Duft wahr. Herb, männlich, nicht uninteressant.

Er blieb neben ihr stehen. Jetzt konnte sie die Farbe seiner Augen erkennen. Sie waren blau. So blau wie das Meer und sie musterten sie freundlich.

»Was mache ich hier?«, fragte sie verwirrt.

Er lächelte. »Wir wollen dich erst einmal gesund pflegen. Du hast einiges hinter dir. Ich kenne dich, Eva.«

»Aber ...«, hob sie an und kam jedoch nicht weiter.

»Pst«, flüsterte er und legte ihr fürsorglich die Hand auf die Schulter. »Du machst dir immer viel zu viele Sorgen. Es wird dir bei mir gut gehen«, versprach er, wobei in seiner Stimme so viel Wärme lag, dass Eva ganz schwindelig wurde.

Wer um Himmels willen war dieser Mann? Warum wollte er sich um sie kümmern? Am liebsten wäre sie aufgesprungen und weggelaufen. Doch irgendetwas hielt sie davon ab. War es seine Hand auf ihrer Schulter, die sie sanft, aber bestimmt auf den Stuhl drückte, oder lag es an seiner Stimme, in der so viel Mitgefühl schwang?

Obwohl etwas in ihrem Inneren aufschrie, blieb sie sitzen. Sie griff zum Weinglas, lehnte sich zurück und versuchte zu lächeln.

6

»Sie haben Glück. Innerhalb der nächsten vierundzwanzig Stunden wären die alten Aufnahmen gelöscht worden«, erklärte der Mitarbeiter der Sicherheitsfirma, die für die Kameraüberwachung des Krankenhauses zuständig war. Sein Vollbart bedeckte fast das ganze Gesicht. Das schüttere Haupthaar hatte er zu einem dünnen Pferdeschwanz zusammengebunden. Er roch nach Zigarettenqualm. Laura bemerkte die stumpfen, gelblichen Fingernägel. Der Mann war offenkundig Kettenraucher.

Wie zur Bestätigung hustete er, wobei seine Lungen bedrohlich rasselten.

Dr. Gebauer verzog die Miene und rang sichtlich mit sich.

»Sie sollten dringend mit dem Rauchen aufhören, Herr Winkler«, belehrte sie ihn schließlich und erntete einen verständnislosen Blick.

»Wir sterben alle irgendwann an irgendetwas«, murmelte er unbeeindruckt und klickte sich durch ein paar Ordner auf seinem Computer. »Wann, sagten Sie, ist diese Patientin aus dem Behandlungszimmer verschwunden?«

»Vor knapp zwei Wochen. Ich kann mich leider nicht genau an den Tag erinnern. Wir brauchen jedenfalls die Aufnahmen vom Treppenhaus. Sie hat mit ihrem Mann die Treppe genommen. Es war am frühen Morgen, so zwischen fünf und sieben Uhr.«

Herr Winkler kratzte sich den üppigen Bart und öffnete das erste Video auf dem Bildschirm. Laura rückte mit ihrem Stuhl näher an den Monitor heran. Max lehnte noch im Türrahmen, löste sich jedoch und gesellte sich zu ihnen.

»Also, vor genau zwei Wochen sehe ich hier nichts. Probieren wir mal den Tag danach.« Winkler startete das nächste Video und stellte es auf Schnelldurchlauf. Da der Zugang zum Treppenhaus hinter einer Nische versteckt lag, wurde es so gut wie nicht benutzt. Er stoppte kurz, als ein Pfleger die Tür zum Treppenhaus öffnete, spulte dann aber schnell weiter. Auch am nächsten Tag hatten sie keinen Treffer.

»Ist sie das?«, fragte Herr Winkler beim darauffolgenden Video und zeigte auf eine Frau mit langen braunen Haaren, die von einem Mann mit Baseballkappe begleitet wurde.

Laura erkannte die Frau auf Anhieb.

»Das ist die Tote, die heute Nacht gefunden wurde.«

»Ja, das ist sie«, stieß Dr. Gebauer aus. »Das daneben könnte ihr Mann oder Freund sein. Verflucht, man kann ihn gar nicht vernünftig erkennen.«

Max kroch ganz dicht an den Bildschirm heran. »Ich sehe dunkle Haare, die unter der Mütze hervorquellen. Gibt es vielleicht noch eine andere Kamera, die ihn von vorne zeigt?«

Herr Winkler schüttelte den Kopf. »Tut mir leid. Im

Treppenhaus selbst sind keine Kameras installiert. Erst wieder draußen, aber auf den Aufnahmen wird er auch nur von hinten zu sehen sein. Es sei denn, er hätte sich umgedreht.«

»Wir schauen uns die Aufnahmen trotzdem einmal an«, erwiderte Laura und wandte sich zu Dr. Gebauer um. »Kann sich vielleicht irgendein Mitarbeiter an den Mann erinnern?«

»Nein. Ich habe sämtliche Schwestern und Pfleger sowohl nach der Patientin als auch nach diesem Mann befragt. Niemandem ist aufgefallen, dass er sie abgeholt hat. Das, was Sie auf dem Video sehen, ist im Grunde auch schon alles, was ich gesehen habe. Und bei der Patientin, die heute Nacht vor Abschluss der Behandlung verschwand, hat ebenfalls keiner etwas mitbekommen.«

Herr Winkler startete die Aufnahme von der Außenkamera, die über dem Ausgang hing, zu dem das Treppenhaus führte. Die Kamera hatte die Dunkelheit in verschiedenen Grautönen eingefangen. Es war fast nichts zu erkennen. Für ein paar Sekunden tauchten das spätere Opfer und sein Begleiter am unteren Bildrand auf. Sie gingen gemächlich und schienen es nicht sonderlich eilig zu haben.

»Sie steuern nicht auf den großen Parkplatz zu«, stellte Laura fest. »Sie bewegen sich in Richtung Mülltonnen.«

Max sah sie alarmiert an. »Dort sind doch auch Kameras installiert. Können Sie die Aufnahmen bitte raussuchen, Herr Winkler?«

Herr Winkler nickte und klickte wild auf der Tastatur herum. Er schien sichtlich Spaß an der Sache zu finden.

»Hier sind sie. Die beiden haben genau eine Minute gebraucht, um das Gebäude zu umrunden.«

»Mist. Ich sehe kein Auto«, sagte Laura enttäuscht und beobachtete, wie die Frau mit dem Mann zu Fuß über die Zufahrt verschwand.

»Irgendwo muss er doch geparkt haben oder wohnen sie etwa in der Nachbarschaft des Krankenhauses?«

Die Aufnahme lief weiter. Aber sie war nicht mehr als ein Standbild, denn keine Menschenseele nutzte diesen Weg mitten in der Nacht. Herr Winkler drückte eine Taste und der Bildschirm wurde schwarz. Niemand antwortete auf Lauras Frage. Alle schienen ihren eigenen Gedanken nachzuhängen.

»Okay«, murmelte Laura schließlich. »Gehen wir die Aufzeichnungen von heute Nacht durch. Vielleicht können wir die suizidgefährdete Patientin ausfindig machen.«

Herr Winkler suchte das Video in Sekundenschnelle heraus. Er begann um zwei Uhr nachts. Die Bilder rasten über den Bildschirm. Wieder wurde das Treppenhaus kaum genutzt. Laura blinzelte müde. Die Luft im Raum war verbraucht. Sie benötigte dringend Sauerstoff.

»Tut mir leid. Da ist keine Frau. Vielleicht hat sie den Fahrstuhl genommen. Ich schaue mal nach.« Herr Winkler machte sich erneut an die Arbeit.

»Himmel. Das ist doch derselbe Kerl«, stieß Max nach einer Weile aus, als sich auf einmal etwas tat, und kroch so dicht an den Bildschirm heran, dass seine Nasenspitze ihn fast berührte.

»Da, sieh genau hin«, sagte er und wies auf einen Mann mit Baseballkappe, die tief ins Gesicht gezogen war. Er schob eine Frau im Rollstuhl vor sich her. Die Frau schien zu schlafen.

»Der Kerl fährt meine verschwundene Patientin in einem Krankenhausrollstuhl aus dem Gebäude. Das gibt es doch nicht«, stieß Dr. Gebauer empört aus. »Als ich sie untersucht habe, war sie bei vollem Bewusstsein. Dieser Mann muss sie irgendwie ruhiggestellt haben.«

Laura sah sich die Frau an. »Können Sie ein Foto von ihr machen?«

Herr Winkler nickte. Laura musterte die Statur des Mannes. Tatsächlich war die Ähnlichkeit nicht von der Hand zu weisen.

»Das würde ja bedeuten, dass dieser Mann überhaupt nicht der Ehemann oder Lebensgefährte der Toten ist«, flüsterte Dr. Gebauer überrascht. »Aber wer ist es denn dann?«

Niemand im Raum kannte die Antwort. Doch allein die Tatsache, dass dieser Mann zweimal in den Überwachungsvideos auftauchte, sprach Bände. Weder Max noch Laura wollten vor den Anwesenden etwas dazu sagen. Sie tauschten nur einen stummen Blick aus. Wenn sie sich nicht irrten, dann lief da draußen ein Mörder herum. Ein Mörder, der heute Nacht das zweite Opfer in seine Gewalt gebracht hatte.

Laura studierte jede Bewegung des Mannes. »Wir lassen die Videos durch unseren eigenen Experten im Detail auswerten«, verkündete sie. Simon Fischer, ein echter Computerfreak, konnte aus fast jedem noch so unscharfen Bild etwas herausholen.

»Doktor Gebauer, Sie haben uns wirklich sehr geholfen. Sie sollten aber darauf achten, dass Sie niemals Patienten behandeln, die nicht ordnungsgemäß registriert wurden. Wissen Sie eigentlich, ob das auch bei Ihren Kollegen vorkommen könnte?«

Dr. Gebauer riss die Augen auf. »Wie meinen Sie das?«

»Sind das Ausnahmefälle oder kommt es häufiger vor,

dass Patienten behandelt werden, bevor sie namentlich aufgenommen worden sind?« Laura machte eine Pause. »Ich frage mich nur, ob dieser Mann bewusst während Ihrer Dienste gehandelt hat.«

Dr. Gebauer schluckte und schüttelte dann heftig den Kopf. »Es kommt darauf an, wie viel los ist. Es ist eher ein Ausnahmefall, wenn wir erst behandeln und anschließend die Patientendaten aufnehmen. Jedoch steht die Gesundheit des Patienten immer an erster Stelle. Also ja, auch meine Kollegen helfen in Notfällen zuerst und erledigen später die Formalitäten.«

»Okay«, erwiderte Laura. »Es spielt demnach keine Rolle, wer Dienst hat. Dieser Mann braucht also nur darauf zu warten, dass es voll ist, damit er im Chaos unbemerkt agieren kann.«

»Es ist sicherlich ein Zufall, dass ausgerechnet diese beiden Patientinnen noch nicht aufgenommen wurden. Es ist Aufgabe der Pflegekräfte. Aber die sind natürlich ständig beschäftigt, wenn viel zu tun ist. In neunundneunzig Prozent funktioniert es ja.«

»Demnach hätte er also nur Glück gehabt«, stellte Max fest.

Dr. Gebauer nickte zögerlich. »Himmel, jetzt bin ich ganz verunsichert.« Ihre Stimme bebte ein wenig. »Vielleicht hat er mich und die zuständige Schwester auch beobachtet. Wer weiß, wie viele Frauen er bereits aus dem Krankenhaus geschafft hat. Ohne die Tote hätte ich überhaupt keinen Zusammenhang hergestellt.« Sie fuhr sich fahrig durchs Haar. »O Gott. Der Typ ist ein Serienkiller. Hab ich recht? Er holt sich Frauen aus dem Krankenhaus und bringt sie um. Ich fasse es nicht.«

»Wir stehen erst ganz am Anfang der Ermittlungen, aber es scheint so, als wären Sie da auf eine schlimme

Sache aufmerksam geworden«, bestätigte Laura und reichte ihr eine Visitenkarte. »Scheuen Sie sich nicht davor, mich auch mitten in der Nacht anzurufen, falls Ihnen noch eine weitere Begebenheit oder andere Einzelheiten einfallen.« Laura bedankte sich bei Herrn Winkler und ließ sich von ihm die Aufnahmen aushändigen. Max hielt ihr die Tür auf. Sie steuerten wieder auf die Rückseite des Gebäudes zu.

Die Arbeit der Spurensicherung war in vollem Gange. Ein ganzes Team hatte sich um die Mülltonnen herum ausgebreitet. Es blitzte aus Kameras. Boxen wurden mit Beweismaterial gefüllt. Zwei Mitarbeiter nahmen am Rand der Straße einen Gipsabdruck. Eine junge Frau durchsuchte ein paar dürre Sträucher an der Häuserwand. Die Leiche war bereits abtransportiert worden. Dr. Herzberger würde sie noch heute obduzieren. Laura war auf die Todesursache gespannt. Der Fall kam ihr jedenfalls sehr merkwürdig vor.

»Auf dem Video sah es so aus, als wäre die später getötete Frau freiwillig mitgegangen«, bemerkte sie und sah Max an.

Der schob nachdenklich die Unterlippe vor. »Das stimmt. Trotzdem waren die Aufnahmen nicht sonderlich deutlich. Vielleicht hatte er eine Pistole oder etwas Ähnliches in der Tasche. Er ging ein wenig hinter ihr. Und die andere Frau hat sich bestimmt nicht freiwillig in den Rollstuhl gesetzt. Die hat er entführt.«

»Das wäre eine Erklärung.« Laura öffnete die Wagentür auf der Beifahrerseite und stieg ein. »Simon Fischer soll sofort mit der Auswertung der Überwachungsaufnahmen beginnen, damit wir wissen, ob es sich tatsächlich zweimal um denselben Mann handelt«, erklärte sie, während Max den Wagen startete. »Und wir sollten die Vermisstendatei nach den beiden Frauen durchsuchen. Wenn die Tote wirklich elf Tage lang in der Gewalt des Täters war, sollte sie ihre Familie zwischenzeitlich als vermisst gemeldet haben.« Und hoffentlich lebt die zweite Frau noch und wir finden sie rechtzeitig, fügte sie in Gedanken hinzu.

7

Der Mann an der Theke nickte unmissverständlich mit dem Kopf. Sie hätte es am liebsten ignoriert. Ihr Körper schrie nach Schlaf. Sie war die ganze Nacht auf den Beinen gewesen. Hatte über zwanzig Männer mit auf ihr Zimmer genommen und jetzt sollte sie schon wieder einen Freier bedienen. Sie warf Sascha einen unterwürfigen Blick zu, weil er sie immer noch mit hochgezogenen Augenbrauen anstarrte. Er duldete keinen Widerspruch. Sie gehörte ihm und hatte zu tun, was er von ihr verlangte. So viel hatte sie inzwischen gelernt.

Sie setzte ein falsches Lächeln auf und klimperte mit den ebenso falschen Wimpern. Der Freier, ein dürrer, alter Mann mit faltigem Gesicht, grinste lüstern. Er griff ihr um die Taille und presste sie grob an sich. Anschließend schob er sie die schmalen Stufen in die obere Etage hinauf. Dort befanden sich die Zimmer. Mitten am Tag waren die meisten frei. Nachts konnte es schon mal eng werden. Dann waren die Mädchen angewiesen, sich zu beeilen. Länger als dreißig Minuten durfte kein Besuch dauern.

Doch Marina hatte sowieso nicht vor, sich Zeit zu lassen. Wofür auch? Der Alte würde ohnehin nicht lange brauchen und sie musste endlich schlafen. Wenigstens machte es ihr inzwischen nichts mehr aus, wenn Fremde sie berührten. Wenn sie in sie eindrangen und sich an ihr befriedigten, als wäre sie nichts weiter als ein Objekt. Die meisten kannten nicht einmal ihren richtigen Namen. Sie nannten sie Ilona. Der Name klang fremd in ihren Ohren, genauso wie die deutsche Sprache, die sie sich in den letzten Monaten mühsam angeeignet hatte. Sie nahm das erste Zimmer auf der rechten Seite und ließ den Freier eintreten.

Der hockte sich gleich aufs Bett und musterte sie gierig.

»Wie heißt du?«, fragte er und lehnte sich zurück.

»Ilona«, flüsterte sie und schlüpfte aus ihrem Kleid. Sie wollte es möglichst schnell hinter sich bringen. Sie stolzierte mit eingezogenem Bauch zum Bett und nahm ein Kondom vom Nachttisch. Dann setzte sie sich rittlings auf ihn und begann an seiner Hose zu nesteln.

Der Alte schloss die Augen. Sein aufdringliches Parfüm kroch ihr in die Nase. Sie verzog das Gesicht und zerrte seine Hose ein Stück herunter, eben weit genug, um ihre Dienste zu verrichten. Sie rutschte auf ihm vor und zurück, zehn, höchstens fünfzehn Mal. Seine dürren Finger packten ihren Hintern und gruben sich schmerzhaft in ihr Fleisch. In dem Moment, als sie es nicht mehr aushielt und seine Hände wegstoßen wollte, ließ er glücklicherweise von selbst los und sackte wie ein schlaffer Sack in die Matratze. Sie stieg hastig von ihm herunter und wartete, bis er endlich die Augen öffnete.

»Kondom«, sagte sie und deutete auf den Eimer neben dem Bett.

Der Alte grinste zufrieden, zog den Gummi ab und warf ihn in den Müll. Er holte ein paar Geldscheine aus der Tasche und steckte sie tief in ihr Dekolleté. Dann biss er ihr sanft in den Hals.

Sie hatte Mühe, sich nicht abzuwenden. Angewidert hielt sie die Luft an.

»Du warst gut«, brummte er und ließ von ihr ab.

Marina atmete auf und sah zu, wie der Alte den Raum verließ. Hastig zählte sie das Geld nach. Einhundertzwanzig Euro kostete der Geschlechtsverkehr mit ihr. Sie nannte es so und nicht anders, denn das verschaffte ihr Distanz. Noch vor acht Monaten hätte sie sich nie vorstellen können, ihren Körper für Geld anzubieten. Doch die ersten zwei Monate gefangen in Saschas Hand und eingesperrt mit den anderen Mädchen in einem dunklen Keller hatten sie eines Besseren belehrt. Sie wurden geschlagen, hatten gehungert und es war kalt gewesen. Ihr Stolz war dahin. Aber nun fror sie nicht mehr, sie hatte genügend zu essen, und sie verdiente Geld, wovon sie ein wenig behalten durfte. Den größten Teil bekam natürlich Sascha. Dafür schlug er sie kaum. Im Vergleich zu anderen Zuhältern war er einigermaßen nett. Die meisten Mädchen bei ihm überlebten, und wenn sie ein gewisses Alter erreicht hatten, dann ließ er sie gehen.

Marina stammte aus einem kleinen Dorf in der Mitte Rumäniens. Irgendwo im Nirgendwo. Ihre Mutter hatte sie mit fünfzehn Jahren nach Deutschland geschickt. Sie war eines von sechs Kindern und es war eine große Chance für sie. Ein entfernter Cousin hatte ihr in dem fremden, wohlhabenden Land einen Job besorgt. Sie sollte als Kellnerin arbeiten und sich mit dem Geld ein unabhängiges Leben aufbauen. Sie war mit wehenden Fahnen aus ihrem Zuhause aufgebrochen, mit einer Naivität, die ihr inzwischen völlig abhandengekommen war. Mit ihren sechzehn Jahren hatte Marina bereits so tief in den Abgrund geblickt, dass sie nichts mehr schockieren konnte.

Ein Piepton auf ihrem Handy ließ sie hochschrecken. Es war der Alarm. In letzter Zeit kam er häufiger vor. Sie schnappte ihre Sachen und stürmte aus dem Zimmer, den Flur entlang und dann die Treppe hinauf.

8

Simon Fischer kniff konzentriert die Augen zusammen und rückte gedankenverloren die dicke Hornbrille auf seiner Nase zurecht. Schließlich bearbeitete er inbrünstig die Tastatur seines Computers. Auf dem Bildschirm waren die Aufzeichnungen der Überwachungskamera von der getöteten Frau zu sehen.

»Nachtaufnahmen sind immer schwierig und machen viel Arbeit«, murmelte er. »Aber keine Sorge. Wenn dahinten im Dunkeln ein Auto steht, dann finden wir es.«

Laura und Max hockten neben ihm und warteten geduldig ab. Inzwischen wussten sie, dass der Mann, der die beiden Frauen aus dem Krankenhaus entführt hatte, mit großer Sicherheit derselbe war. Simon Fischer hatte die Bilder des Mannes isoliert und übereinandergelegt. Körpergröße, Statur und Gang stimmten überein. Es war nur schade, dass sein Gesicht auf keiner einzigen Aufnahme zu sehen war. So kam im Grunde genommen jeder schlanke Mann mit einer Körpergröße von eins fünfundachtzig, der relativ aufrecht ging, infrage.

Jetzt suchten sie nach weiteren Hinweisen, einem

Auto oder besser noch dem Kennzeichen oder Ähnlichem. Das Bild wurde sukzessive heller und schärfer. Die Frau und ihr Begleiter liefen an den Mülltonnen des Krankenhauses vorbei. Kurz bevor sie aus dem Bildausschnitt verschwanden, drehte sich der Mann zur Seite.

»Was macht er da?«, fragte Laura und pochte auf die Scheibe.

Sofort stoppte Simon die Aufnahme und spulte ein Stück zurück. Er vergrößerte den Ausschnitt mit dem Pärchen. Etwas blitzte in der Dunkelheit auf.

»Verdammt. Der hat ein Messer in der Hand«, stellte er fest und isolierte einen weiteren Ausschnitt. »Jetzt kann man es deutlich sehen. Er presst es ihr gegen die Rippen. Er ist nur die ganze Zeit so geschickt schräg hinter ihr gelaufen, dass man es nicht sehen konnte.« Simon Fischer kratzte sich nachdenklich auf dem Kopf. Sein schütteres Haar stand zu allen Seiten ab. »Wenn Sie mich fragen, dann weiß dieser Kerl genau, wo die Kameras hängen. Er dreht sich jedes Mal so gekonnt weg, dass ich sein Gesicht nicht einfangen kann, und auch das Messer hat er perfekt aus dem Sichtbereich gehalten. Bis jetzt.« Simon Fischer holte den Ausschnitt so nah heran, dass Laura die Klinge erkennen konnte. Anschließend fuhr er fort, den Hintergrund aufzuhellen und nach einem Wagen Ausschau zu halten. Der Mann und die Frau gingen weiter, bis sie in der Schwärze der Nacht verschwanden. Der Computerexperte schaffte es, sie immer noch ein paar Augenblicke länger auf dem Monitor sichtbar zu machen. Aber irgendwann liefen sie einfach aus dem Aufnahmebereich der Kamera, ohne in ein Auto gestiegen zu sein.

»Das gibt es doch nicht«, stieß Max aus. »Sie versucht nicht mal, ihm zu entkommen.«

»Was sollte sie auch tun? Er hat sie mit einem Messer bedroht«, erwiderte Laura.

»Sie hätte wenigstens mal um Hilfe rufen können oder versuchen sollen wegzulaufen. Sie geht mit ihm, als wären sie die besten Freunde.« Max schüttelte missmutig den Kopf.

»Sie wurde von ihrem Lebensgefährten krankenhausreif geschlagen.« Laura zuckte mit den Achseln. »Sicherlich befand sie sich emotional in einer Ausnahmesituation. Wer weiß, was der Kerl ihr versprochen hat. Er könnte ihr erzählt haben, als Seelsorger zu arbeiten oder für irgendeinen Verein, der sich um Gewaltopfer kümmert. Vielleicht kam ihr der Kerl ganz recht. Wovor sollte sie nach der Prügelattacke denn noch Angst haben?«

Simon Fischer und Max starrten sie entgeistert an. Ihre Worte schwebten im Raum. Bis auf sie selbst konnte sich offenbar niemand vorstellen, freiwillig mit einem Monster mitzugehen. Keiner ihrer beiden Kollegen hatte jemals in einer ähnlichen Situation gesteckt wie sie als Kind. Sie konnten es nicht nachvollziehen. Ein Monster war nicht pausenlos ein Monster. Es besaß verschiedene Gesichter, und das Böse blitzte erst dann auf, wenn das Opfer in der Falle saß.

»Womöglich hat die Frau geglaubt, dass dieser Fremde ihr helfen will. Außerdem können wir auf den Videos nicht erkennen, wann er das Messer herausgeholt hat«, fügte Laura hinzu und seufzte.

»Wir sollten uns den Fall von gestern Abend anschauen.« Simon Fischer öffnete ein anderes Video auf dem Bildschirm. »Vielleicht hat er dieses Mal in Reichweite der Kamera geparkt.«

Die Szene lief beinahe identisch ab. Der Mann schob die Frau im Rollstuhl vor sich her, wobei er den Kopf gesenkt hielt, sodass sein Gesicht wegen der Baseballkappe nicht zu erkennen war. Simon Fischer vergrößerte hin und wieder Bildausschnitte, aber bis zu der Stelle, an der die beiden aus der Reichweite der Kamera gelangten, war kein Auto zu sehen.

Simon Fischer fluchte leise: »Der Kerl muss doch ein Auto haben. Ich suche jetzt nach dem Ablagezeitpunkt der Toten. Vielleicht sehen wir dort noch etwas Nützliches. Er hat die Leiche sicherlich nicht auf der Schulter zum Müllplatz geschleppt.«

Es dauerte eine ganze Weile, bis er die Stelle gefunden hatte. Laura hielt den Atem an. Was hatte den potenziellen Täter dazu veranlasst, die Leiche in Sichtweite einer Kamera an einem gut besuchten Krankenhaus abzulegen?

»Wenn der Kerl jetzt mit dem Auto vorfährt, fresse ich einen Besen«, murmelte Max, der immer noch neben ihr hockte.

Sie starrten alle drei gebannt auf den Bildschirm. Ein dunkler Schatten näherte sich am Rande des Sichtfeldes. Sofort hellte Simon Fischer das Bild auf.

Kein Auto, fuhr es Laura durch den Kopf. Sie kniff angespannt die Augen zusammen. Die Aufnahme war nicht sonderlich scharf und die verwaschenen Graustufen erschwerten die Sicht. Aber es gab keinen Zweifel daran, dass sich eine Person der Rückseite des Krankenhauses näherte. Sie steuerte direkt auf die Mülltonnen zu. Der Statur nach zu urteilen, handelte es sich um einen Mann. Er trug keine Leiche auf den Schultern. Doch er schob etwas vor sich her.

»Was ist das? Ein Koffer?«, murmelte Laura und wartete, bis Simon Fischer das Bild näher heranzoomte und den Kontrast erhöhte.

»Schwer zu sagen«, brummte der Computerspezialist.

»Vor dem dunklen Hintergrund ist kaum etwas zu erkennen. Aber wie ein Koffer sieht es nicht aus.«

»Ist es vielleicht ein Rollstuhl?«, brachte Max hervor. »Es rollt doch, oder?«

Laura starrte auf das Bild. Der Mann näherte sich zusehends. Noch immer hatte sie keine Ahnung, was er da vor sich herschob. Sie fixierte den Monitor so sehr, dass ihr die Augen tränten. Endlich war der Mann bei den Müllcontainern angekommen. Er ruckelte an dem Gegenstand. Simon Fischer vergrößerte das Bild auf das Doppelte.

»Das ist eine Schubkarre«, stellte Laura fest. »Himmel. Er transportiert die Tote in einer Schubkarre und lädt sie vor den Mülltonnen ab.«

»Der wird das Ding ja nicht offen durch die Stadt geschoben haben. Das bedeutet, sein Wagen parkt irgendwo in der Nähe. Gleich außerhalb der Reichweite der Kameras. Das hat er vorher bestimmt ausgekundschaftet«, spekulierte Max.

Laura kam eine Idee. »Wir sollten die Spurensicherung noch einmal darauf ansetzen. Irgendwo muss er ja auch diesen Rollstuhl gelassen haben. Vielleicht gibt es in der Umgebung weitere Überwachungskameras, auf denen wir den Täter womöglich finden.«

Simon Fischer schüttelte den Kopf. »Leider nein. Ich habe das bereits überprüft.« Er öffnete einen Stadtplan und deutete auf die Zufahrtsstraße zur Rückseite des Krankenhauses. »Hier befindet sich eine unüberwachte Parkfläche. Das ist mehr oder weniger ein einfacher Schotterplatz und dahinter liegt ein Park. Dort gibt es keine Kameras. Erst der Supermarkt an der nächsten großen Kreuzung hat wieder eine Überwachung.«

Laura seufzte. »Es wäre ja auch zu leicht gewesen. Aber schauen Sie trotzdem mal, ob wir die Aufnahmen des Supermarktes bekommen. Vielleicht haben wir Glück.«

»In Ordnung«, erwiderte Simon Fischer. »Ich überprüfe, ob sich was finden lässt. Er hat erst eine Frau geholt. Als sie tot war, hat er sie hinter dem Krankenhaus abgelegt und eine neue mitgenommen. Sollte an den entsprechenden Tagen derselbe Wagen auftauchen, haben wir ihn.« Fischer grinste und fuchtelte mit dem Arm in der Luft, als wollte er zum Angriff blasen.

Laura schmunzelte. »Wir gehen jetzt die Vermisstenanzeigen durch.« Sie stand auf und winkte Max mit sich.

Zurück im Büro mühte Laura sich mit der Datenbank ab, während Max eine Liste von allen Krankenhausmitarbeitern überprüfte, die mit den beiden Frauen in Berührung gekommen waren. In Berlin und Umgebung verschwanden jeden Tag zahlreiche Menschen. Viele von ihnen tauchten einfach so wieder auf. In den allermeisten Fällen gab es eine plausible Erklärung. Doch sobald ein Verbrechen zugrunde lag, fing die Uhr an zu ticken. Je länger sich ein Opfer in der Gewalt eines Täters befand, desto geringer war seine Überlebenschance. Bei Kindern zählten die ersten vierundzwanzig Stunden für eine mögliche Rettung, bei Erwachsenen blieb etwas mehr Zeit. Nichtsdestotrotz bedeutete jede Minute für das Opfer unendliche Qualen.

Laura konzentrierte sich zunächst auf die Frau, die vermutlich noch am Leben war. Die eins siebzig große Brünette war schlank und nicht älter als dreißig. In den letzten vierundzwanzig Stunden fand Laura wie befürchtet keinen Eintrag, der auf die Beschreibung passte. Sie blickte verzweifelt auf das Foto der Entführten, das sie aus Simon Fischers Büro mitgenommen hatte. Sie legte es neben das Bild der Toten. Die Frauen sahen sich verdammt ähnlich. Laura durchsuchte die Datenbank nach denselben Kriterien, verlängerte allerdings den Zeitraum auf zwei Wochen. Sofort erschienen etliche Anzeigen auf dem Bildschirm. Eine Frau fiel ihr gleich ins Auge. Mit ihren ebenmäßigen Gesichtszügen glich sie beinahe einem Model.

9

»Du bist sehr hübsch«, erklärte er und seine Lippen verzogen sich unter der Skimaske zu einem Lächeln.

Eva nickte. Diese Worte kamen ihr nur allzu bekannt vor. Sie hörte sie so oft, dass sie längst ihren Zauber verloren hatten. Aus leidvoller Erfahrung wusste sie, dass Komplimente meist nicht kostenlos waren. Alles hatte seinen Preis, und wer sie schön fand, wollte in der Regel mit ihr anbändeln.

»Gefällt dir nicht, was ich sage?«

Der schneidende Unterton in seiner Stimme ließ Eva aufhorchen.

»Doch. Ich mag es«, murmelte sie hastig und blickte scheu in die blauen Augen des großen Mannes, der sie auf eine unangenehme Weise musterte.

In seinem Blick lag etwas Oberlehrerhaftes. Er sah sie an wie eine Schülerin, die zu spät zum Unterricht erschienen war oder ihre Hausaufgaben vergessen hatte.

»Gut«, erklärte er ein wenig besänftigt und zog sie

vom Stuhl hoch. »Du solltest jetzt duschen und dich umziehen.« Er beförderte sie aus dem Raum und schob sie durch den dunklen Flur.

Eva blickte sich vorsichtig um. Sie hatte keine Ahnung, wo sie war. Das Haus jedenfalls kam ihr riesig vor. Der Flur zog sich mindestens fünfzehn Meter in die Länge. Rechts und links gingen etliche Zimmer ab. Eva entdeckte eine angelehnte Tür. Sie verlangsamte ihr Tempo und wollte durch den schmalen Spalt blicken, aber der Mann trieb sie unsanft weiter. Aus dem Augenwinkel nahm sie ein großes Doppelbett wahr, auf dem eine zerwühlte Decke lag. Ob der Fremde darin schlief? Gleich darauf knarrte der Holzboden. Eva hätte schwören können, dass noch jemand im Haus war, doch sie traute sich nicht, stehen zu bleiben oder danach zu fragen. Sie erreichten das Ende des Ganges.

»Hier rein«, zischte der Mann und schloss die Zimmertür hinter ihr.

Eva atmete auf und sah sich um. Ein Himmelbett mit rosa Schleifen füllte beinahe den gesamten Raum aus. Zu ihrer Rechten stand ein Schminktisch mit Spiegel. Daneben befand sich eine Tür. Neugierig drückte Eva die Türklinke hinunter und bestaunte das große Badezimmer. Es verfügte über eine altmodische Badewanne und eine Toilette, die noch mit einer Schnur bedient wurde. Das Milchglas der Dusche musste aus den Fünfzigerjahren stammen, denn es hatte sich im Laufe der Zeit zu einer Mischung aus Gelb und Braun verfärbt. Die Fliesen schimmerten in einem merkwürdigen Grün. Die Fugen dazwischen waren tiefschwarz. Je länger Eva das Badezimmer betrachtete, desto weniger Lust verspürte sie, sich hier zu waschen. Sie wollte sich gerade abwenden, als ihr das Fenster ins Auge fiel. Sie stürmte darauf zu und ruckelte an dem

Griff, der sich allerdings keinen Millimeter bewegte. Der Holzrahmen erschien mindestens so alt wie der Rest des Badezimmers. Sie rüttelte kräftig an dem morschen Holz, ohne jedoch etwas zu erreichen. Hinausblicken konnte sie nicht, weil die Scheibe ebenfalls aus Milchglas bestand. Eva sah sich um und erblickte eine Toilettenbürste. Sie steckte in einem schweren Porzellangefäß. Plötzlich war ihr Drang zu fliehen viel größer als ihre Angst. Sie nahm das Gefäß und hob es hoch über den Kopf. Ihr Herz pochte wie verrückt, als sie dicht vor der Fensterscheibe stand. Sie holte tief Luft und schleuderte das Gefäß mit aller Kraft gegen die Scheibe. Der Lärm war so ohrenbetäubend, dass sie vor Schreck die Hände über den Kopf legte. Das Glas zersplitterte. Dahinter kam ein Stück blauer Himmel zum Vorschein. Und noch etwas, das ihr Herz augenblicklich zum Aussetzen brachte.

Ein Gitter.

Verdammt!

Eva blinzelte entsetzt. Sie wollte nicht wahrhaben, was sie dort sah. Verzweifelt griff sie durch das Loch in der Scheibe und packte das Gitter an. Hoffentlich war es locker. Sie zog aus Leibeskräften. Das verfluchte Ding rührte sich nicht. Stattdessen hörte sie Schritte.

Seine Schritte.

Sie klangen fest, entschlossen. Sie kamen viel zu schnell näher. Noch bevor sie überhaupt einen klaren Gedanken fassen konnte, wurde die Zimmertür aufgestoßen.

»Was tust du da?« Seine Stimme vibrierte vor Wut.

Eva sah sich um. Seine massige Gestalt im Türrahmen machte jede Flucht unmöglich. Doch das war es nicht, was ihre Knie schlagartig in Wackelpudding verwandelte. Die Angst krallte sich in ihren Eingeweiden fest. Wieder blinzelte sie. Aber das Bild veränderte sich nicht. Tränen schossen ihr in die Augen.

»Bitte«, flehte sie. »Bitte tun Sie mir nichts.«

Der Mann grinste. Eva stolperte einen Schritt rückwärts. Sie hatte keine Chance.

Der Mann hatte die Maske abgenommen.

10

Laura hielt die Luft an. Es gab Dinge, an die sie sich im ganzen Leben nicht gewöhnen würde. Der Gestank in der Leichenhalle gehörte dazu. Nur gut, dass sie am Morgen kaum gefrühstückt hatte. Die Neonröhren hoch über ihren Köpfen, der graue Fußbodenbelag und die kahlen, weißen Wände jagten ihr einen leichten Schauer über den Rücken. Laura bewunderte jeden Arzt und Helfer, der hier arbeitete. Sie würde es keine vierundzwanzig Stunden in dieser Atmosphäre aushalten.

»Haben Sie das Foto dabei?«, fragte Dr. Herzberger lächelnd. Ihm schien der Tod, der ihn täglich umgab, nichts auszumachen. Er stieß die Tür zum Autopsiesaal auf, wartete, bis Laura mit Max hindurchgegangen war, und steuerte auf einen Obduktionstisch zu. Darauf lag die tote Frau, die sie am Krankenhaus gefunden hatten. Ihre ebenmäßigen Gesichtszüge hatten jegliche Ausstrahlung verloren. Die Haut glich einer grauen Knetmasse, die Augen waren geschlossen, das lange Haar war ordentlich zurückgekämmt. Unter dem Haaransatz und auch vom Halsansatz abwärts zeichneten sich dicke wulstige Nähte ab. Eine davon verlief über den Oberkörper bis hinab zum Schambein. Es handelte sich um den typischen Y-Schnitt, der beim Öffnen eines Leichnams angewendet wurde. Zu Lauras Erleichterung hatte Dr. Herzberger die Obduktion bereits beendet und den Körper wieder zugenäht. Sie konzentrierte sich auf das Gesicht der Toten und vermied, auf die langen Nähte zu starren.

Max verhielt sich ähnlich. Sein Blick war auf einen imaginären Punkt an der Wand gerichtet.

Laura holte schweigend das Foto von der Vermisstenanzeige aus der Tasche.

»Ich denke, das ist sie«, stellte Dr. Herzberger zufrieden fest und murmelte ihren Namen: »Lena Reimann. Vierundzwanzig Jahre alt. Ich hatte schon befürchtet, ich muss den Zahnstatus für die Identifizierung heranziehen. Sie hat zahlreiche Kronen für ihr Alter. Aber das ist jetzt nicht mehr relevant. Könnten Sie mir DNS-Proben aus ihrer Wohnung beschaffen, damit wir ihre Identität zweifelsfrei nachweisen können?«

»Natürlich. Wir müssen sowieso ihre Angehörigen informieren. Lena Reimanns Mutter hat vor zehn Tagen eine Vermisstenanzeige aufgegeben. Sie kann uns sicherlich eine Haarprobe von ihrer Tochter besorgen«, entgegnete Laura, während sie unablässig die zierliche Nase des Leichnams fokussierte. »Woran ist sie denn gestorben?«

Dr. Herzberger holte tief Luft. »Aus diesem Grund habe ich Sie hergebeten. Die Tote weist, wie bereits am Fundort festgestellt, etliche alte und neue Verletzungen auf, die vermutlich durch Tritte, Schläge, Festhalten und Ähnliches verursacht wurden. Eine Rippe auf der rechten Seite ist gebrochen, aber daran ist sie nicht gestorben. Lena Reimann war jung und ansonsten kerngesund. Sie hätte wahrscheinlich ein langes Leben vor sich gehabt, wenn wir in ihrem Blut nicht Zyankali gefunden hätten.«

»Gift?«, fragte Laura verwundert. Der große, kräftige Mann auf den Videoaufnahmen hätte sein Opfer auf alle erdenklichen Arten töten können. Offenbar war er mit der Frau nicht sonderlich zimperlich umgegangen. Ein paar wuchtige Schläge mehr und er hätte sie umbringen können. Laura wiegte nachdenklich den Kopf. Warum benutzte er Gift? Giftige Substanzen wurden typischerweise von Frauen oder körperlich unterlegenen Personen eingesetzt. Sadistische Täter genossen es meist, ihr Opfer zu quälen. Hierzu hätte sie Lena Reimanns Mörder aufgrund der vielen Verletzungen auf alle Fälle gezählt. Aber sie wussten nicht, ob die älteren Verletzungen überhaupt vom Täter stammten.

»Zyankali ist ein schnell wirkendes Gift. Bei der verwendeten Dosis ist sie innerhalb weniger Minuten und ohne Schmerzen gestorben«, erklärte Dr. Herzberger am Ende seiner Ausführungen.

»Und wo bekommt man dieses Zeug her?«, wollte Max wissen. »Das liegt ja nicht in der Drogerie aus.«

Dr. Herzberger schüttelte den Kopf. »Nein. Aber jede Apotheke verkauft es, sofern Sie einen entsprechenden Nachweis Ihrer Qualifikation vorweisen. Für Ärzte beispielsweise ist es kein Problem, es zu beziehen. Manche Juweliere nutzen es zum Reinigen von Schmuckstücken. Offen gestanden ist es nicht sonderlich schwierig, an dieses Gift zu kommen.«

Max stöhnte. »Schade. Trotzdem überprüfen wir die umliegenden Apotheken und lassen uns die Listen mit den Verkäufen der letzten paar Wochen aushändigen.«

»Können Sie den Todeszeitpunkt einschätzen?«, fragte Laura und betrachtete Lena Reimann erneut.

Dr. Herzberger bedeckte den Körper der Toten mit

einem weißen Tuch und zog sich die Gummihandschuhe aus.

»Ich schätze, dass sie maximal drei Tage tot ist. Ihr Körper wurde nach dem Tod umgelagert, das kann man deutlich an den Totenflecken erkennen. Sie hat lange Zeit auf dem Bauch gelegen, bis sie hinter dem Krankenhaus auf dem Rücken abgelegt wurde.«

»Er hat sie also vergiftet, noch eine Weile liegen lassen und ist dann mit ihr zum Krankenhaus gefahren, um sie loszuwerden«, fasste Laura zusammen und schluckte. »Und weil er vermutlich ein neues Opfer brauchte, hat er gleich die nächste Frau mitgenommen.«

Dr. Herzberger zog die Augenbrauen hoch. »Es gibt ein weiteres Opfer?«, fragte er und blätterte sofort in einer Liste. »Bei uns ist kein Neuzugang verzeichnet.«

»Ja, es wurde eine weitere Frau entführt. Sie lebt aber möglicherweise noch«, erklärte Laura. »Wir vermuten, dass der Täter seine Opfer eine Zeit lang am Leben lässt, bevor er sie tötet. Bei Lena Reimann waren es zehn Tage von ihrem Verschwinden bis zum Auffinden ihrer Leiche.«

»Ich habe übrigens bei der Toten keine Spuren von sexuellem Missbrauch festgestellt. Weder Spermaspuren noch Haare oder Fasern. Auch unter den Fingernägeln fanden sich keine fremden Hautzellen. Die Vagina und der Bereich ringsum weisen keine Verletzungen auf. Wir haben den Abstrich auch auf Rückstände von Kondomen überprüft. Nichts. Aber das gilt bloß für die letzten drei Tage. Sollte sie davor Geschlechtsverkehr gehabt haben, können wir es nicht mehr herausfinden. Zumindest nicht, wenn es nicht mit grober Gewalt zuging. Doch danach sieht es in diesem Fall nicht aus.«

»Wann hat sie sich die Rippe gebrochen?«, fragte Laura.

»Das ist schon länger her, schätzungsweise drei Wochen, vielleicht auch nur zwei. Die Verletzungen der Zeigefinger sind allerdings jüngeren Datums. Ich bin mir ziemlich sicher, dass sie von einem Hammer stammen.« Dr. Herzberger zog rasch einen Handschuh über und ergriff die rechte Hand des Opfers. »Sehen Sie hier, das ist ganz eindeutig der Abdruck eines Hammers.«

»Kann sie sich selbst verletzt haben?«, fragte Laura und spürte, wie sich ihr bei dieser Vorstellung die Nackenhärchen aufstellten.

Dr. Herzberger schüttelte den Kopf. »Davon gehe ich nicht aus. Die Schläge sind meines Erachtens gezielt gesetzt und passen auch vom Winkel her nicht zu einer Selbstverletzung.« Dr. Herzberger hob zur Demonstration den rechten Arm und ließ ihn wieder hinuntersausen. »Es fehlen die typischen Probeschläge. Wer sich selbst verletzt, geht in der Regel zunächst mal zaghaft an die Sache heran. Bei Menschen, die sich beispielsweise ritzen, kann man das sehr gut beobachten. Die ersten Schnitte sind kurz und oberflächlich, mit der Zeit werden sie immer länger und tiefer. Diese Hammerschläge sind alle mit ähnlicher Kraft erfolgt. Die Aufschläge liegen genau auf dem Knochen, sodass keine Fingergelenke getroffen wurden. Ehrlich gesagt sieht es so aus, als wäre Lena Reimann gezielt verletzt worden. Das war keine impulsive Aktion. Wer immer ihr diese Wunden zugefügt hat, kennt sich mit der menschlichen Anatomie und der Wirkung von Schlägen gut aus.«

»Sie meinen, er hat Erfahrungen im Foltern?«, fragte Max ungläubig.

»So weit würde ich nicht gehen«, erwiderte Dr. Herzberger. »Aber er wollte seinem Opfer keinen dauerhaften Schaden zufügen. Er hat ihr beide Zeigefinger gebrochen und dabei nicht ein einziges Gelenk zerfetzt. Mehr hat die Obduktion leider nicht ergeben.«

Laura kräuselte nachdenklich die Stirn. »Lena Reimann wurde also regelmäßig misshandelt. Sowohl vor als auch nach ihrer Entführung. Doktor Gebauer hat vermutet, dass ihr Lebensgefährte dahintersteckt. Es ist schon komisch, dass nicht er sie als vermisst gemeldet hat, sondern ihre Mutter.«

»Da gebe ich Ihnen recht.« Dr. Herzberger schaute auf die Uhr. »Tut mir leid. Ich muss los. Ich schicke Ihnen den Bericht so schnell wie möglich zu. Gestern Nacht gab es viele Neuzugänge und einige davon sind priorisiert.«

Er sprach nicht aus, was priorisiert bedeutete.

Das musste er auch nicht. Laura wusste, dass man in diesen Fällen den Verdacht eines Tötungsdelikts hatte.

Dr. Herzberger hastete aus dem Saal und ließ sie und Max mit der Toten allein.

»Lass uns die Mutter von Lena Reimann hierherbitten. Sie kann ihre Tochter identifizieren, eine DNS-Probe übergeben und uns vielleicht etwas zu ihrem Lebensgefährten erzählen«, schlug Laura vor.

Max war einverstanden und entfernte sich ein paar Schritte, um mit den zuständigen Kollegen zu telefonieren und eine Streife zu Lena Reimanns Mutter zu schicken. Laura warf einen letzten Blick auf die Frau, die in ihrem Leben so viel Gewalt erlebt hatte. Sie tat ihr schrecklich leid. Laura wandte sich ab und öffnete die Tür zum Flur. Sie hielt es keine Sekunde länger im Autopsiesaal aus.

Max hatte zu Ende telefoniert und folgte ihr.

Als sie wieder im Auto saßen, sagte er: »In der Zwischenzeit sollten wir mit den Krankenhausmitarbeitern sprechen, die mit den beiden Opfern Kontakt hatten.« Er wedelte mit einer Liste. »Ich habe einen

Kollegen aus der Recherche gebeten, die Apotheken im Umfeld des Krankenhauses nach dem Verkauf von Zyankali abzufragen. Den Kreis können wir jederzeit erweitern.«

Laura nickte in Gedanken versunken. »Das mit dem Krankenhaus ist eine gute Idee. Ich wollte sowieso in die Akte von Lena Reimann schauen. Wir haben bisher noch gar nicht überprüft, wie sie ins Krankenhaus gekommen ist. Das gilt übrigens auch für die neue Entführte. Ich habe vorhin mit Doktor Gebauer gesprochen und um die Akten gebeten. Vielleicht kann sie uns nähere Auskunft geben. Der richterliche Beschluss ist gerade eingegangen.«

Die Fahrt bis zum Krankenhaus dauerte keine fünfzehn Minuten. In der restlichen Zeit schwiegen sie beide. Laura war froh, dass sie noch ein wenig Zeit gewonnen hatten, bevor sie mit Lena Reimanns Mutter sprechen mussten. Die Information der Angehörigen gehörte zu den schwierigsten in ihrem Job. Sie beneidete die zuständigen Polizisten nicht darum. Laura kannte niemanden, der das gerne tat. Sie selbst kam sich jedes Mal wie eine Verbrecherin vor, denn in dem Augenblick, in dem sie die unwiderrufliche Botschaft überbrachte, zerstörte sie das Leben eines Angehörigen oder mehrerer Angehöriger. Es würde nie mehr sein wie vorher. Der tiefe Graben, den der Tod hinterließ, konnte nicht zugeschüttet werden. Er fraß sich durch die Gedanken und Gefühle der Überlebenden und hinderte sie daran, je wieder vollkommene und unbelastete Freude zu empfinden.

Max bog auf den Parkplatz an der Hinterseite des Krankenhauses ein, der an die Stellfläche für die Müllcontainer grenzte. Im Gegensatz zum gestrigen Tag wirkte der Platz jetzt friedlich. Die Spurensicherung hatte ihre Zelte abgebrochen. Nur ein einzelnes Absperrband zeugte noch von der Toten, die hier vor etwas mehr als vierundzwanzig Stunden gefunden worden war. Laura stieg aus und wartete, bis Max den Wagen abgeschlossen hatte. Sie folgten dem gepflasterten Weg um das Krankenhaus herum und betraten das Gebäude durch die gläserne Eingangstür, die sich automatisch öffnete.

Schon nach wenigen Augenblicken wurde die Eingangstür der Notaufnahme aufgestoßen. Dr. Gebauer kam im Laufschritt herausgestürzt und nahm sie in Empfang.

»Da sind Sie ja. Ich habe leider wenig Zeit«, sagte sie mit zwei Akten in den Händen. »Haben Sie den richterlichen Beschluss dabei?«

Laura überreichte ihr das Dokument. »Selbstverständlich.«

»Das geht gleich zur Klinikleitung«, erwiderte Dr. Christine Gebauer. »Die machen mich sonst einen Kopf kürzer. Datenschutz und ärztliche Schweigepflicht werden bei uns ganz großgeschrieben.«

Laura nickte. »Ich weiß. Zum Glück hat der Richter schnell agiert. Danke, dass Sie unsere Ermittlungen so tatkräftig unterstützen. Das verschafft uns wertvolle Zeit.«

Dr. Gebauer winkte sie mit sich. »Kommen Sie, wir gehen ins Ärztezimmer.«

Laura und Max folgten der Oberärztin durch die kahlen Krankenhausflure. Sie bogen ein paarmal ab und gelangten schließlich in einen ruhigeren Trakt, in dem sich offenbar das Personal aufhielt. Dr. Gebauer öffnete eine Tür und bat ein paar Kollegen in dem Raum, sie allein zu lassen. Die jungen Ärzte erhoben sich augenblicklich. Laura und Max setzten sich mit Dr. Gebauer an den Tisch in der Mitte.

»Die inzwischen verstorbene Patientin hatte sich von selbst ins Krankenhaus begeben«, begann Dr. Gebauer ohne Umschweife zu erklären. »Christian Heller, ein Pfleger, der an dem Abend Dienst in der Notaufnahme hatte, nahm sie in Empfang und brachte sie in Untersuchungsraum Nummer vier. Ich habe die Patientin untersucht. Sie wies zahlreiche Verletzungen auf, die aus meiner Sicht durch Misshandlung entstanden, möglicherweise von ihrem Partner. Ich habe ihr geraten, Schutz in einem Frauenhaus zu suchen und Anzeige zu erstatten, doch davon wollte sie nichts wissen. Den Rest kennen Sie. Als ich dreißig Minuten später mit weiteren Untersuchungen fortfahren wollte, war sie weg. Offenbar ist sie mit diesem Mann verschwunden, mit dem ich sie in der Zwischenzeit kurz am Treppenhaus gesehen hatte.« Dr. Gebauer warf erst Max und dann Laura einen resignierten Blick zu. »Das hilft Ihnen jetzt auch nicht weiter, richtig? Leider habe ich keine Idee, wie man sie identifizieren könnte.«

»Wir kennen ihren Namen inzwischen«, entgegnete Laura. »Sie wurde von ihrer Mutter vor mehr als zehn Tagen als vermisst gemeldet. Ihr Name ist Lena Reimann.« Laura schob der Ärztin einen Zettel über den Tisch. »Die Daten brauchen Sie sicherlich für die Abrechnung. Da steht auch ihre Krankenversicherungsnummer drauf.«

»Danke«, sagte Dr. Gebauer überrascht. »Kennen Sie auch den Namen der anderen Frau?«

Dieses Mal antwortete Max: »Leider nein. In der Vermisstendatei ist sie noch nicht erfasst.«

Dr. Gebauer setzte sich kerzengerade auf. »Dann kann ich Ihnen vielleicht ein wenig helfen. Diese Frau wurde mit einem Rettungswagen eingeliefert. Sie hatte sich die Pulsadern auf der Toilette eines Fastfood-Restaurants aufgeschnitten. Ich habe den Sanitäter herausgefunden, der sie im Rettungswagen begleitet hat. Sein Name ist Karsten Böhmer. Bei dieser Tour war kein Arzt dabei. Sie wurde sofort in die Notaufnahme gebracht. Herr Böhmer hat heute Dienst. Sie können also gleich mit ihm sprechen.«

»Danke«, sagte Laura und notierte sich den Namen. »Wissen Sie, wer der Fahrer war und ob es einen zweiten Rettungshelfer gab?«

»Ja, ich habe das Dokument in die Akte gelegt. Dort stehen die Beteiligten. Der Fahrer ist übrigens Erik Krüger, der hat auch Lena Reimann über das Krankenhausgelände zum Röntgenzentrum gefahren. Wenn Sie mögen, schicke ich Karsten Böhmer jetzt zu Ihnen. Sie können gerne das Arztzimmer weiter nutzen.« Dr. Gebauer sprang auf. »Ich muss leider los. Die Visite wartet.« Sie verabschiedete sich und hastete hinaus.

Laura blieb mit Max sitzen.

»Merkwürdig«, murmelte Max. »Wer bringt sich denn in einem Fastfood-Restaurant auf der Toilette um?«

»Stimmt. Sie musste eigentlich von Anfang an davon ausgehen, dass sie schnell gefunden und vermutlich gerettet wird.« Laura blätterte in der Akte der Frau, die möglicherweise noch am Leben war. »Der Suizidversuch wäre sowieso schiefgegangen. Auch wenn sie stundenlang unentdeckt geblieben wäre, hätten die viel zu kleinen Schnitte an den Handgelenken nicht zum Tod geführt.«

Die Tür schnellte auf. Ein hochgeschossener, schlaksiger junger Mann stand unsicher auf der Schwelle.

»Sie wollten mich sprechen? Ich bin Karsten Böhmer«, sagte er, ohne sich zu rühren.

»Treten Sie ein und nehmen Sie Platz.« Laura winkte den Rettungsassistenten herein und lächelte ihm aufmunternd zu. Sie wartete, bis er sich gesetzt hatte.

»Ich bin Laura Kern vom Landeskriminalamt und das ist mein Partner Max Hartung. Wir haben erfahren, dass

Sie vor zwei Tagen eine Frau nach einem Selbstmordversuch in einem Restaurant medizinisch versorgt und mit dem Rettungswagen in die Notaufnahme gebracht haben. Können Sie uns ein wenig mehr darüber erzählen? Uns interessiert zum Beispiel, ob Angehörige vor Ort waren oder ob Ihnen irgendetwas Wichtiges aufgefallen ist.«

Karsten Böhmer sah sie an. Sein Kehlkopf hob und senkte sich. »Ein Mitarbeiter des Restaurants hatte den Notruf gewählt. Wir sind sofort los. Das heißt, der Fahrer, ein Kollege vom Rettungsdienst, und ich. Die Frau hatte sich in der Toilettenkabine eingeschlossen, aber als wir ankamen, lag sie bereits auf dem Boden vor der Kabine. Das Personal hatte die Tür aufgehebelt und die Verletzte herausgeholt. Sie war ein wenig benommen, aber ansprechbar. An beiden Handgelenken blutete sie. Sie hatte versucht, sich die Pulsadern aufzuschneiden. Wir haben Druckverbände angelegt und sie auf einer Liege abtransportiert. Soweit ich mich entsinne, war da nur das Personal. Keiner von denen schien die Frau näher zu kennen. Es wollte sie auch niemand begleiten.«

»Hatte Sie eine Handtasche dabei? Oder Einkaufstüten? Können Sie sich erinnern?«

Die Augen des jungen Mannes huschten unruhig zwischen Laura und Max hin und her. Laura registrierte jede noch so kleine Zuckung in seinem Gesicht.

»Nein«, erwiderte er. »Oder doch … also … ja.«

»Was ja?«, fragte Laura betont freundlich.

Karsten Böhmer kratzte sich nervös hinterm Ohr. »Es war ein Versehen. Eigentlich war es mein Kollege. Ich hatte bloß vergessen, ihn zu erinnern.« Böhmer blickte unsicher zu Boden und holte tief Luft. »Sie hatte eine Handtasche dabei. Die liegt in unserem Aufenthaltsraum.«

11

Eva konnte nicht weiter zurückweichen. Sie stand mit dem Rücken zu der zerborstenen Fensterscheibe und starrte den Mann panisch an. Sie kannte ihn nicht. Trotzdem kam er ihr merkwürdig bekannt vor. Er war ein paar Jahre älter als sie, hatte volles dunkles Haar mit einem akkuraten Seitenscheitel. Er baute sich dicht vor ihr auf, immer noch dieses fiese Grinsen auf den Lippen. Sie zog den Kopf ein, als er die Arme bewegte. Doch er schlug sie nicht. Stattdessen fasste er ihre Schulter und führte sie vom Fenster weg.

»Du solltest nicht in den Scherben stehen.« Seine Wut schien verraucht. In seiner Stimme schwang Besorgnis, keinerlei Groll.

Eva ließ sich überrascht aus dem Bad führen.

»Warum hast du das getan?«, fragte er sie freundlich und leitete sie zu dem Himmelbett. Mit einem Kopfnicken deutete er an, dass sie sich setzen sollte.

Sie tat, wie ihr geheißen.

»Warum?«, wiederholte er sanft.

»Ich ... ich weiß nicht.« Eva wusste nicht, was sie

sagen sollte. Sie hatte entsetzliche Angst. Sie kannte jetzt sein Gesicht. Egal wie freundlich er auch war, er würde sie nie wieder lebendig gehen lassen.

»Gefällt dir das Zimmer nicht?«

Eva sah ihn an. Es schien ihn wirklich zu interessieren. Er hockte sich vor sie hin und nahm ihre Hand.

»Du brauchst dich nicht vor mir zu fürchten. Wenn du dieses Zimmer nicht magst, dann bekommst du ein anderes.« Er zog sie hoch. »Komm«, sagte er und führte sie zurück in den Flur.

Sie gingen nur einen Raum weiter.

»Dieses Zimmer ist frisch renoviert«, verkündete er und schloss die Tür auf. »Sieh dich um.«

Eva trat ein und blieb vor dem hellblauen Himmelbett stehen. Es ähnelte dem alten, bis auf die Farbe. Selbst die Schleifen waren identisch, genauso wie der Schminktisch, der sich an derselben Stelle neben der Badezimmertür befand. Wie viele dieser Zimmer es in diesem Haus wohl gab? Sie setzte sich unsicher aufs Bett.

»Was sagst du?«, fragte der Mann erwartungsvoll.

Sie gab ihm die Antwort, die er wahrscheinlich hören wollte:

»Ich mag es.« Sie zwang sich zu einem Lächeln.

»Gut. Sehr gut.« Er wirkte zufrieden und bewegte sich zur Tür. »Dann geh jetzt duschen und zieh dich um, ja?« Er wartete noch kurz, bis sie nickte, und ließ sie allein. Sie hörte, wie er die Tür verschloss.

Eva atmete erleichtert auf. Sie war froh, dass der Mann ihr nichts getan hatte. Vielleicht hatte er das auch gar nicht vor, überlegte sie und erhob sich. Neben ihr auf dem Bett lag dasselbe Kleid wie im alten Zimmer. Sie konnte sich nicht entsinnen, dass er es mitgenommen hatte. Eva nahm den leichten schwarzen Stoff in die Hand. Größe achtunddreißig. Es würde ihr passen. Sie legte es zurück aufs Bett und schritt über den knarrenden Dielenboden auf die Badezimmertür zu. Tatsächlich strahlte der Raum in frischen Farben. Helle Fliesen, eine moderne Duschkabine und Milchglasfenster. Eva drehte den Fenstergriff. Er blockierte, weil das Fenster abgeschlossen war. Sie seufzte. Vermutlich befand sich dahinter ebenfalls ein Gitter. Noch einmal würde sie ein Fenster lieber nicht einschlagen. Sie musste Zeit gewinnen. Der Mann hatte etwas Unheimliches an sich. Sie konnte es nicht in Worte fassen. Auf den ersten Blick wirkte er durchaus attraktiv und freundlich. Aber diese Freundlichkeit schien nur oberflächlich zu sein. Vielleicht lag es an seiner Aura oder diesem alten Haus oder an der Tatsache, dass er sie entführt hatte. Tränen stiegen ihr in die Augen.

Verdammt. Was sollte sie jetzt bloß tun?

Kurz sann sie darüber nach, aus dem Zimmer zu stürmen und den Hauseingang zu suchen, doch dann verwarf sie diese Idee. Es war viel zu gefährlich. Es war klüger, erst einmal mitzuspielen. Wenn sie Zeit gewann, ergab sich vielleicht später eine Möglichkeit zur Flucht. Fest stand, dass sie nicht hierbleiben durfte. Der Mann führte nichts Gutes im Sinn, das konnte sie spüren. Bestimmt wollte er sie umbringen. Eva weinte still vor sich hin und zog sich aus. In der Dusche versuchte sie unter dem warmen Wasser einen klaren Kopf zu bekommen. Aber es gelang ihr nicht. Sie stellte die Dusche ab und nahm ein Handtuch, um sich abzutrocknen. Zurück im Zimmer schlüpfte sie in das schwarze Kleid, das wie angegossen saß. Sie föhnte sich die Haare und machte sich am Schminktisch zurecht. Mit pochendem Herzen hörte sie, wie sich im Flur die Schritte des Mannes näherten.

12

Die Worte des Rettungssanitäters hingen wie eine schwarze Wolke im Arztzimmer. Laura benötigte mehrere Sekunden, bis ihr Gehirn die Information verarbeitet hatte. Sie blickte zu Max und sah, wie er ebenfalls nach Luft schnappte.

»Die Handtasche liegt bei Ihnen im Aufenthaltsraum?«, fragte Laura zur Sicherheit noch einmal nach.

Karsten Böhmers Gesichtsfarbe glich der einer überreifen Tomate.

»Ja«, bestätigte er mit bebender Stimme und hob entschuldigend die Hände. »Es war so stressig. Erik meinte, wir könnten die Tasche auch am Ende der Schicht im Fundbüro des Krankenhauses abgeben. Es passiert schon mal, dass wir Patienten einliefern und in der Hektik Sachen im Rettungswagen vergessen werden.« Er senkte abermals den Blick und starrte schuldbewusst auf seine Fußspitzen. »Erik wollte die Tasche so schnell wie möglich abgeben …« Böhmer räusperte sich und machte eine überlange Pause. »Wir konnten doch nicht ahnen, dass sie uns deswegen gleich die Polizei auf den Hals hetzt.«

In Lauras Kopf ratterte es. Sie begriff. Dr. Gebauer hatte ihm offenbar nichts von dem Mordfall und der Entführung einer weiteren Patientin erzählt. Im Stillen dankte sie der Ärztin dafür und blickte den Rettungssanitäter ein wenig mitleidig an.

»Wären Sie so freundlich, uns die Tasche zu holen?«

Karsten Böhmer wirkte verloren. Er rührte sich nicht.

»Am besten sofort«, fügte Laura deshalb hinzu.

Der Mann rappelte sich auf und stolperte zur Tür hinaus.

Binnen weniger Minuten kehrte er keuchend zurück.

Das Erste, was Laura wahrnahm, waren seine leeren Hände.

»Die Handtasche ist weg«, krächzte er. »Sie lag heute Morgen noch auf dem Tisch vor Eriks Spind. Das weiß ich ganz genau.« Karsten Böhmer raufte sich die Haare.

»Kann es sein, dass Ihr Kollege die Tasche inzwischen ins Fundbüro gebracht hat?« Nun mischte Max sich ein. »Kommen Sie, vielleicht suchen wir dieses Büro einmal auf.« Max erhob sich. Sein durchtrainierter Körper schob sich an dem schlaksigen Rettungssanitäter vorbei. »Nun kommen Sie schon!«

Karsten Böhmer starrte Laura völlig entgeistert an. Sie nickte in Max' Richtung. Der Rettungssanitäter setzte sich in Bewegung. Laura folgte den beiden Männern, die ungleicher nicht sein konnten. Während Max mit seinen kräftigen Schultern einen festen Schritt hatte, hüpfte der Rettungssanitäter wie ein Welpe neben ihm her. Max stoppte vor dem Fahrstuhl.

»Wir müssen ganz nach oben«, sagte Karsten Böhmer und drückte die Ruftaste. Es dauerte nicht lange und die Edelstahltüren öffneten sich mit einem leisen Surren.

Schweigend fuhren sie hoch. Das Gesicht des Rettungssanitäters glühte noch immer. Auf seiner Stirn hatten sich ein paar Schweißperlen gebildet. Sobald die Fahrstuhltüren wieder aufgingen, tapste er zögerlich hinaus und deutete nach links.

»Dahinten ist es, die letzte Tür«, murmelte er.

Max ging voraus. Seine Schuhe quietschten auf dem grauen Linoleum. Laura beobachtete Karsten Böhmer skeptisch. Ihr Bauchgefühl sagte ihr, dass sie die Tasche hier nicht finden würden. Max klopfte an die Tür.

Eine ältere Frau mit grauen Haaren und Lesebrille auf der Nasenspitze steckte den Kopf heraus.

»Wir machen gleich Pause«, brummte sie unfreundlich und zeigte auf ein Schild mit den Öffnungszeiten.

Max hielt ihr seinen Ausweis vors Gesicht. »Wir sind auf der Suche nach einer Handtasche, die in den letzten Stunden hier abgegeben wurde.«

Die Frau starrte ihn beinahe feindselig an und schüttelte den Kopf.

»Heute kam keine Handtasche rein.« Sie machte keine Anstalten, nachzusehen.

Doch so leicht ließ sich Max nicht abwimmeln.

»Könnten Sie bitte noch einmal nachsehen? Es wäre sehr wichtig.« Er setzte sein charmantestes Lächeln auf, und zu Lauras Erstaunen zeigte es Wirkung.

Die Angestellte stemmte die Hände in die Hüften. Ihr faltiges Gesicht verzog sich zu einem kleinen Schmunzeln.

»Weil Sie es sind«, knurrte sie, zwinkerte Max jedoch zu. Sie drehte sich um und nahm eine Liste in die Hand. Damit marschierte sie zu einer Regalwand und begutachtete sie eine Weile.

»Keine Handtasche. Tut mir leid«, wiederholte sie

und kam zurück. Ihr Blick blieb an Karsten Böhmer kleben. Sie musterte ihn von Kopf bis Fuß.

»Sie hängen doch immer mit diesem windigen Kollegen herum«, brummte sie und wedelte ihm mit der Hand vor der Nase herum. »Hab ich Ihnen nicht gesagt, Sie sollen sich andere Freunde suchen?« Sie schielte zu Max hinüber. »Sein Kollege ist Aushilfsfahrer und hat vor ein paar Monaten ein Portemonnaie abgegeben, aber ohne Bargeld. Es konnte natürlich niemand beweisen, dass er es rausgenommen hat, aber ich kenne solche Typen. Und jetzt ist schon wieder etwas weggekommen. Der hat bloß Glück, dass wir permanenten Personalmangel haben. Wenn ich hier was zu sagen hätte …« Sie machte eine wegwerfende Handbewegung.

»Verstehe«, entgegnete Max und lehnte sich ein wenig vor. »Meinen Sie Erik Krüger?«

Die Augen der Frau weiteten sich anerkennend. Sie nickte. »Genau den. Fragen Sie ihn mal, wo die Handtasche geblieben ist. Wenn er wieder lange Finger gemacht hat, dann fliegt er dieses Mal hoffentlich.« Sie schüttelte heftig den Kopf. »Was ist bloß aus unserer Jugend geworden. Es gibt keinen Anstand mehr. Wer beklaut denn Kranke?«

»Da haben Sie völlig recht. Es ist unfassbar, was manche Leute sich so herausnehmen. Ich danke Ihnen für Ihre Hilfe.« Max lächelte die alte Dame an und wandte sich dann an Karsten Böhmer.

»Wo finde ich Erik Krüger? Am besten, wir reden gleich mal mit ihm.«

»Er ist zu Hause. Ihm wurde vorhin übel und er hat sich krankgemeldet. Ehrlich gesagt glaube ich nicht, dass er die Tasche hat. Wirklich nicht.« Karsten Böhmer stand da wie ein begossener Pudel.

Er wollte seinen Kollegen offensichtlich nicht in

Schwierigkeiten bringen. Aber das war Laura egal, denn irgendwo wurde eine Frau festgehalten und ihnen lief die Zeit davon. Sie mussten ihren Namen herausfinden, und zwar schnell.

»Rufen Sie ihn bitte auf dem Handy an. Sie haben doch bestimmt seine Nummer«, forderte ihn Laura deshalb auf.

Karsten Böhmer wählte mit zitternden Fingern die Nummer. Er hielt das Handy ans Ohr und nahm es nach einer Weile wieder herunter.

»Es geht niemand ran.«

»Wissen Sie, wo er wohnt?«, fragte Laura.

»Ja, ganz in der Nähe. Warten Sie, ich schreibe Ihnen die Adresse auf.« Karsten Böhmer kritzelte die Anschrift auf ein Stück Papier. »Soll ich Sie hinbringen?«

»Nein, danke.« Max nahm ihm das Blatt aus der Hand. »Halten Sie sich bitte bereit, falls wir weitere Fragen haben, und falls Ihr Kollege in der Zwischenzeit zurückruft, leiten Sie ihn sofort an uns weiter.«

Karsten Böhmer nickte eifrig.

Max drückte ihm seine Visitenkarte in die Hand.

13

Keine zwei Minuten später saßen sie im Auto auf dem Weg zu der angegebenen Adresse. Max stoppte vor einem Wohnblock, der sich ungefähr einen Kilometer vom Krankenhaus entfernt befand. Das Gebäude wirkte gepflegt, wenn auch nicht sonderlich einladend. In jedem Aufgang wohnten zehn Parteien. Die Wohnung von Erik Krüger lag im dritten Stock. Die Haustür stand offen. Erik Krüger schien allein zu wohnen, zumindest war nur sein Name auf dem Türschild angebracht. Aus der Wohnung drang laute Heavy-Metal-Musik.

Laura klingelte, doch niemand machte auf. Sie probierte es noch einmal und hämmerte dann gegen die Tür.

Endlich wurde die Musik leiser gedreht.

»Ich komme ja schon«, dröhnte eine tiefe Männerstimme.

Kurz darauf öffnete sich die Tür und ein Mann mit dunklen Haaren in Jeans und T-Shirt sah sie überrascht an.

»Wir sind Laura Kern und Max Hartung vom LKA. Dürfen wir hereinkommen?« Laura zeigte ihren Dienstausweis.

Erik Krüger nickte und trat zur Seite. »Immer der Nase nach«, murmelte er und folgte ihnen in das völlig verqualmte Wohnzimmer.

»Das Krankenhaus hat uns mitgeteilt, dass Sie sich für heute krankgemeldet haben«, sagte Max und deutete auf den übergequollenen Aschenbecher. »Rauchen Sie immer so viel?«

Erik Krüger verzog das Gesicht und knurrte: »Ich brauchte mal eine Auszeit. Ansonsten bekomme ich in dem Laden noch einen Burn-out.« Er ließ sich in einen fleckigen Sessel fallen. »Setzen Sie sich. Wie kann ich Ihnen helfen?«

»Wir sind auf der Suche nach einer Handtasche, die Sie und Ihr Kollege Karsten Böhmer bei einem Einsatz vor zwei Tagen von einer Patientin mitgenommen haben. Die Tasche wurde noch nicht im Fundbüro abgegeben, und wir müssen dringend herausfinden, wie die Patientin heißt.«

Krüger kratzte sich am Kopf. »Sie meinen die mit den aufgeschnittenen Pulsadern?«

»Genau die«, bestätigte Max und legte ihm ein Foto der Entführten vor die Nase. »Wo ist die Tasche?«

Erik Krüger lehnte sich lässig zurück und richtete den Blick an die gelblich verfärbte Decke seines Wohnzimmers.

»Hat Karsten sie denn nicht?« In seiner Stimme lag etwas Listiges.

Laura mochte den Kerl nicht.

»Mit Ihrem Kollegen haben wir bereits gesprochen«, entgegnete sie, wobei sie versuchte, so wenig wie möglich zu atmen. Die Luft im Zimmer stank erbärmlich. »Er hat die Tasche zuletzt auf dem Tisch vor Ihrem Spind gesehen, und jetzt ist sie weg.«

»Weg?« Erik Krüger schwieg einen Moment. Dann sagte er: »Jeder könnte sie genommen haben. Der Personalraum ist nie abgeschlossen. Also warum fragen Sie mich? Ich bin nur Aushilfsfahrer, vielleicht war es einer der Rettungssanitäter.«

»Hören Sie, wir brauchen diese Tasche«, sagte Max betont und beugte sich vor. »Sie haben ja sicherlich schon von der toten Frau auf dem Müllplatz gehört, oder?« Er zeigte ihm ein Foto von Lena Reimann.

Erik Krüger nickte. »Ich kenne sie, habe sie mal zum Röntgen gefahren.«

»Dann verstehen Sie, dass wir im Rahmen unserer Ermittlungen dringend auf Ihre Mithilfe angewiesen sind. Also machen Sie die Sache bitte nicht schlimmer, und sagen Sie uns, wo die Tasche ist.«

Erik Krüger schwieg noch immer. Er griff zu einer glühenden Zigarette, die auf einem Aschenbecher lag, und sog gierig an ihr.

Laura sah Krüger an der Nasenspitze an, dass er nicht reden wollte. Vermutlich hatte er die Tasche geklaut und wollte seinen Job nicht verlieren.

»Darf ich mal auf die Toilette?«, fragte sie und lächelte Krüger freundlich an.

»Na klar. Im Flur links«, antwortete er mit einer Kopfbewegung.

Im Flur blickte Laura sich um. Wo würde jemand wie Erik Krüger seine Beute verstecken? Sie öffnete die Tür zum Bad, ging jedoch nicht hinein. Stattdessen huschte sie zum nächsten Zimmer. Das Schlafzimmer war nicht besonders groß. An der rechten Wand befand sich ein Doppelbett, daneben ein Kleiderschrank und gegenüber ein Fernseher. Über einem Stuhl hingen ein paar Klamotten. Auf dem Boden davor entdeckte Laura eine Handtasche. Die rote Farbe lockte sie sofort an. Vielleicht war es die Tasche der entführten Frau. Sie versicherte sich kurz, dass Krüger ihr nicht gefolgt war, griff die Tasche und verschwand damit im Badezimmer.

Als Erstes untersuchte Laura das Portemonnaie. Es enthielt kein Bargeld. Sie zog eine Kreditkarte heraus und las den Namen: Eva Hengstenberg. Sie prägte sich den Namen ein und fand auch den Ausweis. Die Frau war fünfundzwanzig Jahre alt. Laura studierte das Foto. Es war definitiv die entführte Frau aus dem Krankenhaus. Wütend griff sie die Tasche und stürmte zurück ins Wohnzimmer.

»Hatte Eva Hengstenberg kein Bargeld dabei?«, fragte sie empört und hielt die Handtasche hoch.

Erik Krüger wurde bleich wie die Wand, vor der er hockte. »Woher ... woher haben Sie die Tasche?« Er sprang auf. »Sie haben doch keinen Durchsuchungsbefehl. Sie dürfen nicht einfach hier herumschnüffeln.«

»Die Tasche lag im Bad«, log Laura, ohne rot zu werden. »Sie haben mir erlaubt, die Toilette zu benutzen. Aber Sie hätten uns bestimmt auch gleich sowieso von der Tasche erzählt, oder? Sie wollen sicher unsere Ermittlungen nicht blockieren.«

Erik Krüger nickte und presste wütend die Lippen zusammen.

»Ich wollte die Tasche heute früh ins Fundbüro bringen, aber es ging mir nicht gut. Ich hätte das morgen erledigt.«

»Aber eben haben Sie doch behauptet, dass Sie die Tasche nicht haben«, fuhr Max dazwischen.

Krüger antwortete nicht. Er sprang auf, riss die Balkontür auf und rannte hinaus. Der Mann schwang sich über die Brüstung des Balkons.

Laura konnte sich zwei, drei Sekunden lang nicht rühren, ebenso wenig Max.

»Mist, wir sind im dritten Stock«, stieß sie aus und stürmte auf den Balkon. Erst jetzt sah sie das Gerüst. Erik Krüger hangelte sich daran hinunter in den zweiten Stock. Er bewegte sich so geschickt und schnell, als hätte er das schon öfter gemacht. Laura kletterte über die Balkonbrüstung und betrat das Gerüst. Es wankte unter ihr.

»Kommen Sie zurück!«, rief sie und blickte in die Tiefe. Krüger hatte fast den Boden erreicht.

»Bleib hier«, befahl Max, der auf einmal hinter ihr stand und sie festhielt. »Das ist zu gefährlich. Lass uns durch die Wohnung gehen.«

Laura funkelte Max wütend an. »Lass mich los. Der Kerl entwischt uns!«

Doch Max hörte nicht auf sie. Er zog sie zurück zur Brüstung und hievte sie auf den Balkon. Laura wollte sich zuerst losreißen, sah dann aber, dass Krüger bereits über die Wiese lief.

»Wir schneiden ihm den Weg ab. Du nimmst die linke Seite und ich die rechte.«

Sie rannten durchs Wohnzimmer, das Treppenhaus hinunter und trennten sich auf der Straße. Laura sprintete um den Wohnblock herum, um zur Wiese auf der Rückseite des Gebäudes zu gelangen.

Max kam ihr dort entgegen.

»Hast du ihn?«, keuchte sie und blieb stehen. Max schüttelte den Kopf.

»Verdammt. Ich hätte hinterherklettern sollen«, fluchte Laura.

»Er war schon fast unten. Du hättest ihn nicht mehr gekriegt.«

»Mist«, fluchte Laura abermals und blickte sich um.

»Wir müssen sofort eine Fahndung rausgeben. Er könnte der Mann auf den Videoaufnahmen sein. Vielleicht hat er die Frauen entführt und ermordet.« Sie informierte rasch einen Kollegen und studierte ratlos die Umgebung. Hinter dem Haus lag ein Parkplatz, an den sich ein weiterer Wohnblock anschloss.

»Lass uns die Straße absuchen, möglicherweise hat er sich hinter einem der Autos versteckt.«

Wieder teilten sie sich auf und liefen an den geparkten Autos entlang. Laura schaute in jede Lücke, allerdings ohne Krüger zu entdecken. Anschließend drehte sie eine Runde um den zweiten Wohnblock. Der Mann schien wie vom Erdboden verschluckt. Frustriert kehrte sie um.

Max überprüfte gerade ein paar Büsche, die im Kreis um drei große Müllcontainer wuchsen.

»Nichts«, stieß er aus, als Laura neben ihm stand. »Hast du die Fahndung rausgegeben?«

Laura nickte. »Glaubst du, Krüger ist unser Mann?«

Max wiegte den Kopf hin und her. »Ist gut möglich. Wir sollten uns auf jeden Fall in seiner Wohnung umschauen.«

14

Noch immer kauerten sie mucksmäuschenstill auf dem aufgeheizten Dachboden. Tausende winzige Staubflocken schwebten in der Luft. Marina presste die Hände vor den Mund, um ein Husten zu unterdrücken. Ihre Kehle war völlig ausgedörrt. Sie brauchte dringend etwas zu trinken, doch in dem stickigen Raum gab es weder Wasser noch Essen. Normalerweise harrten sie hier höchstens eine halbe Stunde aus, bis die Polizei wieder weg war. Aber dieses Mal schien es länger zu dauern. Seit über einer Stunde hockten sie nun schon hier, eng aneinandergedrängt, und warteten darauf, dass Sascha oder einer der anderen Männer sie wieder hinausließen. Sie alle waren minderjährig und durften nicht von der Polizei entdeckt werden. Sascha hatte gesagt, dass er sie sonst sofort nach Rumänien zurückschicken würde. Außerdem wollte er ihrer Mutter erzählen, womit sie in Deutschland ihr Geld verdiente. Das wollte Marina um jeden Preis verhindern. Wenn ihre Mutter mitbekam, dass sie sich prostituierte, würde sie sie für immer verstoßen. Hinzu kam, dass Marina schreckliche Angst hatte, dass Sascha ihrer Familie etwas antun könnte. Ein anderes Mädchen hatte ihr davon berichtet.

Marina lauschte sehnsüchtig auf die schweren knarrenden Schritte, die das Ende des Wartens bedeuteten. Doch nichts geschah.

»Ich muss ganz dringend auf die Toilette«, flüsterte Irina, die neben ihr hockte, und wackelte unruhig mit dem Po. »Warum dauert es heute bloß so lange?«

Keines der acht Mädchen kannte die Antwort. Die Männer erzählten ihnen nie etwas. Sie wurden gehalten wie Sklavinnen. Sie hatten ihren Körper zu verkaufen und zu funktionieren. Wer zusammenbrach, verschwand einfach von der Bildfläche.

Seit Marina in Deutschland lebte, hatte sie drei Mädchen nicht wiedergesehen. Alida war die Erste gewesen. Marina hatte sich gut mit ihr verstanden. Sie war einen Monat vor ihr nach Deutschland gekommen und half ihr bei vielen Dingen. Doch dann hatte Sascha herausgefunden, dass sie schwanger war. Drei Tage später holte er sie ab. Sie kehrte nie wieder zurück. Die nächste hieß Eliana. Ein Freier hatte sich über sie beschwert. Sie hatte ihm angeblich in sein bestes Stück gebissen. Ihre angstvollen Schreie klangen Marina immer noch in den Ohren. Sascha hatte sie verprügelt. Blutend und wimmernd hatte Eliana eine letzte Nacht neben ihr verbracht. Am nächsten Morgen holte Sascha auch sie. Und dann die Sache mit Dana, die schon in der ersten Woche versucht hatte wegzulaufen. Sascha hatte sie an den Haaren durch den schmutzigen Flur geschleift und sie anschließend die Treppe hinuntergestoßen. Mehr wusste Marina nicht. Mehr wollte sie auch gar nicht wissen, denn das war gefährlich, und sie wollte leben.

Irgendwann würde dieser Albtraum vorübergehen, daran glaubte sie ganz fest.

»Ich halte es echt nicht mehr aus. Ich muss auf die Toilette«, stöhnte Irina leise und legte die Hand auf den Unterbauch.

»Geh doch in die Ecke dort drüben«, hauchte Marina und deutete auf einen schrägen Balken neben dem Fenster.

»Meinst du?«

»Mach schon, besser als wenn es in die Hose geht«, flüsterte ein anderes Mädchen und rückte ein Stück beiseite, um Platz zu schaffen.

Irina quetschte sich durch die dicht gedrängten Mädchen und erleichterte sich. Die Luft erfüllte sich mit Uringeruch.

Marina hielt die Luft an und blickte zum Fenster. Es ließ sich nicht öffnen. Vermutlich hatte Sascha den Griff entfernen lassen, damit niemand auf die Idee kam, über das Dach abzuhauen.

Endlich hörte Marina Schritte auf der Treppe.

Irina zog hektisch die Hose hoch und hockte sich wieder zu ihnen.

Die Tür wurde aufgerissen. Saschas Gesicht erschien. Schweißperlen glänzten auf seiner Stirn, die Lippen waren zusammengepresst. Er wirkte aufgebracht.

»Die Bullen sind weg. Los. Geht wieder an die Arbeit. Ich …« Er hielt die Nase hoch wie ein Jagdhund. »Verdammt, habt ihr etwa in den Dachboden gepinkelt?«

Keines der Mädchen reagierte. Sie hockten erstarrt vor Angst auf dem Boden und wagten kaum, aufzusehen.

Marina presste die Hände zu Fäusten. Dabei drückte sie so fest zu, dass sich ihre Fingernägel tief in die Handflächen gruben.

»Wer von euch hat hier wie eine verdammte Hündin

hingepisst?«, fragte Sascha abermals. Sein Blick schweifte über sie, doch keine von ihnen rührte sich.

Plötzlich riss er Marina an den Haaren und zerrte sie auf die Füße.

»Du bist so versaut, stimmts?« Er leckte ihr mit seiner triefenden Zunge an ihrem Hals entlang. »Hat der Alte es dir nicht besorgt?«

Sie bohrte die Fingernägel noch tiefer in die Haut. Sie wagte kaum zu atmen, geschweige denn zu antworten.

Er packte ihre rechte Brust und knetete sie so fest, dass es schmerzte. Nach endlosen Sekunden ließ er von ihr ab und stieß sie zu Boden.

»Wer von euch war es? Ich zähle bis drei, und wenn ich dann nichts höre, sperre ich euch hier die nächsten drei Tage ein!« Er begann zu zählen:

»Eins.«

Marina wagte nicht aufzuschauen.

»Zwei.«

Ein paar Mädchen bewegten sich nervös.

»Drei.«

Noch immer sagte keine etwas, doch zwei von ihnen blickten zu Irina.

Sascha musterte das zierliche Mädchen, das knallrot anlief und den Kopf schüttelte.

»Ich musste so nötig«, schluchzte Irina. »Ich wische es weg. Sofort.«

Weiter kam sie nicht. Sascha stürzte sich auf sie. Wobei er die anderen Mädchen wie wild geworden zur Seite stieß.

»Raus hier!«, brüllte er und packte Irina im Nacken.

Marina rappelte sich auf und flüchtete aus dem Raum, genauso wie die anderen Mädchen. An der Tür drehte sie sich kurz um.

Sascha hatte Irina auf den Boden gezwungen. Sie kniete auf allen vieren.

»Du widerliche Hündin!«, knurrte er und riss ihr die Hose herunter.

Marina wandte sich angsterfüllt ab. Sie stürmte die Treppe hinunter und versuchte, Irinas Schreie zu ignorieren.

15

Laura hätte es nicht für möglich gehalten, dass sich die Atmosphäre im Leichenschauhaus noch mehr verdüstern könnte. Das Schluchzen von Lena Reimanns Mutter ging ihr durch Mark und Bein. Sie fröstelte, während ihr gleichzeitig Schweißperlen auf der Stirn standen.

»Es tut uns sehr leid«, murmelte sie und trat unbehaglich von einem Fuß auf den anderen.

Nachdem sie Erik Krügers Wohnung durchsucht hatten, waren sie in die Rechtsmedizin gefahren, um mit Lena Reimanns Mutter zu sprechen. Aus Krügers Wohnung hatten sie die Handtasche der entführten Eva Hengstenberg mitgenommen, jedoch keine weiteren Hinweise auf die beiden Opfer sicherstellen können. Laura hatte in Windeseile mehrere Teams zusammengestellt. Die Spurensicherung durchforstete gerade jeden Winkel von Krügers Wohnung. Die Fahndung nach ihm lief auf Hochtouren. Ein Team befasste sich mit der Recherche zu Lena Reimanns Umfeld, ein anderes mit dem von Eva Hengstenberg. Laura wollte alles tun, um die Vermisste zu retten. Hoffentlich lebte sie noch. Dazu musste sie Verbindungen zwischen ihr und dem Täter herausfinden. Ihr erster Ansatzpunkt war Lena Reimanns Mutter, vielleicht kannte sie Eva Hengstenberg sogar.

»Ich kann nicht glauben, dass Lena tot ist«, schluchzte die Mutter und strich der Toten liebevoll über die Wange. Dann wandte sie sich unter Tränen ab.

»Kommen Sie«, sagte Laura.

Max fasste Lenas Mutter unter den Arm. Sie führten sie in ein Büro, das Dr. Herzberger ihnen für die Befragung zur Verfügung gestellt hatte. Lenas Mutter setzte sich und verbarg das Gesicht in den Händen. Ihre Schultern bebten.

Irgendwann sah sie auf.

»Milan ist schuld«, brachte sie schluchzend hervor. »Er war von Anfang an nicht gut für Lena. Er ...« Ihre Stimme brach. Verzweifelt wischte sie ein paar Tränen weg. »Er ist fürchterlich eifersüchtig. Hinter jedem kleinen Telefonat witterte er gleich eine Verschwörung. Ich habe Lena so oft gesagt, sie solle sich von ihm trennen. Aber sie hat ihn zu sehr geliebt. Sie kam einfach nicht von ihm los. Es ist alles meine Schuld.« Lenas Mutter schnäuzte sich in ein Taschentuch und stopfte es zurück in die Hosentasche. »Mein Mann war genauso. Es hat Jahre gedauert, bis ich endlich die Kraft fand, ihn zu verlassen. Sie hat ... nein ... sie hatte vermutlich deshalb einen Hang zu solchen Männern.«

»Es ist nicht Ihre Schuld«, widersprach Laura sanft. »Wir werden den Mörder Ihrer Tochter finden, aber dafür brauchen wir Ihre Hilfe.« Sie hielt ihr das Foto der vermissten Frau vor die Nase. »Zuerst muss ich wissen, ob Sie Eva Hengstenberg kennen.«

Frau Reimann blickte verwirrt hoch. »Nein. Ist ihr

dasselbe passiert?« Sie streckte die Finger nach dem Bild aus, berührte es jedoch nicht.

»Wir vermuten es. Im Augenblick suchen wir sie und überprüfen deshalb jede mögliche Verbindung. Können Sie uns ein bisschen mehr zu Lena erzählen? Insbesondere zu Auffälligkeiten, die kurz vor ihrem Verschwinden aufgetreten sind?«

Frau Reimann dachte nach. »Wie gesagt, ich konnte Milan nicht besonders leiden. Deswegen hatten wir nicht viel Kontakt. Ich habe Lena vor zwei Wochen zum Abendessen eingeladen und sie ist nicht gekommen. Zuerst habe ich mir nicht viel dabei gedacht. Ich habe ihr eine Nachricht übers Handy geschrieben, dass sie sich melden solle. Ich vermutete, dass Milan ihr nicht erlaubt, zu mir zu fahren. Er kann mich nicht ausstehen, weil er weiß, dass ich ihn durchschaut habe. Er macht Lena jede Freundin madig und will sie ganz für sich alleine.« Frau Reimann schüttelte den Kopf. »Erst als Lena sich bis zum Morgen nicht bei mir gemeldet hatte, fing ich an, mir Sorgen zu machen. Ich habe sie etliche Male angerufen, doch sie ging nicht ans Telefon. Schließlich habe ich es bei Milan versucht. Der war sofort dran und hat mich angebrüllt und ...« Sie hielt kurz inne und schnappte nach Luft. »In diesem Moment wusste ich, dass etwas nicht stimmt. Er hat die ganze Nacht nach Lena gesucht und wie gesagt, er überwachte ja jeden einzelnen ihrer Schritte. Wenn er keine Ahnung hatte, wo Lena steckt ...« Mehr musste Frau Reimann gar nicht sagen.

»Sie haben Ihre Tochter noch am selben Tag als vermisst gemeldet«, fasste Max zusammen und blätterte in der Akte. »Der Beamte hat aufgenommen, dass Sie sämtliche Freundinnen von Lena angerufen haben, um sich nach ihrem Verbleib zu erkundigen. Können Sie uns bitte die Namen und Adressen zusammenstellen? Und ist

Ihnen inzwischen vielleicht noch jemand eingefallen, bei dem sie untergeschlüpft sein könnte?«

Frau Reimann schüttelte den Kopf. »Leider nicht. Ich habe in den letzten Tagen nichts anderes getan, als darüber nachzudenken. Wenn sie hätte irgendwo unterschlüpfen wollen, wäre sie bestimmt zuerst zu mir gekommen. Sie wusste, dass ich ihr jederzeit helfen würde.«

»Würden Sie Milan einen Mord zutrauen?«, wollte Laura wissen.

»Ich kann es nicht ausschließen, obwohl er Lena vergöttert hat. Aber wer weiß, vielleicht hatten sie Streit, er ist ausgerastet und so kam eines zum anderen.«

»Wussten Sie, dass Lena am Abend ihres Verschwindens im Krankenhaus zur Behandlung diverser Prellungen war?« Laura sah den Schmerz, der bei ihrem Satz durch Frau Reimanns Gesicht zuckte.

»Nein. Das hat Milan mir nicht erzählt. Dann hat er sie also geschlagen?«

Laura nickte. »Wahrscheinlich. Es sieht leider danach aus. Die Ärztin hat Ihrer Tochter geraten, Anzeige zu erstatten. Sie wollte das jedoch nicht.«

»Ja, das ist typisch für Lena. Sie hat Milan immer in Schutz genommen, und jetzt ... jetzt sehen wir ja, was passiert ist.« Frau Reimann brach abermals in Tränen aus.

»Gab es sonst Auffälligkeiten?« Laura kam zu ihrer Ausgangsfrage zurück. »Vielleicht in Lenas Kollegenkreis?«

Doch Frau Reimann winkte ab. »Ihre beste Freundin Patricia arbeitet auch als Kindergärtnerin in derselben Einrichtung. Sie hat mir beteuert, dass Lena keinerlei Schwierigkeiten hatte. Sie haben sich eigentlich alles erzählt. Patricia konnte auch nicht glauben, dass Lena einfach so verschwunden sein sollte.«

Laura notierte sich ihre Kontaktdaten schon einmal. Sie sah zu Max. Er schien im Moment ebenfalls keine Fragen mehr zu haben. Laura bedankte sich bei Lenas Mutter und brachte sie zum Ausgang. Anschließend ging sie zurück zu Max in das Büro, schloss die Tür und lehnte sich seufzend dagegen.

»Ist es nicht schrecklich, Menschen so leiden zu sehen?«

Max nickte abwesend. Sein Blick haftete an der Uhr. »Tut mir leid, Laura. Aber ich sollte mich jetzt auf den Heimweg machen. Es ist schon kurz nach acht. Hannahs Yogakurs fängt gleich an und ich muss die Kinder hüten.«

Laura kniff resigniert die Lippen zusammen. Das war typisch für Max. Wenn es um Hannah ging, zog er regelmäßig den Kopf ein.

»Na schön«, sagte sie mit einem unterdrückten Seufzer und versuchte, ihm nicht böse zu sein. »Ich fahre noch mal ins Büro und setze dich unterwegs ab.«

»Danke«, erwiderte Max und erhob sich. »Solltest du mich brauchen, dann ruf an. Jederzeit. Okay?«

»Mache ich«, sagte Laura und öffnete die Tür.

Sie gaben Dr. Herzberger Bescheid und gingen zum Wagen. Schweigend fuhren sie durch die Straßen Berlins, die wie immer sehr voll waren. Laura steuerte den Wagen routiniert in der schier endlosen Lawine aus Blech und bog kurz vor ihrem Dienstsitz am Platz der Luftbrücke in eine kleine Wohnsiedlung ein. Max' Wohnung lag in einem dreistöckigen Gebäude mit fünf Aufgängen. Als Laura am Straßenrand hielt, erblickte sie Hannah am Fenster. Ihre angespannte Körperhaltung sprach Bände.

Max räusperte sich.

»Bis morgen«, brummte er, schlug die Tür zu und rannte im Laufschritt auf das Haus zu.

»Bis morgen«, flüsterte Laura und schüttelte den Kopf. Hannah erwartete ständig, dass Max sich wie ein Büroangestellter benahm, der von neun bis fünf arbeitete und dann den Stift fallen ließ. Doch ihr Job hielt sich nicht an Uhrzeiten, ganz im Gegenteil.

Laura gab Gas und versuchte, nicht mehr an Max' Frau zu denken. Sie mussten Eva Hengstenberg finden, bevor ihr noch Schlimmeres zustieß.

Sie erreichte das LKA ungefähr zehn Minuten später. Der Flur zu ihrem Büro war bereits gespenstisch leer. Viele ihrer Kollegen hatten Kinder. Vielleicht sollte sie nicht so streng mit Hannah ins Gericht gehen. Hannah liebte Max. Das wusste sie. Hannah wollte Max nicht schikanieren. Sie wollte einfach nur ein normales Familienleben führen. Eines, das Laura sich überhaupt nicht vorstellen konnte. Aber sie gehörte auch nicht zum Durchschnitt. Spätestens mit ihrem elften Lebensjahr hatte ihr sorgloses Leben geendet.

Laura ließ sich auf ihren Bürostuhl plumpsen und schob diese Gedanken beiseite. Die Rechercheteams hatten bereits einen Bericht auf ihrem Schreibtisch hinterlassen. Neugierig schlug Laura die erste Seite auf. Lena Reimann, vierundzwanzig Jahre alt, Kindergärtnerin in der Regenbogenkita im Bezirk Charlottenburg, wohnhaft in der Nähe des Olympiastadions, seit fünf Jahren liiert mit Milan Zapke. Danach folgten die Ergebnisse der Spurensicherung, die sich in Lena Reimanns und Milan Zapkes gemeinsamer Wohnung umgesehen hatte. Im Badezimmer wurden an der Wand hinter der Toilette feine Blutspritzer festgestellt, im Schlafzimmer Spermaspuren. Lena Reimanns Computer war beschlagnahmt worden. Leider verfügte das Gerät über einen

Passwortschutz, sodass bisher keine Erkenntnisse zu Lenas Kommunikation vorlagen. Hoffentlich konnte sich Simon Fischer Zugang zu dem Computer verschaffen. Lenas Handy war unglücklicherweise nicht auffindbar. Laura überflog die restlichen Angaben, die jedoch allesamt keine Auffälligkeiten aufzeigten. Insbesondere fehlte bisher jeglicher Bezug zum Täter. Sie betrachtete das Passfoto von Milan Zapke und fragte sich, ob es sich um den Entführer und Mörder handeln könnte. Zapke hatte ein scharfkantiges Kinn und eine breite Nase. Seine dunklen Haare waren kurz geschnitten, die blauen Augen blickten kalt in die Kamera. Laura bemerkte eine Narbe an der linken Wange. Laura warf einen Blick auf den Wandkalender in Lenas Küche, der von der Spurensicherung abfotografiert worden war. Am Tag ihres Verschwindens und auch in der Zeit davor fand sich bis auf die Einladung ihrer Mutter zum Essen kein Eintrag. Der letzte Termin war ein Zahnarztbesuch, ungefähr drei Wochen bevor sie verschwunden war.

Laura öffnete die Akte von Eva Hengstenberg und überflog die wenigen Angaben. Bisher hatte das Rechercheteam lediglich die Inhalte der Handtasche zusammengestellt. Im Portemonnaie hatten sich eine Kreditkarte, eine EC-Karte, der Personalausweis und ein Zettel mit einem Datum für einen Friseurbesuch vor ein paar Tagen befunden. Keinerlei Bargeld. Ansonsten Schminke, eine Packung Papiertaschentücher, ein zusammenfaltbarer Regenschirm, Kopfschmerztabletten und ein sorgfältig geschriebener Abschiedsbrief. Aus den fein gezeichneten Buchstaben sprach die tiefe Verzweiflung, die Eva Hengstenberg dazu gebracht hatte, sich auf der Toilette eines Restaurants die Pulsadern aufzuschneiden.

Mein Leben ist düster und voller schwarzer Wolken. Liebe ist Hass und Hass ist Schmerz. Verzeih mir, Papa!

Laura schluckte und blätterte weiter. Eva Hengstenbergs Wohnung war noch nicht durchsucht worden. Sie machte sich eine Notiz und beschloss, die Spurensicherung am nächsten Tag dabei zu begleiten. Mehr gab es bisher nicht über Eva Hengstenberg, was auch nicht verwunderlich war, denn sie hatten ihre Handtasche ja erst vor wenigen Stunden sichergestellt. Gerade als Laura den Namen der Vermissten in eine Internetsuchmaschine eingeben wollte, klingelte ihr Handy. Taylors Name leuchtete auf.

»Ich bin noch im Büro«, murmelte Laura und tippte den Namen ein.

»Ich weiß«, erwiderte Taylor. »Ich stehe unten und habe Pasta dabei.«

Laura lächelte unwillkürlich. »Du kennst wohl meine geheimsten Wünsche? Mein Magen knurrt seit fast einer Stunde und hält mich vom Nachdenken ab. Ich lasse dir aufmachen.« Laura rief den Pförtner an und keine drei Minuten später erschien Taylor in der Tür. Seine dunklen Augen musterten sie so intensiv, dass sie ein Kribbeln unter der Bauchdecke spürte. Er hielt eine Tüte vom Italiener hoch.

»Spaghetti alla pescatore«, säuselte er, kam herein und stellte die Tüte vor ihr ab. Dann drückte er ihr einen Kuss auf die Wange und, als sie nicht zurückzuckte, einen auf den Mund.

»Wir könnten auch sofort mit dem Nachtisch anfangen«, flüsterte er heiser, doch Laura rückte von ihm ab.

»Ich stecke mittendrin in einer schwierigen Ermittlung«, erklärte sie und zeigte auf das Whiteboard neben dem Schreibtisch. »Alles deutet darauf hin, dass wir es mit einem Serientäter zu tun haben. Eine Frau ist tot, eine weitere wird vermisst.«

Taylor holte die Plastikschale mit den dampfenden

Spaghetti aus der Tüte und drückte ihr eine Gabel in die Hand. »Essen musst du trotzdem«, sagte er und studierte dann das Whiteboard.

Laura stopfte sich hungrig ein paar Nudeln in den Mund und kaute zufrieden. Sie blickte zu Taylor und sah, dass er plötzlich stocksteif dastand.

Unvermittelt drehte er sich zu ihr herum. Auf seiner Stirn erschien eine tiefe Falte zwischen den Augenbrauen.

»Der Typ da mit der Schubkarre«, hob er an, »das ist ein Fall bei uns im Revier.«

16

»Du siehst absolut fantastisch aus«, schwärmte der Mann und musterte sie bewundernd. »Viel schöner, als ich es mir vorgestellt habe.«

Er umfasste Evas Hand und führte sie zur Tür. Dieses Mal drängelte er sie nicht, sondern achtete darauf, dass sie in ihren High Heels nicht stolperte. Er lächelte sie zufrieden an. In seinen Augen lag so etwas wie Stolz. Für einen Moment spürte Eva nicht mal Angst, stattdessen genoss sie sogar seine Bewunderung. Doch dann vernahm sie erneut ein Geräusch. Ein Scharren oder Kratzen, so, als ob außer ihr noch jemand in einem dieser Zimmer gefangen wäre. Sie hielt kurz inne und lauschte.

»Ist alles okay?«, fragte ihr Begleiter. Seine Hand glitt hoch zu ihrer Schulter, um sie zu stützen.

»Ja ... ja, alles bestens«, erklärte Eva und ging weiter. Sie hörte nichts mehr. Vielleicht irrte sie sich auch. Sie befanden sich in einem alten Haus. An jeder Ecke knarzten und knirschten die in die Jahre gekommenen Dielenböden. Sie ließ sich weiterführen in das Zimmer, in dem sie ihre erste Mahlzeit mit dem Fremden eingenommen hatte. Sie nahm Platz und roch den Duft von gebratenem Fleisch.

»Ich serviere heute ein leckeres Rinderfilet«, sagte der Mann weltmännisch und hob den Deckel von einer Warmhalteplatte. »Bitte schön. Rosa gebraten und absolut zart, dazu eine Rotweinsoße, Kroketten und Brokkoli mit gerösteten Mandeln.«

Eva staunte. »Ist das selbst gekocht?«

Er hob die Augenbrauen und betrachtete sie einen Moment lang kritisch. Dann zeigten sich zwei Grübchen auf seinen Wangen. »Selbstverständlich, liebe Eva. Verstehst du immer noch nicht, dass ich alles – und damit meine ich wirklich alles – für dich tun würde? Du bist hier, um ein neues Leben zu beginnen. Ein Leben mit mir. Ich hoffe, es sagt dir zu.«

Seine Worte hinterließen Fragezeichen in ihrem Kopf. Was faselte er da bloß? Was für ein neues Leben und wieso ausgerechnet mit ihm? Sie dachte an Frank und auf einmal überkam sie die Sehnsucht nach ihm. Wie gerne hätte sie ein so romantisches Dinner mit ihm gehabt. Mit gedimmtem Licht, leuchtenden Kerzen, dunkelroten Servietten auf einer schneeweißen Tischdecke und silberglänzendem Besteck. Der Blick ihres Entführers ruhte immer noch auf ihr. Sie nahm eine winzige Falte auf seiner Stirn wahr und schob den Gedanken an Frank sofort beiseite. Als ob er sie wie ein offenes Buch lesen könnte, verzogen sich seine Lippen zu einem Lächeln.

»Also, Eva, wie fühlst du dich in deinem neuen Zimmer? Es tut mir leid, dass ich es dir nicht gleich gegeben habe. Ich hätte natürlich wissen müssen, dass du eine Frau mit gewissen Ansprüchen bist.«

Seine geschwollene Ausdrucksweise hinterließ eine Gänsehaut auf ihrem Körper.

»Vielen Dank. Mir gefällt das Zimmer wirklich sehr

gut.« Sie senkte den Blick, damit er ihre Lüge nicht bemerkte. Er ging zu einer Kommode hinüber und stellte Musik an. Eine Ballade von Beyoncé, ihrer Lieblingssängerin. Eva liebte dieses Lied. Ob er davon wusste?

In seiner Miene spiegelte sich eine Mischung aus Überheblichkeit und Erleichterung.

»Darf ich bitten? Nur ein kleiner Tanz vor dem Essen.« Er streckte ihr die Hand entgegen.

Eva erstarrte. Sie wollte nicht mit ihm tanzen, aber sie traute sich auch nicht, abzulehnen. Sie überließ ihm ihre Hand und machte ein paar ungelenke Schritte. Er roch eigenartig, nach einer Mischung aus altmodischem Aftershave und Mottenpulver. So, als hätte er seinen Anzug gerade aus dem Schrank seines Urgroßvaters gefischt. Sie wandte das Gesicht zur Seite und betrachtete das Zimmer, während er sie mit seinen kräftigen Armen herumschwang. Im Vergleich zum letzten Mal hatte sich im Zimmer nichts verändert. In der Mitte befand sich der Tisch, darüber hing ein riesiger Kronleuchter, an der Wand stand eine Kommode, ansonsten war der Raum leer. Irgendetwas kam ihr trotzdem merkwürdig vor, genau wie beim ersten Mal. Und plötzlich fiel es ihr auf. Es gab überhaupt keine Fenster.

»Wo bin ich?«, fragte sie ängstlich, doch ihr Tanzpartner antwortete nicht. Er schwang sie herum wie im Rausch. Langsam wurde ihr schwindlig. Ihre Füße schmerzten wegen der hohen Absätze. Der Geruch des Mottenpulvers setzte sich in ihrer Nase fest. Alles drehte sich. Ihr wurde übel.

»Ich will hier raus«, schluchzte sie abrupt und brach in Tränen aus. »Ich möchte nach Hause, jetzt gleich.«

Der Mann ließ sie überrascht los.

Eva taumelte. Sie knickte mit dem Knöchel um und fiel auf den muffigen Teppich. Ihr war schrecklich übel.

Der Fremde schwankte. Nein, er drehte sich. Erst ein paar Sekunden später begriff sie, dass er sich überhaupt nicht bewegte, sondern dass einfach alles um sie herumkreiste. Der Mann, der Tisch, das Zimmer. Sie schloss die Augen und öffnete sie gleich wieder.

Der Mann war weg.

Schlagartig hörte der Schwindel auf. Sie sah sich hektisch um. Die Tür stand sperrangelweit offen. Eva wusste, dass es linker Hand zu ihrem Zimmer ging und in der anderen Richtung zur Treppe. Ohne nachzudenken, stürmte sie auf den Stöckelschuhen hinaus, rannte nach rechts und jagte die Stufen hinunter. Ein Absatz verhakte sich im Teppich. Sie stürzte und fuchtelte mit den Händen in der Luft. Irgendwie bekam sie das Geländer zu fassen und krallte sich im letzten Moment fest. Der Schuh flog vorwärts und polterte die vielen Stufen hinab. Eva schüttelte den anderen Schuh ab und rannte weiter. Sie musste zur Haustür. Es war vielleicht ihre einzige Chance. Liebe Güte! Vor zwei Tagen wollte sie sich noch umbringen und jetzt lief sie um ihr Leben. »Papa. Hilf mir!«, flüsterte sie und nahm die letzten Stufen.

Sie wusste, dass ihr im Moment niemand helfen würde. Sie war auf sich selbst gestellt. Auf einmal wollte sie leben. Im unteren Geschoss erblickte sie eine riesige Eichentür. Schwere Riegel lagen über dem massiven Holz.

Daneben stand der Mann. Er lächelte nicht. Er blickte ihr grimmig entgegen und in der Hand hielt er einen Hammer.

17

Es war bereits zwei Uhr nachts und sie hockten immer noch bei Simon Fischer in der Küche.

»Will einer von euch einen Energydrink?«, fragte der Computer-Experte und kippte eine ganze Dose auf einmal hinunter.

»Du liebe Güte«, entgegnete Laura, »wird dir davon nicht allmählich schlecht?« Simon hatte schon zwei dieser Drinks zu sich genommen. Nach dem ersten hatte er Laura und Taylor das Du angeboten. Laura mochte Simon. Er war klug, flink und scheute sich auch nicht davor, zu den unmöglichsten Zeiten zu arbeiten.

»Mich haut so schnell nichts aus den Socken. Energydrinks sind so etwas wie mein Lebenselixier.« Er grinste verschmitzt und zwinkerte Laura zu.

Sein Notebook gab mehrere schrille Pieptöne von sich.

Sofort drückte er ein paar Tasten. »Sorry, dass das so lange dauert, aber mein Laptop hat nicht so viel Power wie unsere Rechner im Büro.« Simons Blick verharrte gespannt auf dem Bildschirm, bis er unvermittelt aufsprang.

»Treffer«, verkündete er lauthals. »Es ist derselbe Kerl. Hundertprozentig. Schaut euch das an.« Er drehte den Laptop so herum, dass Laura und Taylor etwas sehen konnten.

Der Monitor war in zwei Hälften geteilt. Links sahen sie eine Aufnahme aus der Überwachungskamera des Krankenhauses, rechts eine, die vor einem Supermarkt gemacht worden war. Dieses Foto stammte aus Taylors Revier. Sein Kollege bearbeitete zurzeit einen Fall, bei dem fast auf den Tag genau vor drei Wochen eine ermordete Frau vor den Mülltonnen eines Discounters abgelegt worden war. Der Täter war von der Überwachungskamera gefilmt worden und hatte, ebenso wie in ihrem Fall, eine Schubkarre benutzt. Bis heute hatte die Kripo weder Spuren des Täters sichergestellt noch die Identität des Opfers ermittelt. Der Mordfall schlummerte seit ein paar Tagen vor sich hin, weil es keine neuen Ermittlungsansätze gab. Die ungefähr sechsundzwanzigjährige Tote hatte lange braune Haare und grüne Augen. Der Kleidung nach zu urteilen könnte es sich um eine Prostituierte handeln. Nachforschungen in diesem Umfeld hatten allerdings zu keinem Ergebnis geführt.

Auf beiden Aufnahmen war ein Mann zu sehen, der eine Schubkarre vor sich herschob. Statur und Größe schienen identisch.

»Es ist mit ziemlicher Sicherheit derselbe Typ, denn er trägt ähnliche Kleidung. Die Schuhe und die Baseballmütze scheinen mir dieselben zu sein. Sogar die Schubkarre ist gleich. Es könnte sich natürlich nur um dasselbe Modell handeln, aber das halte ich für unwahrscheinlich.« Simon schob zum Beweis die isolierte Aufnahme von der rechten Schubkarre über die linke und skalierte sie entsprechend.

»Unser Täter hat wohl eine Affinität zu Mülltonnen«, stellte Taylor fest.

Laura seufzte. »Sieht so aus. Jetzt haben wir schon zwei tote Frauen und eine Entführte. Wer weiß, wie viele Opfer er insgesamt bereits auf dem Gewissen hat.«

»In der Falldatenbank ist jedenfalls keine weitere Leiche vor irgendwelchen Müllcontainern registriert«, sagte Simon, der die Augen bereits wieder auf den Bildschirm heftete. »Ich weiß natürlich nicht, wie gründlich die Kollegen die Datenbank mit ihren Fällen gefüttert haben, aber in den letzten sechs Monaten war da nichts.«

»Je nachdem, wie hektisch die Zeiten gerade sind, nehmen meine Kollegen es nicht so genau«, erwiderte Taylor. »Das gilt jedenfalls für die Kriminalpolizei. Keine Ahnung, wie das bei euch im LKA gehandhabt wird.«

Laura zuckte mit den Achseln. »Ich schätze, ganz ähnlich. Es wäre also gut möglich, dass es weitere Opfer gibt.« Sie stieß einen leisen Fluch aus. Eva Hengstenberg war seit drei Tagen verschwunden, hoffentlich erhöhte der Täter sein Tempo nicht. In ihrem Magen rumorte es. Sehr oft war das Gegenteil der Fall. Hatte ein Täter erst einmal Gefallen am Morden gefunden, dann suchte er rasch den nächsten Kick. Die Zeitabstände verkürzten sich wie bei einem Süchtigen immer mehr, denn mit jedem neuen Mord verflüchtigte sich der darauffolgende Rausch umso schneller.

Laura schlug die Akte auf, die sie aus Taylors Dienststelle mitgenommen hatten. Der Obduktionsbericht ähnelte dem von Lena Reimann bis auf einen Punkt. Die Tote schien in den Wochen vor ihrem Tod nicht misshandelt worden zu sein. Zwar hatte sie hie und da ein paar ältere Prellungen, jedoch keine dramatischen Verletzungen. Die Zeigefinger des Opfers sagten allerdings etwas anderes. Sie waren genauso mit einem Hammer malträtiert worden und beide gebrochen. Nach Ansicht des Rechtsmediziners waren die Brüche ungefähr drei bis fünf Tage vor ihrem Tod entstanden. Dabei waren, ähnlich wie bei Lena Reimann, keine Gelenke beschädigt worden. Gestorben war die junge Frau ebenfalls an einer Zyankalivergiftung.

Laura blätterte weiter. Niemand schien die Tote zu vermissen. Ein Abgleich des Zahnstatus hatte nichts gebracht. Das Gebiss wies keinen Zahnersatz auf, nur ein paar Füllungen und starke Karies. Laura betrachtete nachdenklich die ebenmäßigen Gesichtszüge der Frau, die auch im Tod noch attraktiv waren.

»Ob er sie ebenfalls in einem Krankenhaus aufgegabelt hat?«, fragte sie und machte sich eine Notiz. Sie würde am nächsten Tag mit Dr. Gebauer sprechen. Vielleicht suchte der Täter seine Opfer ausschließlich im selben Krankenhaus aus.

»Das wäre gut möglich«, erwiderte Taylor. »Wir sollten aber jetzt nach Hause fahren. Du brauchst Schlaf.« Er deutete auf seine Uhr. »Es ist gleich drei.«

Laura nickte.

»Kannst du versuchen, das Opfer im Netz ausfindig zu machen?«, fragte sie an Simon gerichtet und legte eine Fotografie neben ihn.

»Klar. Mal sehen, was meine Software herausfiltert. Die Gesichtserkennung dauert aber bestimmt vierundzwanzig Stunden.«

»Danke. Schlaf schön.«

Laura und Taylor verabschiedeten sich von Simon und gingen zusammen zum Auto.

»Kommst du mit zu mir?«, fragte sie und lächelte müde.

Taylor küsste sie. »Nichts lieber als das.«

Keine dreißig Minuten später schlief Laura sanft in seinen Armen ein.

18

»Wir fangen an«, erklärte Joachim Beckstein und hob die Hände. Sofort hörte das Gemurmel im Besprechungsraum auf. Mehr als zwanzig Augenpaare richteten sich auf den Leiter des Dezernats, der diesen Job bereits seit über fünfzehn Jahren innehatte.

»Zunächst möchte ich Ihnen Christoph Althaus vorstellen«, fuhr er fort und deutete mit einem Kopfnicken auf den Mann neben sich. »Er leitet die Polizeidirektion eins für die Bezirke Reinickendorf und Pankow. Es sieht so aus, als wären die Kriminalbeamten seines Reviers auf das erste Opfer unseres Täters gestoßen. Die Fälle hängen also zusammen. Das Team von Christoph Althaus wird uns alle bisherigen Erkenntnisse zuliefern und uns tatkräftig unterstützen. Die Leitung liegt nach wie vor bei Laura Kern und Max Hartung.« Becksteins Blick wanderte suchend durch den Raum und blieb an Laura und Max kleben. »Das grenzt echt an ein Wunder«, murmelte Max leise und machte eine Kopfbewegung in Althaus' Richtung. »Schau dir unseren Schönling mal an, der sieht alles andere als enttäuscht aus, dass er seinen Fall abgeben muss.«

Laura nickte unauffällig und wartete, bis Joachim Becksteins Blick weiterschweifte. Dann erwiderte sie: »Er hat vermutlich keine Leute, und ein Fall, in dem seine Mannschaft bisher keinen Erfolg vorweisen kann, ruiniert am Ende seine Statistik.«

Laura betrachtete Althaus, der das genaue Gegenteil ihres Chefs war. Für sie war er jedoch eher ein Schnösel als ein Schönling mit akkuratem Seitenscheitel, bei dem kein Haar aus der Reihe tanzte. Christoph Althaus bedankte sich bei Beckstein für die Einführung und schilderte den Fall aus seiner Sicht. Für Laura gab es keine aufregenden Neuigkeiten. Sie kannte die Akte der unbekannten Toten seit heute Morgen in- und auswendig. Sie hoffte, dass Taylor als Unterstützung für das LKA arbeiten durfte, doch Althaus nannte ein paar andere Namen, mit denen sie nicht viel anzufangen wusste.

»Ich habe meine Mitarbeiter gebeten, alle Mordfälle des letzten Jahres auf den Ablageort der Leichen hin zu überprüfen. Leider gibt die Datenbank nicht allzu viel her, und so müssen wir die Akten manuell prüfen. Sobald sich Parallelen zu den aktuellen Taten abzeichnen, informieren wir Sie umgehend. Des Weiteren haben Joachim Beckstein und ich beschlossen, trotz aller Bedenken ein Foto des ersten Opfers an die Öffentlichkeit zu geben. Wir müssen die Identität so schnell wie möglich feststellen, damit die Ermittlungen wieder in Schwung kommen.« Er zählte noch eine ganze Reihe weiterer Punkte auf, die Laura mit ihrem Team jetzt in Angriff nehmen musste. Dann gab er das Wort zurück an Joachim Beckstein.

Der drückte auf die Fernbedienung des Beamers und warf die Fotos der drei Opfer an die Wand.

»Wir können uns vorstellen, dass Eva Hengstenberg noch lebt. Deshalb sollte die Priorität unserer Ermittlungen auf ihrem Verschwinden liegen. Vielleicht gelingt es uns, die Frau zu retten.«

Damit übergab er das Wort an Laura, die zunächst die einzelnen Teams von den neuen Erkenntnissen zu den Opfern berichten ließ. Martina Flemming machte den Anfang. Sie rieb sich etwas unsicher über das blasse Gesicht und fasste die wesentlichen Punkte zu Lena Reimann zusammen. Zu Eva Hengstenberg gab es bisher nicht viel zu sagen, die Durchsuchung ihrer Wohnung und die Befragung der nächsten Angehörigen standen für den heutigen Tag auf dem Programm.

Peter Meyer erhob sich und legte Laura eine Liste der Apotheken vor, die im Bezirk Charlottenburg und in der Umgebung des Supermarktes in den letzten vier Wochen Zyankali verkauft hatten.

»Wir konnten fünf der Apotheken ermitteln, eine davon befindet sich nur fünf Minuten von dem Krankenhaus entfernt. Diese Apotheke verkauft regelmäßig Zyankali an einen Juwelier. Eine Kollegin überprüft gerade die Lieferungen auf Unregelmäßigkeiten.«

»Könnten Sie den Zeitraum bitte auf die letzten sechs Monate ausweiten?«, bat Laura und bedankte sich für die Arbeit. Sie blickte in die Runde und forderte Dennis Struck, einen Mitarbeiter der Spurensicherung, auf, über die neuesten Ergebnisse zu berichten.

Der korpulente, ungefähr Vierzigjährige mit ausladendem Vollbart erhob sich gemächlich und sortierte erst einmal ein paar Seiten Papier.

»Ja, also, wir sollten die Parkplätze in der Umgebung des Krankenhauses absuchen. Der Rollstuhl, mit dem Eva Hengstenberg aus dem Krankenhaus entführt wurde, ist leider nicht auffindbar. Die Parkplätze sind extrem frequentiert, deshalb konnten wir leider auch keine Spuren sicherstellen. Selbst wenn der Wagen des Täters dort Reifenspuren hinterlassen hätte, könnten wir sie aufgrund der Vielzahl der Reifenabdrücke nicht finden. Wir haben uns natürlich auch nach Messern, der Baseballkappe oder sonstigen auffälligen Dingen umgesehen. Leider Fehlanzeige. Wir haben zudem gemeinsam mit Simon Fischer die Überwachungsaufnahmen der nächstgelegenen Tankstelle und eines Discounters analysiert, konnten aber auch hier in den relevanten Zeitpunkten kein Fahrzeug ausmachen, das wiederholt dort entlanggefahren ist. Es gibt so viele Möglichkeiten, zum Krankenhaus zu gelangen, dass es im Grunde genommen unmöglich ist, den Wagen des Täters auf diesem Weg ausfindig zu machen.« Dennis Struck zuckte mit den Schultern und setzte sich wieder.

Laura bedankte sich und verteilte neue Aufgaben. Martina Flemming, die das Rechercheteam eins leitete, sollte sich mit der Rechtsmedizin in Verbindung setzen und alle Todesfälle innerhalb der letzten sechs Monate analysieren, bei denen Zyankali im Spiel war. Simon würde prüfen, ob Milan Zapke, der Lebensgefährte von Lena Reimann, aufgrund seiner Körpergröße und Statur als Täter infrage kam. Dasselbe galt für den Aushilfsfahrer Erik Krüger, der immer noch untergetaucht war. Das Team von Peter Meyer sollte die Befragungen der Krankenhausmitarbeiter, die mit Lena Reimann und Eva Hengstenberg Kontakt hatten, zu Ende führen. Gerade als Laura die Einsatzbesprechung beenden wollte, flog die Tür auf und die Innensenatorin betrat den Raum. In der Hand hielt sie eine Zeitung, die sie wie ein Schild hochhielt.

»Guten Morgen«, sagte Marion Schnitzer und schritt durch den Raum, bis sie dicht vor ihr und Max stehen blieb. Sie deutete auf ein Foto auf der Titelseite der Tageszeitung.

»Haben Sie hierfür eine Erklärung?«, fragte sie streng und heftete ihren kühlen Blick auf Laura. Ihr hochgestecktes graues Haar saß akkurat wie immer.

Joachim Beckstein sprang sofort auf und eilte an Lauras Seite. Er öffnete den Mund, schloss ihn jedoch gleich wieder, als er das Foto sah. Laura und Max schwiegen ebenfalls. Laura brauchte ein paar Sekunden, bis sie die Aufregung der Innensenatorin begriff. Ein Foto auf der ersten Seite der Zeitung zeigte Dr. Christine Gebauer und sie, Laura, vor der Notaufnahme des Krankenhauses. Max war nur unscharf im Hintergrund zu erkennen. Darüber stand in fetten Buchstaben: *Sind unsere Krankenhäuser noch sicher? Leiche auf dem Müllplatz des Krankenhauses gefunden, weitere Patientin vom Täter entführt.*

Laura stockte der Atem. Sie sah Hilfe suchend zu Joachim Beckstein. Ihr Chef wirkte ein wenig verloren.

»Woher ... woher haben Sie das?«, stotterte er überrascht.

Marion Schnitzer durchbohrte Beckstein mit ihrem Blick. »Das fragen Sie mich? Die Zeitung gibt es an jedem Kiosk. Ich war eigentlich auf dem Weg ins Büro. Aber dann bin ich über diesen Artikel gestolpert und direkt hierhergefahren. Liest von Ihnen denn keiner Zeitung?«

Joachim Beckstein räusperte sich. »Wir haben uns hier bereits vor anderthalb Stunden zur Einsatzbesprechung genau wegen dieser Vorfälle zusammengefunden. Es gibt ein weiteres Opfer, das vor drei Wochen an den Müllcontainern eines Supermarktes gefunden wurde. In dem Fall ermittelte bisher die Kripo.«

Er drehte sich zu den Einsatzteams herum und wedelte mit den Armen.

»Bitte, meine Herrschaften. Sie wissen, was zu tun ist. Lassen Sie uns jetzt mit der Innensenatorin allein.« Becksteins Stimme klang fest. Er hatte seine Beherrschung zurückerlangt.

Der Besprechungsraum leerte sich schlagartig. Als der letzte Mitarbeiter die Tür hinter sich schloss, fuchtelte Marion Schnitzer mit der Zeitung vor Joachim Becksteins Nase herum. Laura stand stumm daneben.

»Es gibt also ein weiteres Opfer? Na, dann hat die Presse für den nächsten Artikel ja gleich ein Thema! Wie konnten diese Informationen überhaupt an die Öffentlichkeit gelangen?« Marion Schnitzer wandte sich an Laura. »Und wieso muss ich Ihr Gesicht auf der ersten Seite erblicken?«

Laura konnte sich nicht daran erinnern, fotografiert worden zu sein. Sie kramte in ihrem Gedächtnis danach, bei welchem der Termine im Krankenhaus es passiert sein konnte.

»Darf ich?«, fragte sie und deutete auf die Zeitung.

»Natürlich. Sie können von Glück reden, dass der Reporter offensichtlich mindestens genauso im Dunkeln tappt wie Ihr Ermittlerteam. Es werden weder die Namen der Opfer noch sonstige Details genannt. Dem Klinikpersonal wird sogar Schlamperei bei der Aufnahme von Patienten vorgeworfen. Wenigstens ist das Ihnen und der Polizei erspart geblieben. Trotzdem. So etwas gehört beim derzeitigen Ermittlungsstand nicht an die Presse und sollte sich keinesfalls wiederholen. Der Täter bekommt jetzt die Chefermittlerin mit Foto und Namen präsentiert. Das darf doch nicht sein. Außerdem kann er sich anhand des Artikels ausmalen, dass wir mit leeren Händen dastehen.«

Laura nickte, obwohl sie keine Ahnung hatte, wie sie die Presse von ihrer Arbeit abhalten sollte. Das Krankenhaus war ein viel besuchter öffentlicher Ort. Die Leiche hatte im Freien gelegen. Ganz sicher hatten etliche Patienten und Angestellte des Krankenhauses den Polizeieinsatz mitbekommen. Zwar hatten sie den Bereich um den Fundort abgesperrt, aber die Blaulichter der Einsatzwagen mussten weithin sichtbar gewesen sein.

»Ich rufe den Chefredakteur der Zeitung an und bitte ihn, sich zukünftig mit uns abzustimmen«, erklärte Joachim Beckstein und deutete auf die Leinwand, an der nach wie vor die Fotos der drei Frauen zu sehen waren.

»Wir haben es mit einem gefährlichen Serientäter zu tun. Er scheint es nach ersten Erkenntnissen auf Frauen abgesehen zu haben, denen von ihren Partnern Gewalt angetan wurde und die deshalb vielleicht für ihn leichter erreichbar sind. Es gibt bereits einen Verdächtigen, einen Aushilfsfahrer, nach dem wir fahnden. Wir geben selbstverständlich wie immer alles, um die Taten so schnell wie möglich aufzuklären.«

»Jaja. Das weiß ich doch«, blaffte die Innensenatorin. »Aber Sie müssen sich in Zukunft von Kameras fernhalten. Und wenn ein Artikel im Zusammenhang mit laufenden Ermittlungen erscheint, dann muss das im Vorfeld abgestimmt werden. Es kann nicht sein, dass ein Tageblatt uns in den Rücken fällt und unsere Ermittler mit Foto und Namen präsentiert. Das gefährdet die Ermittlungsergebnisse und unser Personal. Sie kennen meine Situation. Als Innensenatorin muss ich dafür sorgen, dass Berlin eine sichere Stadt ist und auch bleibt. Es darf auf keinen Fall der Eindruck entstehen, dass der Senat die innere Sicherheit nicht im Griff hat und irgendwelche Serientäter herumirren, die es auch noch auf Kranke und Schwache abgesehen haben.« Der letzte Satz der Innensenatorin klang etwas versöhnlicher. Sie blickte auf die Uhr und sagte: »Ich muss jetzt zu einer Konferenz.

Halten Sie mich bitte auf dem Laufenden.« Marion Schnitzer verschwand genauso schnell, wie sie aufgetaucht war.

Beckstein, Laura und Max starrten ihr hinterher.

Max fand als Erster seine Sprache wieder.

»Was für ein schöner Mist«, fluchte er und schaltete den Beamer ab. »Ich schlage vor, dass wir uns sofort weiter an die Arbeit machen, bevor wir noch einen Satz heiße Ohren kassieren.«

»Tun Sie das«, entgegnete Beckstein zerknirscht. »Ich versuche jetzt mal, den Chefredakteur zu erreichen.« Er stürmte aus dem Besprechungsraum, steckte allerdings kurz darauf noch einmal den Kopf durch die Tür herein. »Heute Abend will ich über den neuesten Stand informiert werden«, rief er und verschwand endgültig.

»Lieber Himmel«, stöhnte Laura und setzte sich ebenfalls in Bewegung. »Die Innensenatorin hat uns gerade noch gefehlt.«

Max, der sich mit ihr auf den Weg zum Auto machte, nickte. »Hannah wird sich freuen, wenn ich ihr verkünde, dass es in den kommenden Tagen auf alle Fälle länger dauern wird, bis ich nach Hause komme.«

Laura warf Max einen vielsagenden Blick zu. »Du musst mit Hannah reden, wenn sie das nicht versteht. Erzähle ihr von den toten Frauen. Ich glaube nicht, dass sie danach noch ein Problem damit hat.«

Max verzog die Miene. »Ich will sie nicht beunruhigen. Sie ist nicht so wie du, Laura.«

Laura blieb stehen und funkelte Max an. »Was soll das denn jetzt heißen?«

»Komm schon, Laura. Ist nicht böse gemeint. Hannah lebt einfach in einer anderen Welt. In einer friedlichen. Sie kann sich überhaupt nicht vorstellen, was hier teilweise passiert.« Er seufzte gequält und drückte den Fahrstuhlknopf. Die Türen öffneten sich surrend.

»Ist okay«, murmelte Laura. »Kannst du mich gleich am Krankenhaus absetzen? Ich will noch mal mit Doktor Gebauer sprechen. Du kannst ja schon mal vorfahren. Ich komme zur Wohnung von Eva Hengstenberg nach.«

Sie waren in der Tiefgarage angekommen und stiegen in den Dienstwagen. Dieses Mal fuhr Max. Laura blickte grübelnd aus dem Fenster. Die Sonne stand bereits hoch am Himmel, bald brach die Mittagszeit an. Laura hoffte, dass Dr. Gebauer nicht allzu beschäftigt war.

Sie erreichten das Krankenhaus und Laura stieg aus.

»Ruf mich an, sobald ihr etwas Entscheidendes findet.« Sie hob kurz die Hand zum Abschied und steuerte dann auf die Notaufnahme zu. Vor einem Behandlungszimmer blieb sie diskret stehen. Durch den offenen Türspalt sah sie Dr. Gebauer, die gerade mit einer älteren Dame sprach, die sich ständig an die Brust fasste. Eine Schwester stürmte an ihr vorbei in den Raum und schloss die Tür. Es dauerte eine geraume Zeit, bis Dr. Gebauer endlich herauskam. Sie bemerkte Laura sofort.

»Haben Sie auch schon die Zeitung gelesen?«, fragte sie und zog Laura mit sich den Flur hinunter. »Ich habe Riesenärger, weil dieser verdammte Journalist sich über die angebliche Schlamperei in unserem Krankenhaus ausgelassen hat. Als wenn wir den Patienten verbieten würden, das Haus zu verlassen. Leider hat dieser Reporter auch angedeutet, dass die Patientendaten nicht erfasst wurden. Der Chefarzt hat mich fast einen Kopf kürzer gemacht. Wenn ich diesen Typen zu fassen bekomme, weiß ich echt nicht, was ich tun soll.«

Laura lächelte unwillkürlich. Bisher hatte sie Christine Gebauer gar nicht so impulsiv eingeschätzt, doch dieser Artikel schien ihr wirklich an die Nieren zu gehen.

»Fragen Sie mich mal«, erwiderte sie verständnisvoll. »Ich hatte heute Morgen schon die aufgebrachte Innensenatorin persönlich am Hals wegen der Fotos.«

»Die Innensenatorin? Ach du Schreck.« Dr. Gebauer stieß die Tür zum Arztzimmer auf. Es war leer. Sie setzte sich seufzend auf einen Stuhl.

»Ich erwäge wirklich, diesen Mistkerl anzuzeigen. Ich habe schließlich auch keine Zustimmung zu diesem Foto gegeben. Das dürfen die doch nicht einfach veröffentlichen, oder?«

Laura zuckte mit den Schultern. »Das ist vermutlich eine Abwägungsgeschichte. Ich habe jedenfalls überhaupt nicht mitbekommen, dass wir fotografiert worden sind.«

Dr. Gebauer nickte. »Ich auch nicht. Aber ich habe herausgefunden, wer der Presse diese Geschichte gesteckt hat. Sie werden es nicht glauben.«

»Wer denn?«, fragte Laura und wurde auf der Stelle hellhörig.

»Erik Krüger«, antwortete Dr. Gebauer in einem Tonfall, der keine Zweifel daran ließ, was sie mit dem Kerl anstellen würde, sobald sie ihn in die Finger bekam.

Laura blieb die Luft weg. »Erik Krüger? Sind Sie sicher? Wir fahnden nach dem Mann, weil er die Handtasche der entführten Frau bei sich in der Wohnung hatte. Das gibt es doch nicht.« Als Dr. Gebauer ihre Nachfrage bejahte, sprang Laura auf. »Ich muss sofort telefonieren. Können Sie einen kurzen Moment warten?«

Laura wandte sich ab und informierte Joachim Beckstein. Die Zeitung musste unbedingt ihre Quelle preisgeben, und falls es sich wirklich um Erik Krüger handelte, dann musste der Reporter auch dessen Aufenthaltsort verraten. Notfalls würden sie mit einem Richter sprechen.

»Woher wissen Sie, dass Erik Krüger mit der Presse

gesprochen hat?«, fragte Laura, nachdem sie sich wieder zu Dr. Gebauer an den Tisch gesetzt hatte.

»Karsten Böhmer hat es mir erzählt. Er kam mit dieser Zeitung an und hat mir den Artikel gezeigt.« Dr. Gebauer seufzte. »Wissen Sie, Böhmer ist ein netter Kerl, aber vermutlich ein bisschen zu naiv. Er lässt sich auf die falschen Leute ein. Krüger hat ihn angerufen und um Geld gebeten. Bei dieser Gelegenheit hat er ihm von seinem Gespräch mit der Presse berichtet. Das war wohl schon gestern. Böhmer hat ihm nicht geglaubt, bis er heute Morgen das Foto in der Zeitung sah ...« Dr. Gebauer zuckte müde mit den Schultern. »Was soll ich sagen? Hier ist die Hölle los und dieser Zeitungsartikel macht alles nur noch schlimmer.«

»Wenn es Ihnen hilft, könnte ich die Innensenatorin bitten, ein gutes Wort für Sie einzulegen. Sie ist auf mich im Augenblick nicht gut zu sprechen, aber ich könnte mir vorstellen, dass sie nicht will, dass Ihnen wegen dieser Vorfälle Nachteile entstehen. Sie ist zwar ziemlich ruppig, aber immer fair.«

Dr. Gebauer winkte ab. »Nein, danke. Ich kann schon auf mich selbst aufpassen.« Sie grinste. »Glücklicherweise hat dieses Krankenhaus nicht genügend Personal. Auch wenn mein Chefarzt es wollte, würde er mich nicht vor die Tür setzen. Er ist manchmal etwas aufbrausend, doch im Grunde verstehen wir uns recht gut. Bis morgen hat er sich wieder beruhigt.«

Laura lächelte erleichtert. Sie mochte die Oberärztin, die so entschlossen für die Gesundheit ihrer Patienten kämpfte.

»Ich bräuchte noch einmal Ihre Hilfe.« Laura holte ein Foto des ersten Mordopfers aus der Tasche. »Kennen Sie diese Frau? Sie wurde schon vor drei Wochen auf dem Müllplatz eines Supermarktes gefunden. Wir gehen davon aus, dass sie vom selben Täter ermordet wurde wie Lena Reimann.«

Dr. Gebauers Augen weiteten sich überrascht. »Ach du Schande. Ich dachte schon, der Tag könnte nicht mehr schlimmer werden.« Sie nahm das Foto in die Hand und zog die Stirn kraus. Nach einer Weile schüttelte sie den Kopf.

»Tut mir leid, ich kann mich beim besten Willen nicht an sie erinnern. Lassen Sie mir das Foto doch hier, damit ich es im Kollegenkreis herumzeigen kann. Vielleicht erkennt sie jemand.«

»Das wäre sehr nett. Melden Sie sich jederzeit, wenn Sie Neuigkeiten haben.« Laura erhob sich und drückte Dr. Gebauer zum Abschied die Hand.

Dann machte sie sich auf den Weg zu Eva Hengstenbergs Wohnung.

19

»Du hast mich sehr enttäuscht, Eva.«

Die Worte des Mannes kreisten in ihrem Kopf und verstärkten den Schmerz in ihrem linken Zeigefinger. Die Wunde pochte heiß unter dem Verband, den er ihr angelegt hatte.

»Ich dachte, du wärst ein braves Mädchen und ich könnte dir vertrauen«, hatte er als Nächstes geflüstert. »Du musst lernen, mir zu gehorchen.«

Dann hatte er den Hammer erhoben und ihr den Zeigefinger mit einem einzigen Schlag gebrochen. Sie schnappte nach Luft bei der bloßen Erinnerung.

»Brauchst du den Schmerz?«, fragte er sie anschließend und hielt ihr Kinn so fest, dass sie ihn ansehen musste. »Bist du nur freundlich zu Männern, die dich schlagen?« Er hatte ehrlich betroffen gewirkt. »Mach so etwas nicht noch einmal!«

Er hatte ihre Wunde ordentlich versorgt. Eva hatte den Eindruck, dass es ihm wirklich leidtat. Andererseits verhielt sich Frank ganz ähnlich, und zwei Tage später hatte er seine Reue stets wieder vergessen. Wahrscheinlich war das bei ihrem Entführer nicht anders. Sie drehte sich im Bett um und blickte zur Tür. Er hatte schon seit einer Ewigkeit nicht nach ihr gesehen. Stattdessen stand ein Tablett mit Essen und Wasser auf dem Schminktisch. Ob er sie nicht mehr sehen wollte?

Evas Gefühle fuhren Achterbahn. In ihr kämpften Angst und Scham miteinander. Auf der einen Seite hatte sie Angst vor diesem Mann, doch andererseits hatte er sie bis auf diesen einen Vorfall nett behandelt. Sie verstand, dass er von ihrem Fluchtversuch enttäuscht war. Schließlich hatte sie kurz zuvor erst ein Fenster eingeschlagen. Im Grunde musste sie sich nicht wundern, dass er irgendwann die Beherrschung verloren hatte. Frank hätte sie schon nach der Sache mit dem Fenster halb tot geschlagen. Der Fremde hingegen hatte ihr sogar ein neues Zimmer gegeben, und ihr war nichts Besseres in den Sinn gekommen, als bei nächster Gelegenheit wieder die Flucht zu ergreifen. Das war wirklich nicht sonderlich dankbar von ihr.

Aber er hält dich in diesem Haus gefangen, flüsterte eine andere Stimme in ihrem Kopf. *Hau ab, bevor er noch schlimmere Dinge mit dir anstellt!*

Sie fuhr hoch und ignorierte die Warnung. Sie hatte einfach keine Kraft mehr. Wäre sie doch bloß in der Toilette des Restaurants gestorben. Sie rieb die Handgelenke, die immer noch verbunden waren. Ihr war nicht klar gewesen, dass es so lange dauerte, bis man starb. Sie dachte, wenn sie sich die Pulsadern aufschnitt, wäre es innerhalb weniger Minuten vorbei. Aber sie war nicht mal ohnmächtig geworden und hatte den ganzen Wirbel mitbekommen, als eine Frau sie gefunden hatte. Die gesamte Zeit lag sie auf dem Boden und hoffte, endlich zu sterben. Die Sanitäter trafen viel zu schnell ein. Sie retteten sie, bevor auch nur ein Funken Leben aus ihrem Körper geströmt war.

Unvermittelt hörte sie ein Klopfen und drehte sich überrascht um. Kam der Mann zurück? Die Tür bewegte sich nicht und das Knarren seiner Schritte auf dem Flur blieb ebenfalls aus. Sie legte sich gerade wieder hin, als es erneut klopfte.

Woher kam dieses Geräusch?

Eva hopste aus dem Bett und sperrte die Ohren auf.

Klopf, klopf, klopf.

Sie wandte sich nach rechts zur Wand und betrachtete den altmodischen Heizkörper. Er war so oft gestrichen worden, dass auf seiner Oberfläche Lacktropfen klebten. Zwei dünne Leitungsrohre führten in den Boden.

Klopf, klopf, klopf.

Das Geräusch kam aus der Heizung.

»Hallo?«, rief Eva und hielt sich erschrocken die Hand vor den Mund. Was, wenn der Mann sie hörte? Er würde sie bestimmt gleich wieder bestrafen.

Das Klopfen wurde lauter und schneller.

»Ist da jemand?«, flüsterte Eva und presste das Ohr an den Heizkörper.

Tatsächlich drang ganz leise eine Stimme zu ihr. War das echt oder drehte sie langsam durch?

»Hallo, hier ist Eva«, sprach sie in die Windungen der Heizung und drückte gleich wieder das Ohr an das kühle Metall.

»Hier ist Paula.«

Evas Herz begann zu rasen.

»Paula?«, fragte sie überrascht. Sie kannte Paula aus ihrem Yogakurs. Konnte es wirklich diese Paula sein? Aber das würde ja bedeuten, dass er ihnen beiden aufgelauert hatte. Wieso bloß? Und woher kannte dieser Kerl sie überhaupt?

»Paula Maaßen?«

»Ja, ich bin es.«

Eva schnappte perplex nach Luft. In ihrem Kopf rasten die Gedanken durcheinander. Aber sie fand keine Erklärung.

Aufgeregt fragte sie: »Wo bist du?«

»Im Keller, und du?«

»In einem Zimmer mit blauem Himmelbett.«

Eva lauschte gespannt auf eine Antwort. Doch sie hörte nur noch ein leises Rauschen.

»Paula?«, rief sie nach einer Weile und pochte gegen die Heizungsrohre. Es kam keine Reaktion mehr. Ruhelos harrte sie neben der Heizung aus in der Hoffnung, noch etwas von Paula zu hören. Sie fragte sich, was Paula im Keller machte. War sie dort eingesperrt? Wie lange war sie schon in diesem Haus? Eva hätte schwören können, dass sie bereits am ersten Tag ein Geräusch wahrgenommen hatte, das auf eine weitere Person hindeutete. Sie hatte so viele Fragen und plötzlich keimte neue Hoffnung in ihr auf. Sie war nicht allein mit diesem Mann in diesem alten Haus. Es gab noch jemanden, und vielleicht fanden sie zu zweit einen Ausweg.

Sie klopfte abermals gegen die Heizungsrohre.

»Paula? Paula, bitte antworte doch! Geht es dir gut?«

Nichts.

Je länger Eva wartete, desto verzweifelter fühlte sie sich. Sie stand auf und tigerte im Raum herum. Warum antwortete Paula nicht mehr? War ihr etwas zugestoßen? Hatte der Mann sie etwa schon getötet? Tränen schossen in Eva hoch. Was sollte sie bloß tun?

Plötzlich fiel ihr ein, dass es im Badezimmer bestimmt

auch eine Heizung gab. Sie stürzte ins Bad und klopfte wie verrückt gegen die Rohre.

»Paula! Paula? Kannst du mich hören?«

Sie drückte das Ohr so fest an den Heizkörper, dass es schmerzte. Ein tiefes Rauschen drang zu ihr empor und da war noch etwas. Eva hielt den Atem an.

20

Die Schultern des Mannes bebten so fürchterlich, dass Laura sie am liebsten festgehalten hätte. Sie bedauerte Eva Hengstenbergs Vater zutiefst. Er saß zusammengesunken auf einem Stuhl in der Küche seiner Tochter und klammerte sich an einem Glas Wasser fest. Guido Hengstenberg war vom Leben gezeichnet. Durch sein Gesicht gruben sich tiefe Falten. Die zerzausten grauen Haare auf seinem Kopf standen stumpf in alle Richtungen ab. Guido Hengstenberg hatte bereits vor zwanzig Jahren seine Frau, den Sohn und das Haus bei einem Brand verloren. Nur er und Eva waren übrig geblieben, hatten jahrelang mit Depressionen gekämpft und nie mehr richtig ins Leben zurückgefunden. Guido Hengstenberg hatte nicht der Vater sein können, den die kleine Eva nach dem Feuer gebraucht hätte. Das Mädchen lebte zeitweise bei einer Pflegefamilie, weil der Vater in der Psychiatrie behandelt wurde. Er wusste, dass er eine Teilschuld an Evas Selbstmordversuch trug. Guido Hengstenberg weinte hemmungslos wie ein kleines Kind. Immer wieder las er

Evas Abschiedsbrief und schüttelte fassungslos den Kopf.

»Ich hatte keine Ahnung«, murmelte er und schniefte in sein Taschentuch. »Ich dachte, sie wäre mit Frank glücklich. Wenn ich gewusst hätte, dass er sie schlägt ...« Seine Stimme brach. Er vergrub das Gesicht in den Händen und tupfte sich die Tränen von den Wangen. »Frank wohnt nur ein paar Straßen weiter. In der letzten Woche waren wir drei zusammen essen. Ich hätte sie erst übermorgen wieder getroffen. Telefoniert haben wir nicht oft, aber wir sehen uns jede Woche, immer sonntags. Frank hat mir überhaupt nicht gesagt, dass Eva verschwunden ist.«

Während Laura sich die Adresse von Frank Kahlau aufschrieb, holte Max Fotos der beiden toten Frauen aus der Tasche und legte sie vor Guido Hengstenberg hin.

»Kennen Sie diese Frauen?«, fragte er und wartete geduldig, bis Evas Vater sich so weit beruhigt hatte, dass er wieder sprechen konnte.

»Die da kommt mir irgendwie bekannt vor«, murmelte der Mann und deutete auf Lena Reimann. »Aber ich kenne ihren Namen nicht.« Guido Hengstenberg schloss die Augen. »Warten Sie.« Er sprang auf und lief aus dem Zimmer. Nach einer Weile kam er mit einem Fotoalbum in der Hand zurück.

»Eva hat jedes Jahr so eine Yogareise nach Indien gemacht.« Er schlug das Album auf und blätterte darin. »Hier ist es.« Er drehte das Album herum, sodass Laura und Max ein Gruppenfoto sehen konnten. Elf junge Frauen lächelten vor einem uralten Baum in die Kamera. Eva Hengstenberg stand in der Mitte der Gruppe, während sich Lena Reimann ganz links außen befand.

Laura blickte erstaunt auf. »Und Sie können sich an diese Frau nur aufgrund dieses Fotos erinnern?«

Guido Hengstenberg nickte eifrig. »Das ist gar kein Problem. Dieses Foto steht bei mir zu Hause auf dem Schreibtisch. Eva hat es mir geschenkt und extra für mich vergrößern lassen. Sie hat mir zu jeder ihrer Freundinnen etwas erzählt. Yoga ist ihre große Leidenschaft. Es bringt ihr Frieden.«

Laura betrachtete die anderen Teilnehmerinnen. Die unbekannte Tote war nicht unter ihnen. Aber immerhin hatten sie jetzt eine Verbindung zwischen Lena Reimann und Eva Hengstenberg. Sie fragte sich, warum Lena Reimanns Mutter Eva auf den Fotos nicht erkannt hatte. Vermutlich hatte sie noch weniger Einblick in das Leben ihrer Tochter gehabt, als sie zugeben wollte. Laura machte mit ihrem Smartphone ein Foto von dem Gruppenbild.

»Geht Eva regelmäßig zum Yoga?« Laura gab Herrn Hengstenberg das Fotoalbum zurück.

»Soweit ich weiß, jeden Mittwoch und in letzter Zeit manchmal auch freitags.« Er klappte das Album zu und legte es auf den Schoß.

»Max, was meinst du, hätten die Prellungen nicht den anderen beim Yoga auffallen müssen?«

Max schob die Unterlippe vor. »Das habe ich mich auch gerade gefragt. Ich kann gar nicht glauben, dass Lena Reimann einen Yogakurs besucht hat. Das passt nicht zu den Aussagen ihrer Mutter.«

Laura stimmte Max zu. Streng genommen hatte Lena Reimanns Mutter Milan Zapke als eifersüchtigen Kontrollfreak dargestellt. Dass Lena Reimann unter diesen Umständen einen Kurs besuchen und dazu noch eine ganze Woche allein mit der Gruppe wegfahren durfte, erschien auf den ersten Blick merkwürdig.

»Kennen Sie den Namen des Yogastudios?«, erkundigte sich Max und ergriff einen Stift und sein Notizbuch.

Doch Guido Hengstenberg schüttelte den Kopf.

»Tut mir leid. Es ist aber in der Nähe. Sie braucht nur fünf Minuten mit dem Fahrrad dorthin.«

»Ist nicht schlimm. Wir finden es heraus«, erwiderte Max. »Soweit wir wissen, arbeitet Ihre Tochter seit knapp einem Jahr als Aushilfskraft in einer Drogerie. Gab es dort irgendwelche Spannungen? Hatte sie Schwierigkeiten mit Kollegen oder Kunden?«

»Nein. Davon hat sie nichts erzählt. Ich hatte den Eindruck, der Job gefällt ihr. Sie überlegte sogar, ihre abgebrochene Ausbildung dort abzuschließen.«

Dennis Struck von der Spurensicherung steckte den Kopf zur Wohnzimmertür herein. »Wir haben da was auf dem Computer gefunden.« Er winkte Laura und Max mit sich.

»Wenn Sie uns kurz entschuldigen«, sagte Laura zu Herrn Hengstenberg und erhob sich.

Der Laptop lag im Schlafzimmer auf dem Bett. Der Raum maß höchstens acht Quadratmeter. Auf dem Bildschirm war ein Internetbrowser geöffnet.

»Das Gerät ist nicht passwortgeschützt, sodass wir die gesamte Kommunikation überprüfen konnten«, erklärte Dennis Struck. »Eva Hengstenberg gehört einer Selbsthilfegruppe an und hat jemandem vor ein paar Tagen von ihren Selbstmordgedanken berichtet. Lesen Sie selbst.«

Laura studierte die Zeilen, die Eva mit dem Leiter der Gruppe geschrieben hatte. Laura musste den Satz von Nils Vehling zweimal lesen, um ihn zu glauben.

Nils Vehling: *Körperlicher Schmerz kann einem starken Geist nichts anhaben. Lass dich nicht vom Schmerz leiten.*

Eva Hengstenberg: *Vielleicht ist es besser, diese Welt einfach hinter mir zu lassen. Auf der anderen Seite könnte ich wieder frei sein.*

Nils Vehling: *Ich kann dir helfen, den Schmerz als Teil deiner selbst anzunehmen. Komm doch gleich bei mir vorbei.*

Eva Hengstenberg: *Ich überlege es mir.*

Laura schaute aufs Datum und auf die Uhrzeit. Knapp eine Stunde nach dieser Konversation hatte Eva Hengstenberg sich die Pulsadern in dem Fastfood-Restaurant aufgeschnitten. Sie war an diesem Tag also nicht zu ihrem Gruppenleiter gefahren.

»Was ist das denn für ein komischer Typ«, stieß Max aus, der ihr über die Schulter schaute.

»Warte mal«, sagte Laura und rief das Gruppenfoto der Yoga-Gruppe auf ihrem Smartphone auf.

»Habe ich es mir doch gedacht. Das ist derselbe Mann.« Sie tippte auf das Profilbild im Internet. »Nils Vehling leitet nicht nur diese Selbsthilfegruppe. Er ist offenbar eine Art Yoga-Guru. Wir müssen mit ihm sprechen.«

An Dennis Struck gewandt fragte sie: »Gibt es auch eine Konversation zwischen Nils Vehling und Lena Reimann?«

Struck verneinte. »Keine öffentliche. Aber vielleicht gelingt es Simon Fischer noch, Lena Reimanns Passwort für ihren Computer zu knacken. Dann könnten wir nachsehen.«

»Haben sich Lena Reimann und Eva Hengstenberg untereinander ausgetauscht?«, wollte Max wissen.

»Dazu habe ich noch nichts entdeckt. Sieht so aus, als wäre die Beziehung der beiden eher oberflächlicher Natur gewesen«, erklärte Struck. »In ihrem Kalender steht eine Verabredung zum Kaffee, die ist allerdings schon acht Wochen her.« Er klickte auf das Icon und zeigte ihnen den Termineintrag, der jedoch nicht mehr hergab als die Uhrzeit und den Namen.

»Haben Sie Evas Handy gefunden? Es war nicht in ihrer Handtasche.«

Struck zuckte mit den Schultern. »Bisher ist es nicht aufgetaucht.«

Laura fluchte leise. In diesem Moment klingelte ihr Telefon. Es war Joachim Beckstein. Beunruhigt ging sie ran.

»Kommen Sie beide sofort ins Revier. Wir haben hier eine neue Entwicklung.«

21

»Er will sich auf dem Teufelsberg treffen?«, fragte Laura ungläubig und fuhr mit dem Finger über den Stadtplan an der Wand in Becksteins Büro. Der Teufelsberg, die zweithöchste Erhebung Berlins, lag im Bezirk Charlottenburg-Wilmersdorf am Rande des Naturschutzgebietes Grunewald. Mehrere leer stehende und halb verfallene Gebäude befanden sich darauf. Die amerikanischen Streitkräfte hatten dort in den Fünfzigerjahren eine Flugüberwachungs- und Abhörstation errichtet. Das Gebiet war unübersichtlich und schwer zu überwachen.

»Das ist seine Bedingung, anscheinend hat Erik Krüger Wind davon bekommen, dass wir nach ihm fahnden«, bestätigte Joachim Beckstein und runzelte die Stirn. »Erschwerend kommt hinzu, dass er sich erst nach Sonnenuntergang mit dem Reporter treffen will.«

»Okay«, sagte Max, der neben Laura stand und sich nachdenklich das Kinn rieb. »Wir beschatten also diesen Journalisten und schnappen uns Erik Krüger, sobald er Kontakt zu ihm aufnimmt.«

Beckstein nickte. »So ist der Plan. Sie haben bis zum Abend Zeit, um ein Team zusammenzustellen und den Reporter zu briefen.«

»Und falls Erik Krüger gar nicht unser Mann ist?«, gab Max zu bedenken. »Wir haben in seiner Wohnung keine Hinweise auf eine Verbindung zu den Opfern gefunden. Sein Computer ist sauber. Was, wenn er nur die Handtasche von Eva Hengstenberg gestohlen hat, weil er Geld brauchte?«

Laura warf Max einen verständnislosen Blick zu. »Das sind Vermutungen. Er kannte beide Opfer aus dem Krankenhaus und er ist auf der Flucht. Wegen eines einfachen Handtaschendiebstahls wird er wohl kaum untertauchen. Falls Erik Krüger der Täter ist, dürfen wir ihn nicht davonkommen lassen, und das Treffen mit dem Reporter ist die Gelegenheit, ihn zu schnappen.«

»Das sehe ich auch so. Wir sollten uns natürlich nicht darauf versteifen und müssen alle anderen Spuren ebenso weiterverfolgen.« Joachim Beckstein klatschte in die Hände. »Also los, an die Arbeit!«

Laura und Max verließen Becksteins Büro.

»Was ist mit diesem Yoga-Guru?«, fragte Max. »Sollten wir uns den nicht noch schnell vorknöpfen?«

Laura sah auf die Uhr und schüttelte den Kopf. »Das schaffen wir nicht mehr. In drei Stunden geht die Sonne unter. Bis dahin brauchen wir ein Team, wir müssen diesen Reporter verkabeln und uns vorher auf dem Teufelsberg umblicken.«

»Du hast recht«, brummte Max und blieb vor dem Fahrstuhl stehen. »Dann sollten wir wohl zuerst Thomas Momberg einen Besuch abstatten.«

Momberg leitete eine Sondierungseinheit, die unter anderem auch bei Geldübergaben eingesetzt wurde. Sein

Team kundschaftete vorab das Areal bei einer geplanten Übergabe aus.

Die Türen des Fahrstuhls öffneten sich surrend. Sie stiegen ein und fuhren ein paar Stockwerke zu Mombergs Einheit hinauf.

Thomas Momberg saß kerzengerade auf seinem Bürostuhl.

»Ich wollte gerade Feierabend machen«, erklärte er, als er Laura und Max bemerkte. »Aber daraus wird jetzt wohl nichts mehr.«

Unter Mombergs T-Shirt zeichneten sich deutlich die Bauchmuskeln ab. Seine Bizepsmuskeln hatten eine beeindruckende Größe. Selbst Max, der ebenfalls sehr durchtrainiert war, konnte da nicht mithalten.

»Tut uns leid. Wir brauchen Sie ziemlich dringend.« Laura erklärte Momberg den bevorstehenden Einsatz auf dem Teufelsberg.

Momberg verzog die Miene.

»Das Gelände dort ist extrem unübersichtlich. Wenn wir Pech haben, verschwindet der Täter im Wald, ohne dass wir ihn überhaupt zu Gesicht bekommen. Das Absperren eines so großen Gebiets ist in der kurzen Zeit nicht möglich. Deshalb sollten wir verstärkt auf Technik setzen und uns vor allem an die Fersen dieses Reporters heften. Am besten, Sie bringen den Mann auf der Stelle her. Ich schicke sofort zwei Leute los, um die Bedingungen vor Ort zu erkunden.«

Es dauerte eine geschlagene Stunde, bis Jonas Winkelmann endlich aufkreuzte. Laura lotste den kleinen, rundlichen Journalisten vom Empfang im Erdgeschoss nach oben in einen Besprechungsraum, wo bereits eine Mitarbeiterin aus Mombergs Team darauf wartete, ihn zu verkabeln.

»Das halte ich für keine gute Idee«, stieß Winkelmann

aus, als er die vielen Geräte erblickte. »Erik Krüger ist für uns eine wichtige Quelle und ich kann unmöglich sein Vertrauen missbrauchen.«

Laura baute sich vor Winkelmann auf. Sie überragte den Reporter fast um einen ganzen Kopf.

»Wir fahnden hier nach einem Serientäter, der bereits zwei Frauen auf dem Gewissen hat. Wollen Sie, dass der Mann frei herumläuft und sich noch weitere Opfer schnappt?«

Jonas Winkelmann musterte Laura von oben bis unten. »Hören Sie, wir sind hier nicht in einem Spionagefilm. In Deutschland herrscht nach wie vor Demokratie, und wissen Sie, was das Wichtigste daran ist?« Er hob wie ein Oberlehrer den Zeigefinger und bewegte diesen auf ihre Stirn zu.

Laura wich nicht zurück, sondern stoppte ihn mit vorgehaltener Hand.

Winkelmann ließ den Arm sinken und sprach weiter: »Es geht jedenfalls um das zwischenmenschliche Miteinander und das wiederum lebt ausschließlich von Vertrauen. Sie können mich gerne begleiten und observieren, davon kann ich Sie wohl nicht abhalten. Aber verkabeln lasse ich mich nicht. Ich habe Herrn Krüger mein Wort darauf gegeben. Eigentlich habe ich ihm ebenso versprochen, die Polizei nicht zu informieren.«

»Haben Sie ja auch nicht«, entgegnete Laura ungehalten. »Wir haben erst durch Ihren Artikel erfahren, dass Sie mit einem Mann sprechen, der polizeilich gesucht wird.«

Winkelmann machte eine schnippische Handbewegung. »Ach, hören Sie schon auf, Frau Kern. Mein Job ist es auch, die Bevölkerung auf Gefahren hinzuweisen. Und wenn die Menschen im Krankenhaus nicht mehr sicher sind, weil sie von einem Serienkiller geholt werden, dann gehört das in die Zeitung – egal ob es Ihnen passt oder nicht.«

»Lieber Himmel. Ihnen ist also das Leben Unschuldiger völlig gleichgültig?« Laura hielt Winkelmann die Fotos der zwei Toten unter die Nase. »Erklären Sie das mal den Angehörigen, und denken Sie darüber nach, was für ein Licht ein dementsprechender Zeitungsartikel auf Sie werfen würde.«

Winkelmanns linkes Augenlid begann zu zucken. »Ich mache nur meine Arbeit«, sagte er etwas leiser und schielte auf die Kabel, die auf dem Schreibtisch bereitlagen.

»Kann Krüger davon Wind bekommen?«, fragte er nach einer Weile und rieb sich die Nase.

»Die Kabel werden unter Ihrem Hemd angebracht. Er wird es nicht merken, solange er Sie nicht abtastet«, erklärte Laura. »Bedenken Sie bitte, dass es dunkel ist, wenn Sie ihn treffen. Diese Maßnahme dient nicht zuletzt Ihrem eigenen Schutz.«

Winkelmann schürzte die Lippen und kniff die Augen zusammen. Sein Blick wanderte zwischen Laura, Max und der Mitarbeiterin des Sondierungsteams hin und her.

»Es ist wirklich besser, Sie lassen sich darauf ein.« Max sprach mit tiefer, ruhiger Stimme und griff nach einem Kabel. »Es ist keine große Sache und Sie würden uns sehr helfen.«

»Also gut«, brummte Jonas Winkelmann und schüttelte missmutig den Kopf. »Ich tue es nur wegen dieser armen Frauen. Bloß damit das klar ist.« Schon wieder wanderte sein Zeigefinger in Lauras Richtung.

Sie kämpfte eine Sekunde lang mit sich und verzichtete dann auf eine Verwarnung. Am liebsten wäre sie dem Mann an die Gurgel gesprungen, aber sie musste an die

Opfer denken und daran, Erik Krüger zu fassen. Sie durfte sich nicht von solchen Leuten ablenken lassen. Jeder Mensch hatte eine andere Sicht auf die Dinge, und letztendlich wusste niemand, welche richtig war. Immerhin hatte sich Jonas Winkelmann einsichtig gezeigt, und das musste sie wirklich anerkennen. Sie schaute auf die Uhr. Ihnen blieb kaum mehr als eine Stunde für die letzten Vorbereitungen. Zwar hatten sie sich ausgiebig mit Satellitenbildern des Territoriums befasst, doch es machte immer noch einen gewaltigen Unterschied, selbst vor Ort zu sein.

»Wir sollten los«, sagte Laura deshalb und gab der Kollegin einen Wink, damit sie Winkelmanns Funkverbindung letztmalig überprüfte.

Als sie mit ihm auf dem Weg nach draußen waren, erklärte sie: »Wir machen am besten ein Codewort aus. Wenn Sie das sagen, greifen wir ein und stellen Krüger sofort ruhig. Wie wäre es mit *Himmel*?«

Winkelmann betrachtete sie skeptisch. »Sie meinen *Himmel* wie *verdammt noch mal, zur Hölle*? Von mir aus. Aber ich denke, das wird nicht nötig sein. Ehrlich gesagt glaube ich nicht mal, dass Krüger wirklich über neue Informationen verfügt.«

»Und warum treffen Sie sich dann mit ihm?«, fragte Max und öffnete die hintere Tür des Dienstwagens, damit Winkelmann einsteigen konnte.

»Man weiß ja nie. Die Tatsache, dass er ein Serientäter sein könnte, ist für uns natürlich interessant. Leider hat er keine Andeutung gemacht, worum es dieses Mal geht. Er sagte einfach nur, er müsse mich dringend sprechen.«

»Und wie erfolgte die Kontaktaufnahme beim ersten Treffen?«, wollte Laura wissen. Sie setzte sich auf den Beifahrersitz und schloss die Tür.

»Er hat eine Nachricht mit dem Foto von Ihnen und dieser Oberärztin per E-Mail an die Redaktion geschickt. Ich habe über Sie recherchiert, und als mir klar wurde, dass das LKA in diesem Fall eingeschaltet ist, habe ich natürlich sofort einen Gesprächstermin mit dem Informanten vereinbart. Wir haben uns in einem Restaurant getroffen. Für das Interview hat er zweihundert Euro bekommen.«

»Zweihundert Euro?« Max pfiff durch die Zähne und startete den Motor. »Das ist kein schlechter Stundenlohn.«

Laura beobachtete Winkelmanns Reaktion durch den Rückspiegel.

Er zuckte mit den Schultern. »Katastrophen und Serienmörder verkaufen sich immer gut. In Zeiten des Internets haben Zeitungen es extrem schwer. Wir müssen nehmen, was kommt.«

Laura stieß einen stummen Seufzer aus. Sie konnte diesen Journalisten nicht ausstehen. Max steuerte den Wagen Richtung Westen. Sie würden noch ungefähr zehn Minuten bis zum Teufelsberg benötigen.

»Wie viel Geld will Krüger denn dieses Mal haben?«, fragte Max und hielt vor einer roten Ampel.

»Das Doppelte«, entgegnete Winkelmann und neigte den Kopf nach vorn. »Jetzt schauen Sie mich nicht so vorwurfsvoll an. Die Welt ist, wie sie ist. Er weiß, dass nach ihm gefahndet wird. Klar verlangt er dieses Mal mehr.«

Max murmelte etwas Unverständliches und gab Gas. Den Rest der Fahrt schwiegen sie. Laura ging den Einsatz in Gedanken durch. Sie und Max würden Jonas Winkelmann in einem gewissen Sicherheitsabstand folgen. Sie wollten den Journalisten nicht aus den Augen lassen, damit sie im richtigen Moment zugreifen konnten. Zuerst sollte Winkelmann jedoch versuchen, Informationen aus Erik Krüger herauszubekommen. Die Kollegen des Sondierungsteams hatten sich bereits auf dem Gelände verteilt. Max steuerte den Wagen über die Teufelsseechaussee und parkte am Straßenrand etwas abseits der leer stehenden Gebäude.

»Können wir aussteigen?«, fragte er Thomas Momberg per Funk.

»Ja. Zielperson bisher nicht gesichtet. Over.« Das Funkgerät knackte.

Max drehte sich zu Jonas Winkelmann auf der Rückbank um.

»Den Rest des Weges laufen wir. Sie gehen vor. Wir folgen im gebührenden Abstand. Denken Sie an das Codewort. Falls Krüger uns bemerkt und er aggressiv werden sollte, sagen Sie es – wir holen Sie sofort raus.«

Winkelmann wurde eine Spur blasser und nickte. Dann stieg er aus. Er machte ein paar unsichere Schritte und marschierte schließlich weiter die Straße entlang, hinauf zu den verfallenen Gebäuden der ehemaligen Luftabwehr. Der Journalist hatte sich mit Krüger am Fuße des höchsten Bauwerkes verabredet. Der mehrstöckige Turm mit weißer Kuppel wirkte wie aus einem Science-Fiction-Film. Winkelmann ging gemächlich. Laura und Max folgten mit großem Abstand und verbargen sich am Zielort hinter ein paar Bäumen, während der Reporter direkt vor dem Gebäude wartete. Unruhig trat er von einem Bein aufs andere. Laura warf einen Blick auf die Uhr. Es blieben noch ungefähr zehn Minuten.

Sie neigte den Kopf zu dem winzigen Mikrofon an ihrem Blusenkragen und fragte leise: »Gibt es Sichtkontakt zur Zielperson?«

Die Antwort kam prompt: »Bisher an keiner Position Sichtkontakt.«

Sie harrten schweigend hinter den Bäumen aus, ohne Winkelmann aus den Augen zu lassen. Genau drei Minuten vor dem geplanten Kontakt klingelte Winkelmanns Handy. Der Reporter hob ab, Laura konnte das Gespräch über ihren Kopf im Ohr mitverfolgen.

»Krüger hier. Ich grüße Sie. Gehen Sie jetzt nach links, fünfzig Meter den Hügel hinunter. Danach bekommen Sie weitere Anweisungen.« In der Leitung knackte es. Krüger hatte aufgelegt.

Laura sah Max alarmiert an. Es würde im Wald viel schwieriger werden, an Winkelmann dranzubleiben.

»Besser, wir teilen uns auf«, flüsterte Max. »Du gehst rechts, ich links.«

Sie sahen, wie Jonas Winkelmann seine Taschenlampe einschaltete und zwischen den ersten Bäumen verschwand. Sie folgten ihm. Ein schmaler Trampelpfad führte einen flachen Hügel hinunter. Der Journalist blieb stehen. Der Strahl seiner Taschenlampe durchdrang die Dunkelheit nur ein kurzes Stück weit. Er drehte sich einmal im Kreis und hielt an. Laura suchte Deckung hinter einem Strauch. Alles, was sie sehen konnte, waren Winkelmanns Umrisse und der Lichtstrahl. Sie hatte keine Ahnung, wo Max steckte.

Plötzlich knirschte der Lautsprecher in ihrem Ohr.

»Zielperson auf elf Uhr vorbeigekommen. Kein Sichtkontakt mehr.«

»Verstanden. Nummer drei übernimmt. Bitte bestätigen.«

»Bestätigt. Befinde mich auf elf, dreißig. Reporter hält Position. Noch keine Zielperson in Sicht.«

Auf einmal knackten trockene Äste neben Laura und sie zuckte zusammen. Jemand schlich an ihr vorbei. Sie konnte die Wärme eines fremden Körpers spüren. Vielleicht war es auch nur ein Luftzug, der durch die Bewegung ausgelöst wurde. Sie wich so weit wie möglich zurück. Wieder knackte es im Unterholz. Die Person entfernte sich. Jede Faser in Laura spannte sich an. Sie fixierte Jonas Winkelmann, der sich nicht mehr bewegt hatte.

Dann ertönte erneut die Stimme in ihrem Ohr.

»Sichtkontakt. Zielperson tritt aus dem Wald.«

Laura kniff angestrengt die Augen zusammen. Tatsächlich sah sie jemanden auf Winkelmann zugehen. Es war allerdings so dunkel, dass sie Krüger nicht erkennen konnte.

»Sind Sie allein?« Das war definitiv Krügers Stimme, Laura hörte die Übertragung von Winkelmanns Mikrofon.

»Ja, wie vereinbart. Was haben Sie für mich?«

»Erst das Geld. Ich musste untertauchen und brauche dringend Kohle.«

Lauras Herzschlag beschleunigte sich. Sie kroch näher an die beiden heran.

»Die Hälfte jetzt, die andere, nachdem Sie mir Ihre Neuigkeiten verkündet haben«, sagte der Journalist und reichte Krüger ein paar Scheine.

»Danke, Mann«, erwiderte Krüger und stieß die Luft aus. »Also ich habe ein Businessmodell im Krankenhaus am Laufen. Ich lasse hie und da Dinge von Notfallpatienten mitgehen oder manchmal auch ein paar Pillen, je nachdem, was gerade gefragt ist. Die Klinik hat ein megaschlechtes Controlling. Ist bis heute niemandem aufgefallen.« Krüger machte eine theatralische Pause, bevor er weitersprach: »Das alles kennen Sie vermutlich ebenso aus anderen Häusern. Es gibt viele Russen und so, die einem das Zeug haufenweise abkaufen. Ich kenne ein paar Apotheken-Servicefahrer, da geht einiges.«

»Was wollen Sie mir denn jetzt so Neuartiges mitteilen? Diebstähle sind gut und schön, die passieren aber auch woanders, und dass es um das Gesundheitssystem nicht sonderlich gut gestellt ist, damit kann ich bei meinem Chef keinen Blumentopf gewinnen.«

»Klar, Mann. Wusste nicht, wie gut Sie sich mit diesen Dingen auskennen. Jedenfalls habe ich auch diverse andere Handtaschen mitgehen lassen.« Er drückte Jonas Winkelmann irgendetwas in die Hand, was Laura nicht erkennen konnte. »Ich fand die Kleine süß. Ist von ihrem Kerl verprügelt worden und hat sich ins Frauenhaus geflüchtet. Ich habe sie während des Rettungsdienstes dort abgeholt. Ich dachte mir, da geh ich später mal vorbei und bringe ihr die Handtasche wieder. Sie wäre dann ganz dankbar, und Sie wissen schon, wir kämen uns näher und so. Aber die Kleine da auf dem Ausweis ist weg. Nicht im Frauenhaus, nicht in der Wohnung, nicht im Krankenhaus. Wie vom Erdboden verschluckt.«

»Und was soll ich jetzt damit anfangen?« Jonas Winkelmann klang gereizt.

»Verstehen Sie nicht?«, fragte Krüger, nachdem Laura längst begriffen hatte, worauf er hinauswollte.

»Die hat sich dieser Kerl auch geschnappt. Sehen Sie sich das Passbild an. Das sind durch die Bank scharfe Bräute. Der Typ entführt sie reihenweise. Das ist ein Serientäter. Das ist doch was für Sie, oder? Sie können den Bullen mal klarmachen, wie schlampig die arbeiten, wenn denen nicht auffällt, wie viele Patientinnen bereits verschwunden sind.«

Plötzlich knatterte es in der Leitung. Wie aus weiter Ferne hörte Laura Krüger fluchen.

»Sind Sie etwa verkabelt?«

Das reicht, dachte Laura und gab das Signal zum Zugriff.

22

Die Nächte waren besonders schlimm. Marina ertrug einen Freier nach dem anderen. Ihre Seele schwebte dabei irgendwo unter der Zimmerdecke. Sie funktionierte wie ein Roboter. Sie lächelte, stöhnte, redete. Erst wenn das Geld auf dem Nachttisch lag, kehrte ihr Bewusstsein zurück. Tausend Euro musste sie Sascha bis zum nächsten Morgen übergeben, sonst bekam sie Ärger. Glücklicherweise fehlte bloß noch ein Freier. Sie seufzte zufrieden. Pedro kam seit ein paar Wochen zu ihr. Bisher hatte er immer nur mit ihr sprechen wollen. Sie ließ sich auf dem Bett in die Kissen sinken. Pedro war der einzige Kunde, der sie als Mensch betrachtete. Von den anderen Mädchen hatte sie schon oft gehört, dass es solche Männer gab. Männer, die nur zum Reden in den Puff gingen und allerhöchstens den Kopf in den Schoß ihres Gegenübers legten. Lange Zeit hatte Marina kein Glück gehabt. Sie hatte bereits geglaubt, es wären alles Lügengeschichten. Frauen und Mädchen wie sie brauchten solche Märchen, damit sie durchhielten. Um zu realisieren, dass nicht jeder Mann auf diesem Planeten gleich war. Dass es unter ihnen auch welche gab, die nicht nur ihre Befriedigung suchten, sondern sich in andere Menschen hineinfühlen konnten.

Und nun kam Pedro zu ihr. Er wollte keinen Sex.

Marina sprang auf und zog den Lippenstift nach. Sie freute sich ein wenig auf ihn. Er fragte sie gerne über ihr Leben und ihre Gefühle aus und dabei hatte er sie noch nie berührt. Deshalb hatte sie ihm sogar ihren richtigen Namen verraten. Er setzte sich jedes Mal auf einen Stuhl neben das Bett. Sie brauchte sich nicht auszuziehen und konnte ein bisschen so sein, wie sie eigentlich war. Sie sah sich nicht als Nutte, die freiwillig die Beine breitmachte, weil sie gar nicht genug Sex haben konnte. Sie war eine Gefangene, so wie die anderen Mädchen auch. Sie konnte nicht einfach aus diesem System ausbrechen, denn Sascha würde sie überall finden. Und wenn nicht, dann würde er ihrer Familie wehtun. Das hatte er mehrmals verdeutlicht. Außerdem sah sie es in seinen kalten Augen. Mit Grauen dachte sie an das, was er vor zwei Tagen mit Irina angestellt hatte. Sascha wusste genau, wie er Schmerzen zufügen konnte, ohne dass ein Freier es sah. Irinas Fußsohlen hatte er grün und blau geschlagen. Sie konnte noch immer nicht mehr als drei Schritte am Stück gehen. Sascha schickte ihr die Freier direkt aufs Zimmer, damit Irina sie dort auf dem Bett liegend empfing. Sie durfte nicht darüber reden oder auch nur andeuten, dass es ihr nicht gut ging. Jedes Zimmer wurde per Kamera überwacht. Marina hatte sich oft gefragt, warum er das tat. Irina hatte ihr berichtet, dass er die reichen, verheirateten Freier mit den Aufnahmen erpresste. Automatisch drehte sie sich zu der Kamera in ihrem Raum um. Sie hatte Pedro gezeigt, dass er nicht aufgezeichnet wurde, solange er neben dem Bett saß. Bis dort reichte der Winkel nicht. Marina hatte Tage gebraucht, um das herauszufinden. Dafür hatte sie sich freiwillig mit dem dicken Igor eingelassen. Er hatte gleich im Überwachungsraum mit ihr geschlafen, sodass sie unterdessen einen Blick auf alle Monitore richten konnte. Die Kameras filmten ausschließlich die Betten und das, was darauf geschah. Pedro hatte ihr anschließend fünfzig Euro extra zugesteckt. Ihr Herz schlug sofort schneller, denn sie hatte das Geld vor Sascha versteckt. Hoffentlich bekam er es nie heraus, dann sähen ihre Fußsohlen nicht besser aus als Irinas.

Marina betrachtete sich im Spiegel und übertünchte auch noch die dunklen Schatten unter ihren Augen. Sie gähnte und fuhr sich durch das wellige Haar. Es glänzte wie schwarze Seide. Sascha nannte sie deshalb immer Schneewittchen. Sie lächelte ihr Spiegelbild an. Vielleicht hatte er sogar recht. An der Tür klopfte es. Das musste Pedro sein. Sie blickte auf die Uhr. Er war schon zehn Minuten überfällig. Sie huschte zur Tür und öffnete.

»Hast du noch einen Kunden?«, fragte Irina und kam, ohne die Antwort abzuwarten, hereingehumpelt. Sie setzte sich seufzend auf den Stuhl neben das Bett.

»Ja. Pedro kommt gleich.«

Irina musterte sie. »Du meinst diesen stillen Typen, der nicht kann?« Ihre Augenbrauen schossen in die Höhe. »Du verknallst dich doch nicht in diesen Kerl, oder? Männer, die hierherkommen, sind Abschaum.«

»Ich weiß«, gab Marina zu und tupfte ein wenig von dem roten Lippenstift wieder ab. »Keine Sorge, so blöd bin ich nicht. Aber er zahlt gut und ich muss nichts dafür tun. Was will man mehr?«

»Deshalb bin ich hier«, flüsterte Irina verschwörerisch. Ihr Blick flog kurz zur Kamera, als ob sie sichergehen wollte, nicht auf der Aufnahme zu sein.

»Ich weiß, wie wir hier rauskommen.«

»Was?«, fragte Marina erstaunt. »Wie denn?«

Irina zog triumphierend einen dicken Geldstapel unter ihrem Rock hervor.

»Hiermit. Das reicht, um ein paar Wochen unterzutauchen.« Sie neigte den Kopf zur Seite. »Was ist, Kleines, kommst du mit?«

Marina dachte sofort an ihre Mutter und daran, was Sascha oder seine Handlanger ihr antun könnten. Heftig schüttelte sie den Kopf.

»Du weißt doch, wie gefährlich das ist. Denk an deine Familie«, erwiderte sie ängstlich.

Irina winkte ab und deutete auf ihre Fußsohlen. »Gefährlicher, als dass wir eines Tages totgeprügelt werden, kann es kaum werden. Sieh dich an. Jeden Tag verlierst du ein Stück deiner Seele.«

Marina schwieg. Sie wusste nicht, was sie erwidern sollte. Ihre Seele erschien ihr sowieso nur noch wie ein Fetzen. Ob sie je wieder ein normales Leben führen könnte? Mit einem Mann und Kindern? Einer richtigen Familie? Sie schüttelte sich, denn sie konnte sich nicht vorstellen, sich freiwillig einem Mann hinzugeben. Ihr Blick ruhte auf den Geldscheinen und flog abermals zur Uhr. Pedro verspätete sich jetzt schon dreißig Minuten.

Der kommt nicht mehr, weil du es nicht wert bist! Die hässliche Stimme in ihrem Kopf sprach so laut, dass sie unwillkürlich zusammenzuckte.

»Ich kann meine Familie nicht im Stich lassen«, flüsterte sie und fing an zu weinen.

23

»Hören Sie, wir können auf Ihren Anwalt warten.« Laura krempelte in aller Ruhe die Ärmel ihrer Bluse hoch, stützte die Ellenbogen auf den Tisch des Verhörraums und blickte Erik Krüger gespielt gleichgültig an. »Es ist zwei Uhr nachts. Wir bringen Sie also erst einmal bis morgen in einer Zelle unter. Ihr Anwalt kommt dann irgendwann im Laufe des Tages, vielleicht auch später.« Sie zuckte mit den Schultern und lehnte sich über den Tisch. »Sie können allerdings auch mit uns kooperieren. In diesem Falle ersparen Sie uns eine Menge Zeit und das wird sich garantiert auch positiv auf Ihren Verbleib in der Haft auswirken.«

Erik Krüger schob trotzig die Unterlippe vor und starrte Laura feindselig an.

»Sie können mich nicht wegen einer Handtasche hier festhalten«, murmelte er, klang dabei jedoch schon wesentlich unsicherer als zu Beginn des Verhörs.

»Warum sind Sie weggelaufen, wenn Sie mit dem Verschwinden der Frauen nichts zu schaffen haben?«, fragte Laura versöhnlich. Sie konnte spüren, dass Krüger nicht mehr lange durchhielt. Er war völlig überrascht gewesen, als sie ihn am Teufelsberg aufgegriffen hatten. Auf der gesamten Fahrt zum LKA hatte er protestiert. Langsam schien ihm die Luft auszugehen. Er wusste, dass er in der Zwickmühle steckte. Laura sah es in seinen Augen, die permanent zwischen ihr und Max hin und her sprangen.

An der Tür klopfte es kurz. Ein Kollege sah herein und schüttelte den Kopf. Sie hatten sofort nach Krügers Festnahme eine Streife zur Adresse auf dem Ausweis aus der Handtasche geschickt. Die Beamten sollten prüfen, ob die Frau zu Hause war oder ans Telefon ging. Aber sie hatten offensichtlich niemanden erreicht.

Der Beamte zog die Tür zu und sie waren wieder allein. Krüger schlug sich mit der flachen Hand gegen die Stirn.

»Ich habe Ihnen doch gleich gesagt, dass Sabrina Habich nicht da ist. Was für einen Sinn hätte denn sonst mein Treffen mit dem Journalisten gehabt.« Er hielt kurz inne und schnaubte verächtlich. »Wenn ich den erwische, mache ich Hackfleisch aus ihm«, knurrte er und funkelte Laura wütend an.

»Herr Winkelmann kann nichts dafür. Wir haben ihn observiert. Sie brauchen Ihren Zorn also nicht an ihm auszulassen«, sagte Max, noch bevor Laura etwas erwidern konnte.

Sie sah Max dankbar an. Denn diesen Satz hätte sie nicht herausgebracht.

»Wenn Ihnen diese Frau so am Herzen liegt, warum haben Sie uns dann nicht informiert?«, fragte Laura freundlich, obwohl ihr danach nicht zumute war.

Erik Krüger rollte mit den Augen. »Sie haben doch

alles mitgehört. Die Kleine ist heiß, kapiert? Ich wollte sie flachlegen. Mehr nicht.«

Laura ballte die Faust unter dem Tisch. Was bildete sich dieser Typ bloß ein? In ihrem Kopf ratterte es. Erik Krüger war vor ihnen abgehauen, weil er nicht nur die Handtasche von Eva Hengstenberg gestohlen hatte, sondern offenbar eine ganze Reihe von Dingen. Kreditkarten, Portemonnaies, Schmuck, Medikamente. Alles, was sich zu Geld machen ließ. Sollten sie herausfinden, wem er das Zeug verkaufte, bekam er mit Sicherheit Probleme. Russen oder andere Osteuropäer, die in mafiösen Strukturen organisiert waren, gingen mit ihren Lieferanten nicht gerade zimperlich um. Insbesondere dann nicht, wenn sie von ihnen an die Polizei verraten wurden. Sie musterte Krügers Miene. Er wirkte extrem angespannt. Lag das an den Diebstählen oder hockte hier am Tisch ein Serienkiller, der Eva Hengstenberg irgendwo in Berlin gefangen hielt?

Laura beschloss, etwas auszuprobieren. Krüger würde in dieser Nacht nicht viel reden, sondern auf seinen Anwalt warten. Aber vielleicht konnte sie ihm ein paar unbewusste Reaktionen entlocken.

Sie legte das vergrößerte Ausweisfoto von Sabrina Habich auf den Tisch.

»Diese Frau entspricht also dem Typ, der Ihnen gefällt?«

Krüger schaute sie verwundert an, richtete seinen Blick auf das Foto und nickte dann zögerlich. Seine Augen bewegten sich kurz nach links oben. Er erinnerte sich an Sabrina Habich.

»Was ist mit dieser?«, fragte Laura und schob das Foto der unbekannten Toten zu ihm hinüber.

»Die ist auch nicht zu verachten«, brummte Krüger.

Sein Blick wanderte für den Bruchteil einer Sekunde in die entgegengesetzte Richtung.

Laura versuchte es weiter mit dem Bild von Eva Hengstenberg. Sie wusste, dass er sie erkennen würde und dass seine Augen demnach wieder nach links schauen müssten, doch Krüger schaltete auf stur.

»Was, verdammt noch mal, soll das? Ist das irgend so ein Psychoscheiß?« Er schob die Fotos von sich und drehte demonstrativ den Kopf zur Seite.

»Ich sag jetzt gar nichts mehr ohne meinen Anwalt. Länger als bis morgen Abend können Sie mich sowieso nicht festhalten. Ich wette, Sie kriegen keinen Haftbefehl.« Er verschränkte die Arme und kniff die Lippen zusammen.

»Nun kommen Sie doch zur Vernunft«, appellierte Max noch einmal, aber Krügers Miene blieb verschlossen.

Er sagte kein weiteres Wort.

»Also gut, Herr Krüger. Wir sehen uns in ein paar Stunden wieder.« Laura erhob sich und musterte den Mann ein letztes Mal unauffällig. Sie hatte ohnehin nicht vor, ihn länger als einen Tag festzuhalten. Wenn er Eva Hengstenberg in seiner Gewalt hatte und sie noch lebte, dann würde er sie vermutlich früher oder später aufsuchen. Die Frau brauchte Nahrungsmittel und Wasser. Laura würde jeden seiner Schritte überwachen und vielleicht brachte er sie direkt zu seinem Opfer.

Max folgte ihr hinaus aus dem Raum und blickte gähnend auf seine Armbanduhr. »Ich muss jetzt wirklich ins Bett«, murmelte er. »Soll ich dich nach Hause fahren?«

Laura schüttelte den Kopf. »Taylor wartet unten auf mich. Danke.« Sie blieb kurz stehen. »Ich hoffe, du bekommst wegen der heutigen Aktion keinen Ärger mit

Hannah. So lange warst du schon ewig nicht mehr im Dienst.«

Max grinste. »Du wirst es kaum glauben, aber ich habe diesem schrägen Jonas Winkelmann wirklich einiges zu verdanken.«

Laura verzog das Gesicht. Sie verstand kein Wort.

»Hannah hat seinen Artikel gelesen über die verschwundenen Frauen aus dem Krankenhaus. Seit sie weiß, dass ich an dem Fall dran bin, drängelt sie nicht mehr, dass ich nach Hause kommen soll. Sie will, dass wir den Kerl einbuchten.« Max' Gesicht leuchtete regelrecht. »Wer hätte das gedacht?«

Laura runzelte die Stirn. Was er da erzählte, wollte nicht so richtig zu Hannah passen. Doch es ging sie im Grunde nichts an. Also drückte sie Max flüchtig und verabschiedete sich von ihm. Während er den Fahrstuhl in die Tiefgarage nahm, lief sie die Treppen hinunter. Sie hatte sich den ganzen Tag viel zu wenig bewegt und sehnte sich nach einer Joggingrunde. Aber es war einfach zu spät. Wenn sie jetzt nicht schlief, wäre sie morgen früh erledigt. Unten angekommen, sprang sie zu Taylor ins Auto.

Er lächelte sie an, zog sie in die Arme und ließ sie den anstrengenden Tag auf der Stelle vergessen.

»Ich fühle mich hundeelend«, gestand Laura nach einer Weile. »Wir haben vermutlich schon wieder eine vermisste Frau.«

Taylor startete den Motor. »Du hattest ja bereits vermutet, dass der Kerl ein Serienkiller ist. Tut mir echt leid.« Er sah sie von der Seite an und strich ihr eine Strähne aus der Stirn. »Du siehst wirklich müde aus«, flüsterte er. »Aber ich helfe dir gerne, falls du heute Nacht noch recherchieren willst oder so.«

Laura lächelte. Sie liebte Taylors unaufdringliche Art

und vor allem seine Toleranz. Er verstand sie und würde sie niemals von ihrem Job abhalten. Seufzend lehnte sie den Kopf an seine Schulter.

»Ich würde am liebsten ohne Pause weitermachen. Es gibt so viel zu tun. Aber ich bin wirklich erledigt.«

»Dann fahren wir zu mir«, bestimmte Taylor. »Ich massiere dich, bis du eingeschlafen bist.«

24

Eva hielt immer noch den Atem an, aber sie presste die Ohren nicht mehr an das Heizungsrohr im Badezimmer. Stattdessen sprang sie auf und blickte angsterfüllt zur Tür.

Es klopfte an der Zimmertür. Jemand hämmerte mit den Fäusten dagegen. Eva stürmte zum Himmelbett und setzte sich kerzengerade darauf. Jeden Moment würde der Mann hereinkommen. Sie ordnete die Haare und versuchte, ihren Atem zu beruhigen. Er durfte auf keinen Fall misstrauisch werden. Hoffentlich hatte ihr Entführer nicht gehört, wie sie nach Paula gerufen hatte. Ihr wurde ganz schwarz vor Augen. Die arme Paula. Vermutlich antwortete sie nicht mehr auf ihre Rufe, weil er sie bestraft hatte. Ihr verletzter Finger schmerzte immer noch heftig. Das Fleisch unter dem Verband fühlte sich heiß an. Es pochte im Rhythmus ihres Herzens. Wahrscheinlich hatte sie Fieber.

»Bist du da?«

Eva wagte kaum zu atmen. Sie spähte Richtung Zimmertür, unfähig, sich zu rühren.

»Hallo?«

Die Türklinke senkte sich ein Stück.

»Verdammt, es ist abgeschlossen.«

Evas Gehirn konnte nicht mehr zwischen Wahn und Wirklichkeit unterscheiden. War das Paula vor der Tür oder gehörte das zu seinen Tricks? Sie kannte das von Frank.

Wieder hämmerte es gegen die Tür.

»Eva?«

Endlich begriff sie, dass es wirklich Paula sein musste. Es war ihre Stimme. Eva stürzte mit zitternden Knien zur Tür.

»Paula?«

»Ja. Ich hatte schon Sorge, ich hätte das falsche Zimmer erwischt. Warum hat er dich eingeschlossen?«

»Ich ... ich habe versucht wegzulaufen«, stotterte Eva. »Ich kann gar nicht glauben, dass du auch hier bist.« Schlagartig wurde ihr klar, warum Paula letzte Woche nicht im Yogakurs erschienen war. Was ging hier nur vor sich?

»Geht es dir gut?«, schluchzte sie und lehnte sich an die Tür.

»Hör zu, wir haben keine Zeit für Erklärungen. Wir müssen uns beeilen. Ich habe einen Weg raus gefunden.« Paula trat gegen die Tür.

Eva zuckte vor der Wucht zurück. Die ganze Wand vibrierte, doch das Schloss hielt.

»Verdammt! Weißt du, wo er die Schlüssel haben könnte?«

»Nein, keine Ahnung.« Eva konnte kaum einen klaren Gedanken fassen. »Warst du denn nicht im Keller eingesperrt?« Sie kniete sich hin und schaute durchs Schlüsselloch.

Paula machte ein paar Schritte rückwärts und nahm Anlauf.

Eva ging auf Abstand.

Wumm!

Die Tür hing bombenfest in den Angeln.

»Mist!«, fluchte Paula.

»Wie bist du denn nun rausgekommen?«, fragte Eva erneut. Sie hörte, wie Paula sich keuchend setzte.

»Er hat mir ein paar Butterbrote hingestellt. Mein rechtes Handgelenk war mit Handschellen an die Heizung gekettet. Sie saßen ganz locker. Ich habe die Butter genommen, mein Handgelenk eingefettet und so lange gezogen und gezerrt, bis ich mich befreien konnte. Die Kellertür war offen und der Kerl scheint im Moment nicht da zu sein.« Paula schwieg eine Weile, dann fuhr sie fort: »Hör zu, Eva. Ich werde jetzt die Polizei holen. Ich beeile mich. Versprochen. Es hat keinen Sinn, länger gegen diese verdammte Tür zu treten. Wenn der Kerl zurückkommt, ist die Chance vertan.«

»Aber ist die Haustür denn offen?« Eva sah den Mann vor sich, wie er dastand und sie wütend anfunkelte.

»Keine Ahnung. Ich wollte aus einem Fenster klettern. Drück mir die Daumen und halte durch!«

»Paula?«, schluchzte Eva, die sich plötzlich wieder schrecklich allein fühlte. Sie hatte noch so viele Fragen an sie. Wie lange war sie schon hier? Was hatte dieser Mann ihr alles angetan? Warum hatte er sie in den Keller gesperrt? Doch Paula antwortete nicht mehr. Sie war weg.

Eva ließ sich gegen die kühle Zimmerwand sinken. Ihr Blick fiel auf das Tablett mit dem Essen. Auch sie hatte Butterbrote bekommen. Der Mann hatte bereits seit einer Ewigkeit nicht mehr nach ihr gesehen. Ob er überhaupt wiederkam? Was, wenn sie hier drinnen elendig verhungerte? Aufgeschreckt zählte sie die Brotscheiben.

Fünf Stück, ein paar Scheiben Salami und ein bisschen Käse. Eine Wasserflasche, die noch beinahe voll war, und ein grüner Apfel. Drei, vielleicht vier Tage würde sie damit klarkommen. Wasser konnte sie auch aus dem Hahn im Badezimmer trinken. Aber was dann? Würde Paula es schaffen, bis dahin die Polizei zu alarmieren? Vermutlich schon. Die könnten viel eher hier sein. Womöglich bereits innerhalb weniger Stunden.

Und falls Paula es nicht schaffte?

Plötzlich spürte Eva wieder das schmerzhafte Pochen an ihrem zertrümmerten Finger. Was, wenn sie eine Blutvergiftung bekam?

25

Hinter Lauras Stirn arbeitete es. Ihre Wangen fühlten sich ganz heiß an. Trotzdem nahm sie einen Schluck Kaffee und schloss genüsslich die Augen.

»Die Nacht war viel zu kurz«, jammerte Max und lehnte den Kopf zurück. Sie standen vor einer roten Ampel und waren auf dem Weg zum *Yoga-und-Leben-*Studio. Parallel wurden im LKA die Lebensgefährten von Eva Hengstenberg und Lena Reimann befragt. Eine Streife versuchte seit dem frühen Morgen, Sabrina Habich zu kontaktieren. Zudem sollten die Kollegen herausfinden, in welchem Frauenhaus sie sich zuvor aufgehalten hatte. Erik Krüger saß in seiner Zelle. Der Anwalt hatte sich bereits angekündigt. Doch sie würden Krüger ohnehin am Abend entlassen, weil eine Zivilstreife jeden seiner Schritte verfolgen sollte.

»Wir wissen, dass Erik Krüger drei der Opfer kannte. Lena Reimann, die tot vor den Mülltonnen des Krankenhauses gefunden wurde, Eva Hengstenberg, die hoffentlich noch am Leben ist, und Sabrina Habich, das neueste Opfer.« Laura stellte den Thermobecher im Halter ab und malte ein paar dicke Linien zwischen dem Täter und den Frauen auf das Blatt auf ihrem Schoß.

»Richtig«, bestätigte Max und bog links ab. »Und dann wäre da unsere unbekannte Tote, die ungefähr drei Wochen vor Lena Reimann getötet wurde. Das ist definitiv nicht Sabrina Habich.«

Laura nickte und zeichnete ein krakeliges Fragezeichen, das sie anschließend einkreiste.

»Es gibt keine Vermisstenanzeige und auch sonst nichts. Ihre Leiche wurde schon vor drei Wochen gefunden. Das ist echt merkwürdig. Irgendjemand muss sie schließlich vermissen.« Laura malte den Kreis noch ein wenig dicker und blickte zu Max.

»Auch wenn eine Prostituierte verschwindet, müsste das doch auffallen, oder?«

Max zuckte mit den Achseln. »Es gibt tausend Gründe, warum nicht mal ihr Zuhälter etwas tut. Sie könnte illegal im Land sein, vielleicht wollte er sie einfach loswerden.« Max bremste vor der nächsten Ampel. »Es verschwinden jedes Jahr so viele Prostituierte.«

Laura seufzte und legte den Zettel weg. »Was hältst du von Erik Krüger? Glaubst du, er könnte hinter diesen ganzen Morden stecken?«

Max schob nachdenklich die Unterlippe vor und schwieg einen Moment. »Möglicherweise«, erwiderte er schließlich. »Er ist unsere beste Spur bisher. Allerdings scheint er die unbekannte Tote nicht zu kennen, sofern dein Trick heute Nacht erfolgreich war.«

Laura lächelte. »Und ich dachte schon, du hättest es nicht mitbekommen.«

Max stupste sie an der Schulter an. »Ich weiß, dass du

gerne diese NLP-Methoden anwendest. Wenn es funktioniert hat, kann Krüger nicht der Täter sein.«

»Da hast du recht«, murmelte Laura. NLP stand für Neuro-Linguistisches Programmieren. Die Augenbewegungsmethode, die dieser Technik zugrunde lag, sollte die Wahrheit von Lügen unterscheiden. Blickten die Menschen nach oben links, griffen sie eher auf Erinnerungen zurück, anderenfalls bemühten sie ihre Fantasie. Die Methode war allerdings alles andere als sicher und Erik Krüger hatte gerade einmal zwei Fragen beantwortet.

»Routinemäßig stehen ja auch die Lebensgefährten von Lena Reimann, Eva Hengstenberg und Sabrina Habich auf der Liste der Verdächtigen. Und dieser Yoga-Guru kommt mir ebenfalls merkwürdig vor. Er kannte mindestens zwei der Opfer. Wir werden gleich schlauer sein.« Max parkte den Wagen am Straßenrand. Sie sprangen gleichzeitig aus dem Auto und steuerten auf ein quadratisches, weiß verputztes Gebäude mit großen Fenstern zu. Das *Yoga-und-Leben*-Studio machte seinem Namen alle Ehre. Zahlreiche lachende Sonnensymbole zierten die Ränder der Glasscheiben. Laura öffnete die Tür und trat zuerst ein. Sie gelangten in einen hellen, freundlichen Flur, an dessen Ende eine junge Frau hinter einem gelben Tresen saß. Sie lächelte Laura und Max entgegen, als sie näher kamen, und ihr Pferdeschwanz wippte ein wenig, als sie zum Gruß nickte.

»Willkommen bei *Yoga und Leben*. Wie kann ich euch helfen?«

Laura legte ihren Dienstausweis auf den Tresen. »Wir sind vom LKA Berlin. Ich hatte vorhin angerufen. Wir müssen dringend mit Nils Vehling sprechen.«

»Da sind ja die Herrschaften!« Eine tiefe Stimme unterbrach sie. Ein drahtiger Mann erschien in der Tür hinter dem Tresen. Nils Vehling trug ein weißes Shirt samt Jogginghose und einen grünen Seidenmantel mit bunten asiatischen Mustern.

»Danke, Sarah. Wir sind verabredet.«

Er neigte den Kopf und winkte Laura und Max mit sich. Nils Vehling führte sie in einen Raum, in dem nur drei Yogamatten auf dem Boden lagen. Als er Lauras Blick bemerkte, sagte er: »Wir halten jegliche Ablenkung von uns fern. Bei der Meditation kommt es darauf an, ganz im Hier und Jetzt zu sein.« Er lächelte, wobei seine Augen wachsam blieben.

Laura stellte sich und Max noch einmal kurz vor. Dann holte sie das Gruppenfoto, das Eva Hengstenbergs Vater ihnen gegeben hatte, hervor.

»Im Rahmen unserer Ermittlungen sind wir auf diese Gruppe von Frauen gestoßen. Können Sie uns mehr zu diesen Personen erzählen?«

Nils Vehling studierte das Bild und nickte schließlich. »Das ist meine Fortgeschrittenenklasse. Wir unternehmen jedes Jahr eine Fahrt nach Indien, um dort Yoga und Meditation zu praktizieren.« Er musterte Laura durchdringend. »Worum genau geht es denn?«

»Zuerst benötigen wir die Namen und Adressen aller Frauen auf dem Foto.« Laura wich seiner Frage aus.

Nils Vehlings Blick wurde bohrender. Mehrere Sekunden lang breitete sich ein bedrückendes Schweigen aus. Laura konnte damit umgehen.

Nils Vehling offensichtlich auch. Er zeigte keinerlei Stressreaktionen. In aller Ruhe fing er an, die Namen der abgebildeten Frauen aufzuzählen.

»Die Adressen gibt Ihnen Sarah von der Anmeldung.« Erneut richtete er seine leuchtend blauen Augen auf Laura.

Es kam ihr vor, als könnte er direkt in ihre Seele schauen. Unwillkürlich fuhr sie mit der rechten Hand hoch zum Schlüsselbein. Sie verkniff es sich gerade noch rechtzeitig, über die darunterliegenden Narben zu streichen. Sie trug wie jeden Tag eine hochgeschlossene Bluse, und das, obwohl draußen die Sonne strahlte und beinahe Hochsommer herrschte. Laura konnte sich des Gefühls nicht erwehren, dass Nils Vehling zu wissen schien, was sie unter ihrer Kleidung verbarg. Unangenehm berührt wandte sie sich ab und betrachtete die kahlen Wände des Raumes. Ihr Puls beschleunigte sich, weil sie spürte, dass Vehling sie immer noch ansah.

»Einer meiner Lieblingssätze lautet: Der Schmerz kann den Geist nicht besiegen«, sagte Vehling aus heiterem Himmel.

Lauras Blick schnellte zurück zu ihm.

Er starrte sie nach wie vor an. Aber es lag so etwas wie Anerkennung in seinen Augen.

Endlich sah er zu Max hinüber.

»Meine Fortgeschrittenengruppe ist keine reine Yogagruppe, eher eine Art Therapie- oder Selbsthilfekurs. Es handelt sich um Frauen, die diverse Schwierigkeiten in ihrem Leben zu bewältigen haben und bei mir Rat und Hilfe suchen.«

»Wann haben Sie Eva Hengstenberg zuletzt gesehen?« Laura zückte ihren Notizblock und sah Vehling fragend an.

»Das müsste inzwischen fast eine Woche her sein.«

»Welche Probleme hat sie denn genau und kennen Sie Eva gut?«

Vehling nickte. »Sie hat permanent Streit mit ihrem Freund. Wir pflegen ein sehr vertrauliches Verhältnis. Ich stehe ihr immer mit Rat und Tat zur Seite.«

»Können Sie sich vorstellen, dass sie selbstmordgefährdet ist?«

Vehling winkte ab. »Nicht mehr oder weniger als

jeder andere. Ab und an hat sie eine schlechte Phase. Nichts Ernstes.«

»Sie wissen, dass Eva Hengstenberg versucht hat, sich das Leben zu nehmen?« Max unterbrach ihn unwirsch. »Haben Sie sich nicht gewundert, dass Frau Hengstenberg nicht zu Ihnen kam, so wie vorgeschlagen?«

Nils Vehling hob erstaunt die Augenbrauen. »Haben Sie mit Eva gesprochen?«

»Beantworten Sie doch bitte die Frage«, forderte Laura ihn auf. Irgendetwas stimmte mit diesem Mann nicht. Er versuchte offensichtlich, sie auszuhorchen.

»Nun, sie hat Probleme angedeutet, aber ich fand es nicht außergewöhnlich. Sie reagiert oft sehr impulsiv, insbesondere nach einem Streit mit ihrem Lebensgefährten«, erklärte Vehling. »Und dass sie meine Einladung nicht angenommen hat, ist doch ihre Sache. Ich dachte, sie hätte sich wieder mit ihrem Freund vertragen. Sie hat Rat bei mir gesucht und ich habe geholfen.«

Laura hätte Vehling am liebsten gefragt, wie sein Rat denn aussähe, aber sie verkniff sich die Frage. Es war irrelevant, und außerdem wussten sie aus dem Chatverlauf, was Vehling Eva Hengstenberg empfohlen hatte.

»Wo waren Sie am Abend vor fünf Tagen?«, fragte sie stattdessen.

»War das der Tag, an dem ich Eva gebeten hatte, zu mir zu kommen?«

Laura nickte knapp.

Nils Vehling rieb sich das Kinn. »Da war ich zu Hause.«

»Kann das jemand bezeugen?«

»Ich lebe allein. Vielleicht hat mich einer der Nachbarn gesehen. Ich bin gegen acht Uhr abends vom Studio losgefahren.«

»Hat jemand aus dem Studio mitbekommen, wann Sie abgefahren sind?«

»Nein, wie gesagt, es war bereits acht. Wir schließen um sechs.«

»Sie haben also keine Zeugen«, stellte Laura fest und tippte auf das Foto. »Können Sie uns etwas zu Lena Reimann erzählen?«

Vehlings rechte Augenbraue zuckte in die Höhe. »Lena war seit ungefähr zwei Wochen nicht mehr hier. Ich kann sie nicht erreichen und sie ruft mich auch nicht zurück.« Er leckte sich kurz über die Lippen. »Ich dachte, sie hätte keine Lust mehr auf die Gruppe. Es kommt häufiger vor, dass Teilnehmer abbrechen oder für längere Zeit aussetzen.«

Laura überlegte, ob sie Vehling über Lena Reimanns Tod informieren sollte. Sie warf Max einen Blick zu.

Der schüttelte unmerklich den Kopf.

»Wurde Lena Reimann vielleicht von ihrem Lebenspartner misshandelt?«, fragte Laura.

Nils Vehling tippte auf ein paar Gesichter auf dem Foto. »Diese sieben Frauen hatten mit Gewaltproblemen in der Partnerschaft zu kämpfen. Ich habe versucht, ihnen klarzumachen, dass Gewalt auch ein ungeeigneter Ausdruck von Liebe sein kann. Jemand, der uns nicht kümmert, wird ignoriert. Wut ist ein starkes Gefühl, und man richtet es auf Menschen, die einem wichtig sind. Wie gesagt, Schmerz kann den Geist nicht besiegen. Schon im Mittelalter haben die Mönche sich selbst gegeißelt, um Gott näher zu sein. Sie fühlten sich erhöht, weil sie über dem Schmerz standen. Der Geist kann jede körperliche Empfindung ausschalten, wenn wir nur hart genug daran arbeiten. Denken Sie an Menschen, die über glühende Kohlen oder messerscharfe Spitzen gehen. Sie haben ein

Level erreicht, auf dem der körperliche Schmerz keine Rolle mehr spielt.« In Vehlings Augen glitzerte es.

Laura konnte sich des Gefühls nicht erwehren, dass mit ihm etwas nicht stimmte. Vordergründig schien er tatsächlich seinen Schülerinnen helfen zu wollen. Aber sie hatte erhebliche Zweifel, ob seine Ideen nicht mehr Schaden als Nutzen anrichteten.

»Was ist mit den anderen Reiseteilnehmerinnen? Waren sie alle beim letzten Kurstermin da?«, fragte sie und räusperte sich, weil ihre Stimme plötzlich ganz heiser war. »Und wann hat er stattgefunden?«

»Wir haben uns vor zwei Tagen gesehen. Lena und Eva waren nicht da und Paula auch nicht.« Er tippte auf eine zierliche Frau mit langen dunklen Locken, die traurig in die Kamera sah. »Paula Maaßen hat ebenfalls Probleme mit ihrem Freund. Sie ist schon die letzten drei oder vier Male nicht mehr gekommen.«

»Also kurz nach Lenas Verschwinden«, stellte Laura stirnrunzelnd fest. Ihr Magen fühlte sich auf einmal an, als hätte sie einen ganzen Felsbrocken verschluckt. »Haben Sie versucht, sie zu erreichen?«

Vehling nickte. »Ja, wie die anderen beiden. Aber Paula geht auch nicht ans Telefon und ruft nicht zurück. Ich habe mir bisher offen gestanden nicht sonderlich viel dabei gedacht. Doch wenn das LKA Berlin in meinem Yogastudio steht, macht es mich ehrlicherweise nervös. Dürfte ich erfahren, was passiert ist?«

»Wir dürfen leider keine weiteren Auskünfte geben. Ich brauche dringend die Adressen aller Frauen dieser Gruppe. Wir melden uns sicherlich bald wieder bei Ihnen.« Laura wich Nils Vehlings bohrenden Blicken aus. Er schien sich nicht für lokale Nachrichten zu interessieren, sonst hätte er aus dem Artikel von Jonas Winkelmann seine Schlüsse ziehen können. Vielleicht wusste

Vehling aber auch ganz genau Bescheid. Es war schon merkwürdig, dass zwei der Opfer ein und denselben Kurs besucht hatten. Falls diese Paula ebenfalls zu den Opfern gehörte, wären es bereits drei. Außerdem schien er ein merkwürdiges Verhältnis zu Schmerzen und Gewalt zu haben. Sein Äußeres könnte durchaus zu dem Täter passen, den sie auf den Videos gesehen hatten.

Sie verabschiedeten sich und Laura musterte Vehling ein letztes Mal.

26

Auf dem Weg zurück ins Revier klingelte Lauras Handy. Simon rief an.

»Ich habe Lena Reimanns Passwort endlich geknackt.« Die Freude am anderen Ende der Leitung war hörbar. »Und jetzt rate mal, mit wem Lena Reimann am Tag ihres Verschwindens verabredet war.«

Laura schwirrten sofort zwei Namen im Kopf. Erik Krüger und Nils Vehling. Sie tippte auf Letzteren, denn zu Erik Krüger fiel ihr auf Anhieb keine Verbindung ein, jedenfalls keine regelmäßige.

»Vehling«, platzte Simon heraus, noch bevor Laura zu Ende gedacht hatte. »Lena Reimann hatte Streit mit ihrem Freund und wollte Vehling nach ihrem Krankenhausaufenthalt aufsuchen. Er wusste also, dass sie dort ist. Ich habe mir seine Fotos auf der Homepage noch einmal angesehen. Ich kann es nicht hundertprozentig sagen, aber er könnte von Körpergröße und Statur her der Täter sein. Ich weiß, eine definitive Aussage wäre dir lieber, doch das kriegen wir bei den schlechten Nachtaufnahmen, die wir vom Täter haben, leider nicht hin.«

Laura seufzte. »Lass mich raten, die Lebensgefährten von Lena Reimann und Eva Hengstenberg könnten ebenfalls passen.«

»Du kannst wohl Gedanken lesen«, entgegnete Simon. »Das wollte ich gerade anfügen. Sorry, aber der Typ auf der Aufnahme ist, was Größe und Statur angeht, ein absoluter Durchschnittsmann. Davon laufen Millionen in Deutschland rum. Ich habe blöderweise auch gleich die nächste schlechte Nachricht. Ich habe mit meiner Gesichtserkennungssoftware das Netz nach der Toten vom Supermarktparkplatz durchforstet. Leider hat es nichts gebracht. Wir wissen immer noch nicht, um wen es sich handelt.«

Laura war für einen Moment sprachlos. Dann fiel ihr etwas ein.

»Kannst du mir einen Gefallen tun und nach einer Paula Maaßen suchen? Ich schicke dir ein Foto. Es ist die Frau mit langen dunklen Locken ganz rechts. Wir müssen herausfinden, ob sie vermisst wird.«

Dieser Fall war wie verhext. Die Zahl der Vermissten und Toten wurde ständig größer. Und trotz all der Stunden harter Arbeit standen sie ohne konkrete Anhaltspunkte da. Zwei Tote und drei Vermisste. Wo sollte das bloß enden? Der Täter hatte offenbar längere Zeit unentdeckt agiert und besaß dadurch einen wahnsinnigen Vorsprung.

»Klar, ich kümmere mich drum«, erwiderte Simon. »Ich rufe natürlich auch an, weil ich zumindest eine positive Nachricht habe.«

Laura saß sofort senkrecht auf dem Beifahrersitz. Was Simon sagte, konnte sie kaum glauben.

»Eine der vermissten Frauen ist wieder aufgetaucht.«

Laura hielt gespannt den Atem an.

»Welche?«, platzte es aus ihr heraus, als sie es nicht mehr aushielt. Sie stellte das Handy auf laut.

Max trat auf die Bremse und lenkte den Dienstwagen an den Straßenrand in eine Parklücke.

»Sabrina Habich, die Frau, deren Ausweis Erik Krüger dem Journalisten verkaufen wollte«, antwortete Simon. »Ich habe ihr Passfoto durch die Gesichtserkennung laufen lassen und bin dabei auf ihr Facebookprofil gestoßen. Gestern hat sie bei einer Freundin einen Kommentar hinterlassen. Haltet euch fest.« Er machte eine bedeutungsvolle Pause. »Die Frau hat einen Selbstmordversuch hinter sich und wurde deshalb in die geschlossene Psychiatrie eingewiesen. Sie war die letzten zwei Wochen weggesperrt. Kein Internet, keine Posts, kein Handy.«

Niemand sprach für eine Weile. Laura atmete erleichtert durch. Sabrina Habich befand sich also in Sicherheit. Das war eine gute Nachricht. Doch was genau bedeutete das für die Liste der Verdächtigen? Mussten sie Erik Krüger jetzt streichen oder legte dieser Mann seine Finten so geschickt, dass er ihnen absichtlich diesen Ausweis zugespielt hatte?

»Wer hat Sabrina Habich eingewiesen?«, wollte Laura wissen.

»Eine alte Bekannte«, erwiderte Simon. »Doktor Christine Gebauer.«

»Was?« Plötzlich erinnerte Laura sich an Krügers Worte. Er hatte dem Journalisten berichtet, dass der Rettungsdienst Sabrina Habich aus einem Frauenhaus abgeholt hatte. Natürlich wurde sie von dort aus ins Krankenhaus transportiert, und vermutlich hatte Dr. Gebauer mal wieder Dienst in der Notaufnahme gehabt.

»Das heißt, sie ist danach vom Krankenhaus direkt in die Psychiatrie gekommen?«

»Genauso sieht es aus«, bestätigte Simon.

Laura bedankte sich und legte auf. Max steuerte den Wagen in die Tiefgarage. Als sie an ihrem Büro ankamen, wartete Peter Meyer vom Rechercheteam bereits auf sie.

»Wir haben die Überprüfung des Zyankaliverkaufs der Apotheken wie besprochen auf sechs Monate erweitert«, verkündete er aufgeregt.

»Es gibt Unregelmäßigkeiten. Laut unseren Berechnungen wurde einem Juwelier so viel von der Substanz verkauft, dass er damit die nächsten Jahre Schmuckstücke reinigen könnte. Ich habe mit dem Apotheker telefoniert, doch er will den Namen des Juweliers am Telefon nicht nennen. Er ist schon etwas älter und hält mich für einen Betrüger. Ohne persönliches Treffen mit Vorzeigen des Dienstausweises geht da gar nichts.« Peter Meyer stöhnte entnervt. »Und da ist noch etwas Wichtiges. Ausgerechnet für diese Apotheke arbeitet Milan Zapke als Servicefahrer. Soll ich vorbeifahren?«

»Danke, brauchen Sie nicht«, entgegnete Laura, bei der sofort sämtliche Alarmglocken angesprungen waren: Milan Zapke, der Lebensgefährte der ermordeten Lena Reimann! »Wir übernehmen das. Hat eigentlich die Befragung von Zapke irgendwelche Erkenntnisse geliefert?«

»Er hat für den Abend, an dem Lena Reimann verschwand, kein Alibi«, erklärte Peter Meyer.

»Das ist ja interessant.« Laura ließ sich die Adresse der Apotheke geben und bedankte sich bei Peter Meyer.

Als sie wieder im Dienstwagen saßen, pfiff Max durch die Zähne. »Immer im Umfeld der Opfer suchen«, sagte er und sah Laura an. »Ich glaube, jetzt verfolgen wir langsam eine richtig heiße Spur.« Er startete den Motor und navigierte aus der Tiefgarage.

Die Apotheke lag in einer ruhigen Seitenstraße am Fuße eines größeren Wohnblocks. Ein paar Fahrräder standen davor. Eine Mutter mit Kinderwagen ging vorbei, ohne ihren Wagen zu beachten. Sie hielt ein Handy ans Ohr gepresst und redete ununterbrochen. Max wartete, bis sie endlich den Kinderwagen vorbeigeschoben hatte, und öffnete die Tür.

Als sie die Apotheke betraten, klingelte die Glocke über der Tür. Ein untersetzter Mann mit schütterem grauen Haar blickte auf. Er schob die ränderlose Brille den Nasenrücken hinauf und lächelte.

»Wie kann ich den Herrschaften helfen?«

»Wir sind vom Landeskriminalamt Berlin und haben ein paar Fragen an Sie«, erklärte Laura, wurde jedoch barsch von dem Apotheker unterbrochen.

»Ich falle nicht auf Sie herein.« Mit beiden Händen wedelte er vor ihrer Nase herum. »Eben noch hat mich ein Mann angerufen. Denken Sie, ich bin senil?« Er nahm den Hörer eines Telefons in die Hand. »Ich rufe die Polizei, wenn Sie nicht bei drei aus meiner Apotheke verschwunden sind.«

Laura fehlten die Worte. Verdattert sah sie zu Max, der neben sie trat und seinen Dienstausweis auf den Tresen legte.

»Ich war es, der vorhin mit Ihnen telefoniert hat«, behauptete er, ohne rot zu werden, und nickte kurz in Lauras Richtung. »Das ist meine Kollegin Laura Kern. Keine Sorge, wir sind echt. Schauen Sie sich in Ruhe den Ausweis an, und notfalls können Sie sich unsere Identität bestätigen lassen, indem Sie die Nummer auf der Rückseite wählen. Die steht auch ganz offiziell im Telefonbuch.«

Der Alte ließ den Hörer sinken und beäugte misstrauisch den Dienstausweis.

»Max Hartung?«, murmelte er und musterte Max kritisch. Er hielt den Ausweis gegen das Licht, als wenn er dadurch die Echtheit feststellen könnte. Schließlich schaute er wieder zu Laura.

»Und Sie? Können Sie sich ausweisen?«, fragte er und hielt Max' Ausweis weiter fest.

Laura nickte knapp und legte ihren Dienstausweis vor ihn hin. Der Apotheker warf einen prüfenden Blick darauf und drehte ihn zur Sicherheit um.

»Sieht echt aus«, bemerkte er nach einer Weile und schob ihnen die Ausweise über den Tresen hin. »Nun gut, meine Herrschaften, wie kann ich Ihnen denn behilflich sein?«

»Wir haben da ein paar Fragen zum Verkauf von Zyankali in den letzten sechs Monaten. Sie haben vor zehn Wochen eine besonders große Menge an einen Juwelier abgegeben. Ist das richtig?«

Der Apotheker wandte den Blick für einen Moment nach hinten. »Ich denke, das stimmt, aber lassen Sie mich zur Sicherheit nachschauen. Mein Neffe sammelt die Bestellungen. Warten Sie bitte einen Augenblick.« Der Apotheker verschwand in dem Hinterzimmer, aus dem er bei ihrer Ankunft gekommen war. Es dauerte eine ganze Weile, bis er endlich wieder erschien. Er hielt ein dickes Buch in der Hand.

»So, ich habe eine Lieferung an den Juwelier Göpke gefunden. Sie haben recht, die Menge ist hoch, aber wir beliefern natürlich jeden Kunden, der zum Bezug von Zyankali berechtigt ist. Wir arbeiten mit Juwelier Göpke schon seit über zehn Jahren zusammen. Vielleicht musste er einen großen Auftrag bearbeiten. Ich glaube jedenfalls nicht, dass da etwas nicht stimmt.« Der Apotheker zeigte Max den Eintrag.

»Welche Kunden kaufen denn sonst noch Zyankali bei Ihnen?« Laura versuchte, einen Blick auf den Eintrag zu werfen.

Der Apotheker nahm das Buch wieder an sich und blätterte. »Im letzten Jahr war es ausschließlich Juwelier Göpke. Wir beziehen es vom Großhandel und geben es im Grunde genommen nur weiter.«

»Und die Bestellungen bearbeitet Ihr Neffe?«, fragte Max. »Hat der sich denn nicht über die große Menge gewundert? Es ist dreimal so viel wie noch vor sechs Monaten.«

Die Glocke über der Tür läutete. Laura fuhr herum. Ein Mann trat ein und brummte einen knappen Gruß.

»Oh, gut, dass du da bist, Samuel. Die Herrschaften sind vom LKA und erkundigen sich nach Göpke. Der hat vor zehn Wochen eine große Menge Zyankali bestellt. Erinnerst du dich?«

»LKA?«, sagte der Mann und runzelte die Stirn. »Ich habe Ihnen schon vor ein paar Tagen die Information über die Zyankaliverkäufe geschickt.«

»Das ist richtig«, erwiderte Laura und stellte sich und Max vor, bevor sie erklärte: »Wir überprüfen derzeit sämtliche Apotheken im Umfeld und da sind wir auf besagte Bestellung dieses Juweliers gestoßen.«

»Samuel Maschke, mein Name«, sagte der Neffe des Apothekers und lächelte freundlich. »Ich erinnere mich an die Bestellung. Ernst Göpke musste einen Großauftrag bearbeiten. Er war sehr erpicht darauf, dass wir ihm das Mittel pünktlich beschaffen, damit er mit der Reinigung des Schmuckes beginnen kann. Ich kann Ihnen seine Kontaktdaten geben, wenn Sie möchten.«

»Gerne«, sagte Laura. »Prüfen Sie die Mengen eigentlich nicht?«

Samuel Maschke zuckte mit der Schulter und schrieb die Adresse auf einen Zettel. »Solange sich die Mengen im handelsüblichen Rahmen bewegen, normalerweise nicht. Wir beliefern Ernst Göpke recht regelmäßig. Bisher gab es nie Schwierigkeiten und Herr Göpke ist seit Jahren Kunde bei uns.«

»Haben Sie noch andere Mitarbeiter?«, fragte Laura weiter.

»Natürlich. Zwei Kolleginnen unterstützen uns im Verkauf, wobei Frau Koch heute krank ist. Und dann haben wir noch ein paar Fahrer, die auf Wunsch nach Hause ausliefern und auch ab und zu das Krankenhaus mit Medikamenten versorgen. Wir teilen uns die Fahrer je nach Aufwand mit der Krankenhausapotheke.«

»Gehört Milan Zapke dazu?«, fragte Laura, und Samuel Maschke zog erstaunt die Augenbrauen in die Höhe.

»Richtig. Sie kennen ihn?«

Laura ging nicht direkt auf seine Frage ein. »Hat er das Zyankali an den Juwelier ausgeliefert?«

Samuel Maschke nickte.

Sein Onkel lehnte sich über den Tresen. »Das ist ein äußerst zuverlässiger Mitarbeiter. Und freundlich noch obendrauf. Er hat doch nichts ausgeheckt?«

»Seine Lebensgefährtin wurde ermordet. Hat er Ihnen das nicht erzählt?«, Max mischte sich in das Gespräch ein.

Samuel Maschke wurde eine Spur blasser.

Sein Onkel riss entsetzt den Mund auf.

»Ermordet?«, nuschelte der alte Apotheker aufgelöst und schlug sich mit der flachen Hand gegen die Stirn. »Nun verstehe ich auch, warum der Zapke in den letzten Tagen so durcheinander war. Er hat plötzlich alles verwechselt, die Lieferungen zu den falschen Leuten gebracht. Wir hatten eine Menge Beschwerden. Das hätte er mir doch erzählen können.« Der Apotheker schüttelte den Kopf. »Der Arme. Vor ein paar Minuten habe ich ihm noch eine Standpauke gehalten, weil er Frau Krauses

Bluthochdruckmedikamente vergessen hatte. Sie braucht die Tabletten dringend. Jetzt tut mir das außerordentlich leid.«

»Jeder reagiert anders auf einen extremen Schicksalsschlag«, sagte Laura. »Vielleicht kann er einfach noch nicht darüber sprechen.« Sie machte eine Pause und wartete, bis sich die beiden Apotheker wieder ein wenig gefasst hatten. »Können Sie uns die Lieferdokumente bitte aushändigen? Wir wollen nur prüfen, ob die gesamte Menge Zyankali bei dem Juwelier eingegangen ist.«

»Natürlich«, entgegnete Samuel Maschke und verschwand im Hinterzimmer. Kurz darauf erschien er mit ein paar Kopien in der Hand. »Hier, bitte schön. Das ist der Lieferschein und hier finden Sie die Unterschrift des Juweliers. Ich kann sie leider nicht entziffern. Vielleicht hat das ein Angestellter unterschrieben.«

Laura nahm die Blätter entgegen. Die Unterschrift war nicht mehr als ein Kringel. Jeder konnte das unterzeichnet haben.

»Ich danke Ihnen. Es ist gut möglich, dass wir uns in Kürze noch einmal wegen weiterer Fragen bei Ihnen melden.«

Sie ließen die beiden schockierten Männer zurück und machten sich auf den Weg zum Juwelier Ernst Göpke, dessen Laden nur knappe zwei Kilometer entfernt lag.

»Ich finde es sehr merkwürdig, dass Milan Zapke seinen Arbeitgeber nicht informiert hat«, murmelte Max und startete den Motor.

Laura stimmte ihm zu. »Vor allem hätte dem Apotheker sein Fehlen auffallen müssen. Er war ja auch mindestens eine Stunde bei unseren Kollegen im LKA zum Verhör.«

Max lachte auf. »Hast du dir diesen verrückten Alten angesehen? Ich glaube, der hat keinen Plan. Außerdem scheint Zapke nur in Teilzeit für diese Apotheke zu arbeiten. Am besten hören wir uns mal in dieser Krankenhausapotheke um. Soweit ich mich erinnere, gab es dort zwar in letzter Zeit keine Bestellungen von Zyankali, aber vielleicht stoßen wir auf andere Ungereimtheiten.«

»Das machen wir«, erwiderte Laura grübelnd und blickte auf die Uhr. »Wir sollten Zapke gleich nach dem Juwelier einen Besuch abstatten.«

27

»Hast du überhaupt irgendetwas im Kopf? Warum hast du mir nicht sofort Bescheid gesagt?«, donnerte Saschas Stimme über ihr. Ein neuer Schlag traf auf ihren Hinterkopf. Grelle Blitze zuckten durch ihr Sichtfeld. Der Schmerz hatte sie für mehrere Sekunden vollkommen in seinem Griff. Marina konnte sich nicht rühren, nicht atmen, nicht schreien. Irgendwann hörte sie nicht einmal mehr seine Stimme. Sie merkte nur, dass er sie auf die Füße zerrte und sie wütend anfunkelte. Seine fleischigen Lippen bewegten sich. Er schrie sie an. Ein paar Tropfen lösten sich aus seinem Mund und kamen wie in Zeitlupe zu ihr herübergeflogen. Sie war unfähig, sich wegzudrehen. Saschas Speichel landete auf ihren Wangen und ihrer Nase. Sie hatte in der Nacht die tausend Euro nicht zusammengebracht, weil Pedro nicht gekommen war. Es fehlten hundert Euro. Aber das war nicht der einzige Grund, warum Sascha durchdrehte. Er wusste, dass sie mit Irina gesprochen hatte. Jetzt wollte er erfahren, wo sie war. Doch Marina hatte keine Ahnung.

Sascha hob sie hoch in die Luft. Ihre Füße flatterten über dem Boden. Sie röchelte, als seine Hände ihren Hals umfassten. Sie schlug hilflos um sich und kratzte ihn. Aber er war zu stark. Ihre Gegenwehr machte ihm nichts aus.

»Lass mich runter«, formte sie mit den Lippen, doch es kam kein Wort heraus.

»Hilfe«, rief sie stumm, aber Sascha kannte keine Gnade.

Er ließ sie zappeln und schüttelte sie unbarmherzig. Sie schnappte nach Luft wie ein Fisch auf dem Trockenen. Sascha brüllte sie nur weiter an.

»Was erlaubst du dir, du dreckige kleine Hure? War ich nicht immer gut zu dir? Habe ich dich nicht besser behandelt als alle anderen? Und was machst du?«

Endlich senkte er die Arme, sodass sie wieder den Boden unter den Zehen spürte. Gierig atmete sie ein.

»Ich habe dir vertraut, Marina. Du hast mich hintergangen.« Sascha ließ sie tatsächlich los.

Sie taumelte rückwärts und lehnte sich röchelnd gegen die Wand.

»Du hättest mir sofort Bescheid sagen müssen! Sag mir, wo Irina ist!« Er baute sich erneut vor ihr auf.

»Ich habe keine Ahnung. Ehrlich. Ich wusste nicht einmal, dass sie wirklich abhaut«, krächzte sie erstickt.

Sascha beugte sich zu ihr herunter, seine Hand legte sich abermals um ihren Hals. Er drückte noch nicht zu. Stattdessen flüsterte er: »Täubchen, wo ist sie? Du willst doch nicht, dass ich dir die Flügelchen breche?«

Tränen schossen ihr aus den Augen. Sie blickte Sascha flehend an.

»Ich weiß es nicht«, wiederholte sie verzweifelt und bereute in diesem Moment bitterlich, dass sie nicht einfach mit Irina abgehauen war. Jetzt musste sie die Suppe auslöffeln.

Saschas Faust landete hart auf ihrem Kopf. Irgendetwas in ihrem Hals knackte. Marina sackte zusammen. Alles wurde schwarz. Sie hörte Saschas Gebrüll wie aus weiter Ferne. Ein neuerlicher Schlag traf sie. Es tat gar nicht mehr weh. Die Zeit schien stillzustehen.

Irgendwann wurde sie hochgezogen. Etwas Kaltes benetzte ihre Stirn. Sie kam langsam wieder zu sich und stöhnte leise.

»Ich kümmere mich um dich«, flüsterte eine tiefe Stimme.

Sie öffnete mühsam die Augen.

»Sascha?«, wisperte sie heiser und blinzelte. Wie durch einen Schleier sah sie ihn. Plötzlich hatte er Haare.

Sie blinzelte erneut, heftiger diesmal. Dann fuhr sie hoch.

»Pedro?«

Der Mann lächelte. »Tut mir leid, dass ich unsere Verabredung vermasselt habe. Hätte ich gewusst, in welche Schwierigkeiten dich das bringt, wäre ich vorbeigekommen. Ich hatte viel zu tun. Die Arbeit.« Er seufzte und wischte ihr eine Strähne aus der Stirn. »Ich habe Sascha Geld gegeben. Er lässt dich jetzt erst einmal in Ruhe.«

Marina riss die Augen auf. »Wirklich?«

»Natürlich. Ich fühle mich deinetwegen ziemlich schuldig«, gestand er und deutete auf ihren Hals. »Hat es sehr wehgetan?«

»Ich habe keine Luft mehr bekommen. Ich dachte, ich sterbe.« Schon wieder kamen ihr die Tränen.

»Du magst also keine Schmerzen«, stellte Pedro mit seltsam belegter Stimme fest.

Marina schüttelte den Kopf. »Natürlich nicht. Sascha

war total sauer auf mich.« Sie erschrak, als sie merkte, dass sie mitten auf dem Bett lag und Pedro genau neben ihr saß. Ihr Blick flog zur Kamera.

»Keine Sorge«, sagte Pedro. »Sie ist aus. Ich habe das Kabel gezogen.«

Marina entdeckte die Leitung, die lose hinter dem Bettpfosten herunterhing. Unwillkürlich sprang sie auf und wollte es zurück in das Gerät stecken, doch Pedro hielt sie auf.

»Ich habe das mit Sascha geklärt. Hätte ich wohl gleich machen sollen. Ich kenne diese Erpresser-Masche.« Pedro zuckte mit den Achseln und lächelte sie an.

»Du solltest dich jetzt jedenfalls ausruhen. Für heute hast du frei und morgen sehe ich wieder nach dir.«

»Aber wie hast du das gemacht?«, fragte Marina ungläubig. Tausend Euro waren es, die sie Sascha jeden Tag übergeben musste. Hatte Pedro den Betrag etwa für sie bezahlt?

Er schwieg und erhob sich. Wie immer hielt er Abstand von ihr. In seinen Augen lag ein Ausdruck, den sie nicht deuten konnte. Ob er sie mochte? Das Herz schlug ihr plötzlich bis zum Hals.

»Lass das mal meine Sorge sein.« In der Tür drehte er sich noch einmal um, dann ließ er sie allein zurück.

Nachdem sich die Tür hinter ihm geschlossen hatte, kehrte ihre Angst schlagartig zurück. Sie kannte Sascha. Er würde sie nicht so einfach in Ruhe lassen. Das hatte sie oft genug erlebt. Sascha versprach viel und hielt sich an nichts. Ängstlich lauschte sie, aber niemand schien sich ihrem Zimmer zu nähern. Lange blieb sie regungslos auf dem Bett liegen und horchte immer wieder in die Stille hinein. Erst Stunden später näherten sich Schritte. Marinas Herz begann zu rasen.

28

»Wiederholen Sie das bitte«, forderte Laura und blieb auf der Stelle stehen. Mit dem Telefon am Ohr schüttelte sie ungläubig den Kopf.

Max hatte bereits die Türklinke zu dem Juwelierladen in der Hand, doch jetzt drehte er sich um und sah sie fragend an.

»Erik Krüger ist uns entwischt«, wiederholte ihre Kollegin.

Laura atmete tief durch. Sie konnte einfach nicht glauben, was sie gerade hörte.

»Wie konnte das passieren?« Sie hatte Mühe, ihre Stimme zu beherrschen.

»Zwei Kollegen der Zivilstreife haben ihn nach seiner Entlassung observiert. Sein Anwalt hat ihn zunächst nach Hause gefahren. Die Wohnung hat er nach ungefähr einer Stunde wieder verlassen und sich Richtung Hauptbahnhof bewegt. Im Getümmel haben die Kollegen ihn leider aus den Augen verloren. Sie sind zu seiner Wohnung zurückgefahren und warten auf seine Rückkehr. Von dort aus wollen sie ihn dann erneut observieren.«

»Verdammt«, fluchte Laura. »Das hätte nicht passieren dürfen. Wenn er unser Mann ist und auf dem Weg zu Eva Hengstenberg war, hätten wir sie vielleicht befreien können. Hoffentlich lebt sie überhaupt noch.« Laura beendete das Gespräch wutentbrannt.

Sie schaute Max fassungslos an.

»Die Streife hat Krüger irgendwo in der Menschenmenge am Hauptbahnhof verloren. Er ist weg«, erklärte sie und schüttelte den Kopf. »Mir fehlen wirklich die Worte.«

Max verzog das Gesicht. »Am Hauptbahnhof hält er die Frau jedenfalls nicht fest. Dort ist es viel zu belebt.« Er machte eine ausladende Handbewegung. »Außerdem ist es noch hell. Ich glaube nicht, dass er wegen Eva Hengstenberg dort war. Wenn überhaupt, wartet er bestimmt, bis es dunkel ist.«

»Ich hoffe wirklich, dass du damit richtigliegst. Was, wenn er endgültig untergetaucht ist und wir ihn nicht mehr aufspüren können?«, entgegnete Laura frustriert. Sie stieß einen langen Seufzer aus. Ein derartiger Observierungsfehler hätte jedenfalls niemals passieren dürfen. Sie würde Joachim Beckstein davon berichten, denn das konnte sie nicht einfach unter den Tisch fallen lassen. Die Teams mussten besser auf ihre Einsätze vorbereitet und speziell für solche Fälle trainiert werden. Pannen dieser Art konnten Menschenleben kosten und das galt es für die Zukunft zu verhindern.

»Okay, wir müssen in alle Richtungen denken. Wir sprechen mit dem Juwelier und dann nehmen wir uns Milan Zapke vor. Ich hoffe, dass Erik Krüger in dieser Zeit bei seiner Wohnung auftaucht.« Laura steckte das Handy wieder ein und ließ Max den Vortritt ins Juweliergeschäft.

Der Laden wirkte altmodisch. Auch hier klingelte ein Glöckchen, als sie ihn betraten. Eine junge Angestellte kam freundlich auf sie zu.

»Guten Tag. Wie kann ich Ihnen behilflich sein?«

Max stellte Laura und sich kurz vor und fragte: »Ist Ernst Göpke anwesend?«

»Ich hole ihn«, erwiderte die Frau verunsichert und hastete um den Tresen herum, um durch eine Tür am anderen Ende des Ladens zu verschwinden.

Wenig später stand ein untersetzter Mann mit gutmütigen Gesichtszügen vor ihnen.

»Ernst Göpke«, sagte er mit geschmeidiger Stimme und gab ihnen die Hand. »Die Herrschaften sind vom Landeskriminalamt?«

Max nannte erneut ihre Namen und zeigte seinen Dienstausweis.

»Wir haben Fragen zu einer Zyankali-Bestellung, die Sie von der Apotheke erhalten haben. Aus unseren Unterlagen geht hervor, dass Sie vor ungefähr sechs Monaten und auch vor zehn Wochen diese Substanz gekauft haben. Ist das richtig?«

Ernst Göpke blickte gedankenverloren von Max zu Laura und wieder zurück. Dann schweifte sein Blick auf einen imaginären Punkt an der Decke.

»Sie stellen ja Fragen«, murmelte er. »Wir reinigen wertvollen Schmuck damit. Natürlich unter strengen Sicherheitsvorkehrungen. Sobald das Zyankali auszugehen droht, ordern wir neues. Ich verfolge da kein bestimmtes System. Aber warten Sie bitte kurz. Ich sehe in meinen Auftragsbüchern nach.« Er drehte sich einmal um sich selbst und griff hinter den Tresen. »So, hier haben wir es«, erklärte er und holte ein abgegriffenes, in Leinen gebundenes Buch hervor.

»Vor zehn Wochen sagten Sie?« Ernst Göpke blätterte,

wobei er bei jeder dritten Seite die Spitze seines Zeigefingers anleckte. »Hm«, brummte er und begann wieder von vorn. Er durchwühlte sein Buch und blieb schließlich auf einer Seite stehen. »Da haben wir es. Wir haben die komplette Münzsammlung einer alteingesessenen Berliner Familie gereinigt. Das tun wir alle paar Jahre und dann müssen wir mehr von der Substanz besorgen. Man löst in einem Liter Wasser dreißig Gramm Zyankalium und zwanzig Gramm unterschweflig-saures Natron und setzt etwas Salmiakgeist hinzu. Die Münze kann noch so fleckig und angelaufen sein, nach der Prozedur sieht sie aus wie neu.«

»Aber das ist doch eine riesige Menge, wenn man bedenkt, dass bereits null Komma zwei fünf Gramm für einen Erwachsenen tödlich sind«, warf Laura ein.

Der Juwelier winkte ab. »Da haben Sie recht. Wir arbeiten mit allen erdenklichen Schutzmaßnahmen und verfügen über einen Giftschein, der uns den Bezug von Zyankali beziehungsweise Kaliumcyanid erlaubt. Außerdem können Sie im Großhandel für Gold- und Silberschmiede oder Juweliere direkt hundert oder sogar tausend Gramm Kaliumcyanid in Flaschen bestellen. Nur, solche Mengen benötigen wir nicht.« Er holte einen dicken Prospekt aus einem Regal. »Sehen Sie selbst, das ist der Katalog meines Großhändlers, und hier können Sie ganz einfach ordern. Meine Bestellung von dreißig Gramm ist dagegen offen gestanden fast nichts.«

Laura schaute sich stirnrunzelnd die Katalogseite an. So leicht hatte sie sich den offiziellen Bezug von Zyankali nicht vorgestellt. Trotzdem wollte sie der Sache auf den Grund gehen.

»Ist das hier Ihre Unterschrift?«, fragte sie und überreichte Ernst Göpke die kopierten Lieferscheine aus der Apotheke.

»Das ist gut möglich«, murmelte er. »Könnte aber auch der Bote gewesen sein. Wenn es hektisch ist, dann stellt er die Sachen direkt im Lager ab. Er hat einen Schlüssel.«

Wir bestellen immer bei derselben Apotheke. Sie beliefert uns seit Jahren.« Ernst Göpke zwinkerte. »Ansonsten würden wir ja auch keinen Schlüssel herausrücken. Meistens kommt Herr Zapke.«

»Und gab es schon mal Unstimmigkeiten? Ist irgendetwas weggekommen?«, fragte Max, der fassungslos dreinblickte.

Der Juwelier schüttelte den kahlen Schädel. »Wo denken Sie hin? Es gibt ja auch noch andere Chemikalien, die wir aufbewahren. Da muss man schon vorsichtig sein.«

Göpkes Worte hallten in Lauras Kopf nach. Offenbar war dem Juwelier seine Fahrlässigkeit keineswegs bewusst. Er öffnete einem möglichen Missbrauch Tor und Tür.

»Prüfen Sie die gelieferten Mengen?«

»Wie meinen Sie das?«, fragte Göpke stirnrunzelnd.

»Wiegt zum Beispiel jemand nach?«

Göpke stieß ein Lachen aus. »Wir reden über ein paar Gramm plus Verpackung. Nein. Außerdem steht die Grammangabe ja drauf.« Plötzlich schien er einen Geistesblitz zu haben. Seine Augenbrauen schossen in die Höhe. »Sie wollen doch nicht andeuten, dass die Apotheke uns hintergeht?«

»Nein. Natürlich nicht. Wir wollten uns nur einen Überblick verschaffen. Das gehört zur Routine unserer Ermittlung«, antwortete Laura.

Die gute Laune, die Ernst Göpke eben noch ausgestrahlt hatte, war verflogen. Seine Mundwinkel hingen ganz leicht herab.

»Was ermitteln Sie denn überhaupt?«, wollte er wissen und musterte Laura zunehmend kritisch.

»Es gibt einen ungeklärten Todesfall im Zusammenhang mit Zyankali.« Laura wich mit ihrer Antwort aus. Sie wollte dem Juwelier nicht mitteilen, dass es sich um die Lebensgefährtin seines Apotheken-Fahrers handelte. Milan Zapke hatte leichten Zugang zu dem Gift. Über seine getötete Lebensgefährtin Lena Reimann kannte er womöglich auch Eva Hengstenberg, die dieselbe Yogagruppe besuchte. Laura war sich ziemlich sicher, dass Milan Zapke unerkannt tödliche Mengen des Zyankalis hätte an sich bringen können. Weder in der Apotheke noch beim Juwelier würde ein Diebstahl auffallen. Hinzu kam, dass er für den Abend, an dem Lenas Leiche gefunden wurde, kein Alibi hatte. Außerdem wohnte er nahe genug am Krankenhaus und hätte sie leicht mit einer Schubkarre dorthin transportieren können.

»Aber das hat doch hoffentlich nichts mit meinem Geschäft zu tun?«

Die Stimme des Juweliers riss Laura aus ihren Gedanken.

Sie schüttelte den Kopf und verabschiedete sich mit Max von ihm, denn sie hatten alle Informationen, die sie im Augenblick brauchten.

»Lass uns Milan Zapke einen Besuch abstatten«, schlug Laura vor, als sie wieder im Auto saßen. Noch bevor Max etwas einwenden konnte, hob sie die Arme. »Ich weiß, dass er bereits befragt wurde, aber ich will mir selbst einen Eindruck verschaffen.«

»Okay, hatten wir ja auch abgemacht«, erwiderte Max und gab Zapkes Adresse ins Navigationssystem ein. »Danach sollten wir nach Hause fahren, sonst geht uns noch die Puste aus.«

Max gähnte demonstrativ und gab Gas.

29

Milan Zapke und Lena Reimann waren vor gut einem Jahr zusammengezogen. Von diesem Zeitpunkt an hatte er seine Freundin komplett kontrollieren können. Das Mietshaus war in die Jahre gekommen und die alten Holzstufen im Treppenhaus knarrten bei jedem Schritt. Offenbar hörte Zapke sie kommen, denn noch bevor sie die Hälfte der Treppe zu seiner Wohnung im zweiten Stock erreicht hatten, öffnete er die Tür und schaute ihnen entgegen.

Laura, die Zapke bisher nur auf dem Passfoto gesehen hatte, erkannte ihn sofort. Die Narbe auf der linken Wange war in der Realität wesentlich tiefer. Dafür wirkte Zapke trotz seiner Blässe und der dunklen Schatten unter den Augen viel freundlicher als auf dem Foto.

»Wollen Sie zu mir?«, fragte er und kam einen Schritt auf sie zu.

Laura nickte und stellte sich vor. »Woher wussten Sie, dass wir zu Ihnen wollen?«

»War nur so ein Bauchgefühl«, entgegnete er und

deutete auf einen Bewegungsmelder mit Kamera, der im Treppenhaus hinter ihnen angebracht war.

»Stimmt also nicht ganz. Wenn jemand an der Wohnung vorbeigeht, schlägt mein Handy Alarm, und ich bin ein neugieriger Mensch. Kommen Sie herein.« Er führte sie ins Wohnzimmer.

Laura blickte sich flüchtig um und stellte fest, dass der Raum extrem aufgeräumt schien. Es lag fast nichts herum. Die Bücher waren ordentlich ins Regal sortiert. Der leere Wohnzimmertisch wies keinerlei Staubkörnchen auf. Laura sah weder Geschirr noch herumstehende Schuhe oder Zeitungen. Die Couch und die Sessel zeigten nicht einen einzigen Flecken. Unwillkürlich fragte sie sich, wo Lena Reimanns Sachen waren. Nichts in diesem Zimmer erinnerte an sie. Allerdings fanden sich anscheinend auch keine persönlichen Dinge von Zapke in dem Raum.

»Nehmen Sie Platz, wo Sie möchten«, sagte Milan Zapke und verdrehte die Augen, denn sein Handy fing an zu piepen. Er zog es aus der Hosentasche und entsperrte den Bildschirm.

Laura, die noch neben ihm stand, konnte das Treppenhaus darauf erkennen. Eine ältere Dame schlich die Stufen mit einer Einkaufstüte in den Armen hinauf.

»Das ist Frau Kohlmeier«, murmelte Zapke und seufzte traurig. »Wie Sie sehen, entgeht mir fast nichts, außer dieses eine Mal mit Lena.«

Er wartete, bis Laura und Max sich auf die Couch gesetzt hatten, und nahm in einem Sessel gegenüber Platz.

»Ihre Kollegen haben sich hier ja bereits umgesehen und mich mit Fragen gelöchert. Sie waren anscheinend nicht begeistert darüber, dass ich an dem Abend alleine war.« Er schüttelte den Kopf und rollte mit den Augen.

»Lena ist genau an diesem Abend verschwunden. Ich war also zwangsläufig alleine. Dasselbe gilt natürlich auch für den Abend, an dem sie tot aufgefunden wurde. Bin ich jetzt der Hauptverdächtige? Es ist doch meistens der Ehemann oder Freund, richtig?«

»Sie kennen sich ja aus«, stellte Laura ruhig fest und schaute Zapke tief in die Augen. Er wirkte zwar traurig, trotzdem erschien er ihr eine Spur zu aufmüpfig. »Routinemäßig werden bei jedem Verbrechen die Menschen aus dem direkten Umfeld genauer befragt. Sie sind natürlich nicht immer Täter, aber zumeist hilfreiche Zeugen. Sie wissen viel mehr über die Lebensumstände einer nahestehenden Person, als es der Polizei oder dem LKA je möglich wäre zu erfahren. Dieses Wissen bringt uns oft auf die richtige Fährte.«

Milan Zapke zupfte an seinem T-Shirt und scheuchte eine Fliege fort. »Wie gesagt, ich habe am Abend von Lenas Verschwinden leider nichts mitbekommen. Sie ist gestürzt und daraufhin ins Krankenhaus gefahren. Als sie um zweiundzwanzig Uhr immer noch nicht zurück war, habe ich nach ihr gesucht. Die ganze Nacht. Sie war wie vom Erdboden verschluckt.« Er sprach nicht weiter. Alle wussten, was mit Lena Reimann geschehen war. Auch, dass sie keinesfalls gestürzt, sondern vermutlich von ihm misshandelt worden war. Immerhin verfärbte sich sein Halsansatz rötlich. Trotzdem, von einer tiefen Trauer um den Verlust seiner Lebensgefährtin konnte Laura nicht viel spüren. Es schien fast so, als redeten sie über einen wildfremden Menschen und nicht von der Frau, mit der Zapke eine intime Beziehung unterhalten hatte.

Zapke klatschte sich auf die Oberschenkel. »Also, was wollen Sie denn noch wissen?«

Laura legte ihm das Gruppenfoto des Yogakurses vor.

»Können Sie uns sagen, ob Sie außer Lena jemanden erkennen?«

Zapke nahm das Foto in die Hände und betrachtete es eingehend. »Eva und Paula waren schon mal hier. Ich kenne sie flüchtig. Die anderen habe ich hie und da gesehen, wenn ich Lena vom Kurs abgeholt oder hingebracht habe.«

»Besitzen Sie zufällig die Telefonnummern von Eva Hengstenberg und Paula Maaßen?«, fragte Max dazwischen, doch Milan Zapke schüttelte sofort den Kopf.

»Nein, wie gesagt, ich selbst hatte mit denen nichts zu tun. Es waren Bekannte von Lena. Diese Besuche liegen locker ein Jahr zurück.« Er rieb sich das Kinn und fügte hinzu: »Lena ging nicht so gerne raus.«

»Die Obduktion und unsere bisherigen Ermittlungen haben ergeben, dass Lena häuslicher Gewalt ausgesetzt war. Was sagen Sie dazu?« Laura übernahm das Ruder gleich wieder.

Milan Zapke zeigte keine Regung. »Was soll das denn heißen? Ich habe vielleicht ein paarmal zugelangt, aber auch nur, weil Lena sich störrisch wie ein Teenager angestellt hat.« Er zuckte mit den Schultern. »Sie hatte ihren Spaß daran.« Er grinste Laura an und zog obszön die Augenbrauen in die Höhe.

»Das ist eine Straftat«, gab Laura unterkühlt zurück. »Sie haben kein Recht, andere zu schlagen. Schreiben Sie sich das hinter die Ohren! Die Sache wird ein Verfahren wegen Körperverletzung nach sich ziehen.«

»Hätte Lena auf mich gehört, wäre sie nie wegen der drei blauen Flecke ins Krankenhaus gegangen. Dann würde sie jetzt hier auf der Couch sitzen und wäre noch am Leben. Also erzählen Sie mir nicht, dass Sie wüssten, wie der Hase läuft.« Langsam zeigte Milan Zapke sein wahres Gesicht.

Laura verzichtete darauf, ihn weiter zu provozieren. Obwohl klar war, dass erst seine Schläge überhaupt dazu geführt hatten, dass Lena Reimann ärztlicher Behandlung bedurfte. Sie warf Max einen Blick zu, damit er die Befragung übernahm.

»Warum haben Sie Lena nicht ins Krankenhaus begleitet?«, fragte Max ohne Umwege.

»Sie ist aus der Wohnung geflüchtet und außerdem hatte ich zu tun. Ich konnte sie ehrlich gesagt auch nicht länger ertragen. Im Nachhinein war das natürlich Mist.«

»Worüber haben Sie sich denn gestritten? Sie waren offenbar sehr verärgert.«

Max' ruhige, tiefe Stimme schien Milan Zapke einzulullen. Er lehnte sich im Sessel zurück und fokussierte sich auf ihn.

»Wir wollten heiraten. Aber sie wollte unbedingt auch noch ein Balg dazu. Ich hab die Pille besorgt und genau kontrolliert, dass Lena sie regelmäßig nimmt.« Er ballte die Fäuste. »Sie hat sich nicht daran gehalten und versucht, die Tabletten heimlich zu entsorgen. Soll ich mir so eine Last anhängen lassen? Sie war Kindergärtnerin und sowieso den ganzen Tag von diesen kleinen, rotzenden Biestern umgeben. Wieso musste es unbedingt noch ein eigenes sein?« Wieder rollte er mit den Augen. Er glaubte, in Max einen Befürworter seiner Weltsicht gefunden zu haben.

Max lächelte verkrampft, schließlich war er ein absoluter Familienmensch.

»Ich habe ihr jedenfalls klargemacht, dass ich mich nicht hintergehen lasse.«

»Okay«, sagte Max und blätterte in seinem Notizbuch. »Was war in der Nacht, in der Lena tot aufgefunden wurde? Sie haben den Kollegen erzählt, dass Sie hier in Ihrer Wohnung waren. Ist das korrekt?«

Zapke nickte. Laura merkte Max die Anstrengung an. Er hatte vermutlich ebenso große Mühe, sich zu beherrschen, wie sie. Sie konnte sich nicht daran erinnern, jemals einen solchen Menschen getroffen zu haben. Einen, dessen Weltbild offenbar aus dem Mittelalter stammte und der glaubte, über dem anderen Geschlecht zu stehen. Sie betrachtete Milan Zapke und fragte sich, ob der Streit um ein Kind ein Mordmotiv sein könnte. Doch laut Obduktion war Lena Reimann nicht schwanger gewesen. Er hätte also keinen Grund gehabt, seine Freundin deswegen umzubringen. Und was für ein Motiv könnte jemand wie Zapke haben, um Eva Hengstenberg zu entführen? Auf Anhieb kamen ihr Stichworte wie Macht, Dominanz und Sadismus in den Sinn. Zapke hatte eben zugegeben, dass er Lena immer dann schlug, wenn sie ihm nicht gehorchte. Ob er diesen Gehorsam auch mit einem Hammer erzwingen würde? Sie blickte in Zapkes blaue Augen und fühlte sich unangenehm an ihren eigenen Entführer erinnert. Sie sah dort nichts. Keine Wut, aber auch keine Wärme. Milan Zapke konnte seine Gefühle anscheinend gut verstecken. Eine Eigenschaft, die viele organisierte Serientäter aufwiesen.

»Seit Lena weg ist, bin ich immer alleine. Das ist doch klar«, erklärte Zapke ohne eine Spur von Trauer.

»Ich wünschte, es wäre anders«, fügte er seufzend hinzu, aber Laura kaufte ihm diesen Gefühlsausbruch nicht ab.

Max pochte mit dem Kugelschreiber auf seinen Notizen herum und erhob sich. »Ich denke, im Augenblick haben wir keine weiteren Fragen. Vielen Dank, dass Sie sich noch einmal Zeit für uns genommen haben.«

Laura stand ebenfalls auf und ging voraus, durch den schmalen Flur, und wartete an der Wohnungstür, bis Max zu ihr aufgeschlossen hatte. Sie schüttelten Zapke die

Hand und stiegen die Treppen hinab. Vor der Haustür bemerkte Laura zwei Einkaufstüten, die an der Seite abgestellt waren.

»Die gehören doch bestimmt zu dieser älteren Dame. Wie hieß sie gleich noch mal?«

»Kohlmann oder Kohlmeier, glaube ich«, sagte Max und ging weiter.

Laura blieb stehen. »Ich bringe die Tüten nach oben, warte kurz auf mich.«

Sie griff nach den Einkäufen und stieg die Treppen wieder hinauf. Sicher bekam Milan Zapke jetzt über den Bewegungsmelder mit, dass sie noch nicht gegangen waren. Warum bloß beschwerte sich keiner der anderen Mieter wegen dieser Kamera? Sie hätte so etwas nicht toleriert.

Frau Kohlmeier wohnte eine Etage oberhalb von Milan Zapke und Lena Reimann. Ihr Name war auf ein kleines goldenes Schild neben der Klingel eingraviert. Laura streckte die Hand aus. Im selben Moment öffnete sich die Tür. Die alte Dame wich erschrocken zurück.

»Ich habe Ihre Einkaufstüten nach oben gebracht«, sagte Laura freundlich.

Es dauerte zwei, drei Sekunden, dann entspannten sich Frau Kohlmeiers Gesichtszüge.

»Das ist aber nett von Ihnen.« Sie lächelte und winkte Laura herein. »Wenn Sie die Tüten in der Küche abstellen könnten. Sie sind so schwer und mein Herz macht in letzter Zeit nicht mehr richtig mit. Ich trage sie mittlerweile einzeln herauf. Wir haben leider keinen Aufzug, sonst könnte ich den Rollator bis zur Wohnung benutzen.«

»Gerne«, erwiderte Laura und schlängelte sich an der Alten vorbei bis zur Küche.

Frau Kohlmeier watschelte aufgeregt hinter ihr her

und fragte: »Sind Sie denn neu hier im Haus? Ich habe Sie noch nie gesehen. Entschuldigen Sie, dass ich so misstrauisch bin, aber man hört ja immer wieder von diesen Betrügern, die es auf alte Leute abgesehen haben.«

»Keine Sorge«, erwiderte Laura. »Ich bin von der Polizei. Sie sind also vollkommen sicher.«

»Von der Polizei?« Frau Kohlmeier schlug die Hände vor den Mund. »Dann sind Sie wegen der armen Lena hier?«

Laura nickte und stellte die Einkaufstüten auf einem Tisch neben dem Kühlschrank ab. Dabei fiel ihr Blick auf einen Notizblock, dessen oberstes Blatt fein säuberlich beschrieben war.

»Ich hab es immer gewusst«, sprach Frau Kohlmeier weiter. »Wissen Sie, das arme Ding hatte es nicht leicht. Sie war eine so nette Frau. Hat ab und an mit mir Kaffee getrunken und mir von ihrer Arbeit im Kindergarten erzählt. Hätte ich bloß mehr auf sie eingeredet. Jeder konnte doch die blauen Flecke auf ihren Armen sehen. Leider hat sie vehement abgestritten, dass der Zapke sie schlägt. Einmal hab ich ihr sogar angeboten, zur Polizei zu gehen. Aber sie wollte das nicht. Sie hat ihm immer wieder geglaubt, dass er sich bessern würde. Und nun? Nun ist sie tot.« Frau Kohlmeier schniefte und schüttelte traurig den Kopf. »Werfen Sie ihn jetzt endlich ins Gefängnis?«

»Wir ermitteln momentan in alle Richtungen. Haben Sie denn mal mitbekommen, dass er Lena Reimann gedroht hat, sie umzubringen?« Laura starrte unauffällig auf den Notizblock.

Die Alte winkte ab. »Dieser Zapke hat ihr alles Mögliche an den Kopf geworfen. Ständig hat er ihr unterstellt, sie würde ihn hintergehen. Anfangs hatte er einen ihrer Kollegen aus dem Kindergarten in Verdacht. Er hat

Lena besucht, weil sie ein Kindergartenfest planen wollten. Danach gab es einen furchtbar lauten Streit. In letzter Zeit ging es eigentlich fast nur um den Nachwuchs. Lena hat sich so sehr ein Kind gewünscht. Aber Zapke wollte nicht. Wie alle Männer seiner Sorte. Ich kann Ihnen sagen …«

Laura hörte nur noch mit halbem Ohr hin, denn plötzlich begriff sie, was Frau Kohlmeier auf ihrem Notizblock notiert hatte.

»Schreiben Sie immer auf, wann wer das Haus verlässt?« Laura zeigte auf den Notizblock.

Die Alte runzelte die Stirn und beugte sich über ihre Notizen.

»Ich habe viel Zeit und schaue viel aus dem Fenster, wenn ich nicht gerade einkaufe oder einen Spaziergang mache. Ist das nicht erlaubt?« Frau Kohlmeier sah sie ängstlich an.

»Doch, doch. Dürfte ich einmal nachschauen, ob Sie auch am Abend von Lenas Verschwinden etwas notiert haben?«

Frau Kohlmeier fand ihr Lächeln wieder. »Ich habe mir genau aufgeschrieben, wann die beiden das Haus verlassen haben. Warten Sie.« Die alte Frau blätterte eifrig zurück. »Sie haben sich erst lauthals gestritten, und dann hat Lena die Tür zugeknallt und ist auf die Straße gerannt. Eine Minute später rannte dieser Zapke ihr hinterher. Er hat sie ins Auto gezerrt. Schauen Sie, er parkt immer dort vorne unter der Linde.«

Frau Kohlmeier fuhr zittrig über die Zeile. »Eine Stunde später kam er zurück. Ohne Lena.«

30

Eva hockte vor ihrem leeren Teller und versuchte, die Stunden zu schätzen, die vergangen waren. Es fiel ihr schwer, denn als Orientierung diente nur das Tageslicht, das durch die Milchglasscheiben schien. Vermutlich nahte der Abend. Im Zimmer wurde es langsam schummrig. Wo blieb bloß die Polizei? Sie hatte keine Geräusche mehr gehört. Paula musste es geschafft haben. Sie würde doch sicherlich als Erstes Hilfe holen, oder hatte Paula sie vergessen? Eine düstere Vorahnung legte sich über Eva. Womöglich war Paula etwas zugestoßen. Aber sie hatte keine Hilferufe vernommen. Nur dann und wann einen Vogel, der draußen zwitscherte. Manchmal ein Knarren, was jedoch auf das Alter des Hauses zurückzuführen war. Zumindest redete sie sich das ein. Ihr verletzter Finger pochte quälend. Der dumpfe Schmerz beeinträchtigte ihre Wahrnehmung. Vielleicht bildete sie sich auch alles nur ein und in Wirklichkeit war es mucksmäuschenstill. Womöglich gehörte Paula ebenso in die Welt ihrer Fantasie. War da überhaupt jemand an der Tür gewesen?

Eva rieb sich nachdenklich die Stirn. Die Haut fühlte sich trocken und heiß an. Sie glühte regelrecht. Erschöpft streckte sie sich auf dem alten Dielenboden aus und genoss die Kühle, die er ausstrahlte. Sie durfte auf keinen Fall krank werden. Sie musste durchhalten, bis Hilfe kam.

Eva blickte verzweifelt hinauf zur Decke. In den Ecken hingen Spinnweben, die so dick waren, dass sie seit Jahren dort hängen mussten. Eine fette, schwarze Spinne krabbelte an ein paar dünnen Fäden entlang. Eva sah hastig weg. Spinnen machten ihr Angst. Nur gut, dass die Zimmerdecke so hoch war. Sie drehte den Kopf zur Seite und schielte über die alten Dielen. Einige hatten sich im Laufe der Zeit verzogen, sodass der Boden wie ein Wellenmeer aussah. Eva stellte sich vor, sie säße in einem Boot und könnte einfach davonrudern. Sie spürte eine frische Brise auf dem Gesicht und genoss den Fahrtwind. Sie trieb von Ritze zu Ritze. Noch fünf oder sechs Dielen, und sie hätte die Grenze ihres Gefängnisses erreicht. Ein breiter Spalt fiel ihr ins Auge. Sie blinzelte und zuckte unwillkürlich zusammen.

Schritte näherten sich.

Schnelle Schritte.

Die Polizei?

Eva fuhr hoch und setzte sich auf das hellblaue Himmelbett. Der Schlüssel drehte sich in der Tür. Ihr Herz begann zu rasen. Die Polizei hatte keinen Schlüssel und Paula auch nicht. Eva wagte kaum zu atmen.

»Geht es dir gut, Eva?«, fragte ihr Entführer, als er hereinkam, und musterte sie sorgenvoll. Sein Blick wanderte zu dem leeren Teller. »Ich habe dir etwas zu essen mitgebracht. Tut mir leid, dass ich so lange nicht nach dir sehen konnte. Ich war sehr beschäftigt.«

Eva nickte entgeistert. Wo blieb die Polizei? Hatte

Paula es nicht geschafft? Hatte der Mann sie womöglich wieder in den Keller gesperrt?

»Iss. Es tut mir wirklich leid.« Er strich ihr sanft über den Arm.

Sie hatte Mühe, nicht zurückzuzucken. Die Berührung fühlte sich scheußlich an. Sie roch seinen warmen Atem.

»Ich habe nicht viel Zeit. Versprich mir, brav zu sein und hier auf mich zu warten.« Er nahm ihr Kinn zwischen Daumen und Zeigefinger und drehte ihren Kopf herum. Seine Augen waren so blau wie das Meer, auf dem sie gerade davongerudert war. Ein dünner gelber Kranz lag um die dunkle Pupille.

»Ich verspreche es«, wisperte sie tonlos und suchte in dem Blau eine Antwort auf ihre Frage. Wo steckte Paula?

»Ich bin bald wieder für dich da und werde mich um dich kümmern. Bis später.« Er ließ von ihr ab und verschwand ohne ein weiteres Wort aus ihrem Zimmer.

Eva wartete noch einen Augenblick, bis sich seine Schritte entfernt hatten, und atmete erleichtert auf. Sie stürzte sich gierig auf die belegten Brote, die er auf einem Teller für sie dagelassen hatte. Erst als sie endlich satt war, fielen ihr die Dielen wieder ein. Vom Bett aus suchte sie nach dem Spalt, der ihr aufgefallen war.

Er befand sich unterhalb des Fensters, ungefähr einen Meter von der Wand entfernt. Eva betrachtete ihn aus der Nähe und trat mit dem Fuß auf die Diele. Sie knarrte und bog sich unter ihrem Gewicht. Neugierig untersuchte sie das Brett. Sie schob den Fingernagel in den Spalt und hebelte es ein wenig hoch.

Tatsächlich gab es nach. Ungläubig hielt sie das Dielenbrett in den Händen. Das Herz schlug ihr plötzlich bis zum Hals, denn darunter öffnete sich ein Hohlraum. Wie hatte ihr das die ganze Zeit entgehen können? Sie blickte sich ängstlich zur Tür um und vergewisserte sich, dass niemand draußen zu hören war. Dann griff sie in den Hohlraum und fischte ein kleines Buch heraus. Darin erblickte sie eine krakelige Handschrift, die so aussah, als wären die Zeilen in großer Eile geschrieben worden. Rechts oben stand ein Datum. Zwanzigster März. Das war ungefähr dreieinhalb Monate her.

Heute habe ich zum ersten Mal sein Gesicht gesehen. Ich war erstaunt darüber, dass er gar nicht so böse aussieht, wie man sich einen Entführer vorstellt. Er hat mich die ganze Zeit angelächelt, mir ein tolles Menü gekocht, und anschließend haben wir getanzt. Ich möchte trotzdem wieder nach Hause, doch ich traue mich nicht, es ihm zu sagen. Was würde er dann tun?

Eva las atemlos die Zeilen, die die fremde Frau hinterlassen hatte. Sie kam ihr vor wie eine Seelenverwandte, denn jedes Wort, das auf dem Papier stand, hätte auch von ihr sein können. Genauso fühlte sie sich. Hilflos, verwirrt, zwischen Angst und Hoffnung gefangen. Sie las, wie die Fremde zum ersten Mal bestraft wurde. Wie sie daraus gelernt hatte und versuchte, fortan zu gehorchen. Doch dann wieder schrieb die Unbekannte: *Ich halte es keine Sekunde länger hier aus. Ich habe herausgefunden, dass er nicht jede Nacht in diesem Haus verbringt. Das verschafft mir Zeit, über eine Fluchtmöglichkeit nachzudenken. Ich habe ihn gebeten, mir das Haus zu zeigen. Er hat mich herumgeführt und ich habe mir die einzelnen Räume so gut es ging gemerkt.*

Eva blätterte gespannt weiter und entdeckte eine Skizze des Hauses. Mehrere Zimmer gingen vom Flur ihrer Etage ab. Über ihr befand sich der Raum aus Glas, in dem sie nach ihrer Entführung aufgewacht war. Erst jetzt sah sie, dass es sich eigentlich um eine verglaste Terrasse handelte. Und in der unteren Etage war die

Haustür eingezeichnet. Die Darstellung enthielt nur den Ausgang und die Treppe. Mehr hatte die Fremde offenbar nicht zu Gesicht bekommen. Genauso hatte Eva das Erdgeschoss ebenfalls in Erinnerung. Den Keller kannte sie noch nicht. Er bestand aus einer Vielzahl von Räumen und schien ähnlich aufgeteilt wie das Stockwerk mit ihrem Zimmer. Eva überflog die nächsten Einträge, die sich alle sehr ähnelten. Als sie am Ende des Buches ankam, fiel ihr eine Unebenheit auf der Innenseite des Umschlages ins Auge. Langsam fuhr sie mit der Fingerspitze darüber. Das Papier gab ein wenig nach, fast so, als wäre es darunter hohl.

Eva hob das Buch an und schüttelte es. Abermals begann ihr Puls zu rasen, denn es klapperte darin. Etwas steckte hinter dem Papier. Sie drückte mit dem Fingernagel einen Schlitz hinein und schielte hindurch. Sie erkannte nicht das Geringste und vergrößerte deshalb die Öffnung, bis sie einen metallischen Gegenstand ausmachen konnte. Hastig riss sie das Papier ab und staunte.

In dem Hohlraum versteckte sich ein Schlüssel. Unwillkürlich blickte sie zur Zimmertür. Konnte es sein, dass die Unbekannte es irgendwie geschafft hatte, einen Zimmerschlüssel an sich zu bringen? Aufgeregt blätterte sie noch einmal durch die Seiten, um herauszufinden, ob sie einen Hinweis auf den Schlüssel übersehen hatte. Aber da stand nichts. Eva spitzte die Ohren und schlich dann auf Zehenspitzen zur Zimmertür. Sie lauschte lange, und als alles ruhig blieb, lugte sie durch das Schlüsselloch. Ein leichter Luftzug streifte ihr Auge. Sie blinzelte und starrte so lange hindurch, bis sie schemenhaft den Flur erkannte.

Eva atmete tief durch, richtete sich auf und steckte den Schlüssel geräuschlos hinein. Er passte. Ihre Finger begannen vor Aufregung zu schwitzen. Sie drehte den Schlüssel herum.

Klack.

Ungläubig verharrte sie hinter der Tür. Sie holte noch einmal tief Luft und drückte ganz vorsichtig die Klinke herunter.

31

»Langsam platzt mir der Schädel«, stöhnte Max und blieb vor dem Whiteboard in ihrem Büro stehen.

Laura kam ihm zu Hilfe, sie warf einen kurzen Seitenblick auf Simon, der auf ihrem Stuhl saß und ungeduldig mit den Füßen wippte. Auf seinen Knien lag ein Laptop. Seine Finger flogen über die Tastatur. Nur ab und zu sah er mit verlorenem Blick hoch.

Laura stellte sich auf die andere Seite des Whiteboards.

»Der Lebensgefährte von Eva Hengstenberg fällt als Verdächtiger aus.« Sie strich den Namen mit einem roten Marker durch. Sie hatten Frank Kahlau fast eine Stunde lang befragt und er konnte zu allen Zeiträumen hieb- und stichfeste Alibis vorweisen. Er war an den fraglichen Tagen nicht einmal in Berlin, denn er fuhr als Vertreter für Elektrogeräte durch ganz Deutschland. Das Rechercheteam hatte die Angaben inzwischen überprüft. Kahlau war auf Dienstreisen in Hamburg und München gewesen. Zudem passte Kahlaus Statur nicht zu dem

Mann auf den Überwachungsaufnahmen. Er war nicht besonders groß, eher stämmig und strohblond.

Max nickte nachdenklich und wischte sich ein paar Schweißtropfen von der Stirn.

Zu allem Übel hatte die Klimaanlage am Morgen ihren Geist aufgegeben. Im Büro herrschten an die dreißig Grad.

»Bleiben Milan Zapke, Erik Krüger und Nils Vehling.« Max kreiste die Namen zum wiederholten Male ein. »Zapke hat gelogen, als er behauptete, dass Lena Reimann ohne ihn ins Krankenhaus gefahren wäre. Seine Nachbarin hat gesehen, wie sie zu ihm ins Auto stieg und er nach einer Stunde alleine zurückkehrte. Auch wenn er das alles abstreitet, glaube ich der Aussage von Frau Kohlmeier. In dieser Zeit hätte er seine Freundin vom Krankenhaus an einen anderen Ort bringen können. Wir haben jedoch keine Ahnung, wohin. Laut Martina Flemming vom Recherchеteam besitzt Milan Zapke keine Immobilien. Allerdings hat er leichten Zugang zu Zyankali, und der Kinderwunsch seiner Freundin wäre ein mögliches, wenn auch kein sehr wahrscheinliches Motiv. Für die entführte Eva Hengstenberg oder die unbekannte Tote kommt dieses Motiv natürlich nicht infrage.« Max seufzte frustriert und strich sich abermals über die Stirn. »Jedenfalls war er auch an dem Abend, an dem Eva Hengstenberg entführt wurde, nicht in seiner Wohnung. Frau Kohlmeier hat ihn mit dem Auto wegfahren sehen.«

»Und nicht nur das«, murmelte Laura. »Sofern sich Frau Kohlmeier nicht irrt, dann war er auch in der Nacht unterwegs, in der die unbekannte Tote hinter dem Supermarkt gefunden wurde. Er war über eine Stunde weg und hätte die Tote bequem irgendwo holen und anschließend dort ablegen können. Die Schubkarre passt ins Auto, wenn man alles umklappt. Zudem scheint Zapke eine sadistische Ader zu haben, vielleicht quält er Frauen einfach gerne.«

Max holte tief Luft und fuhr mit ihrem nächsten Kandidaten fort. »Erik Krüger ist, nachdem die Streife ihn am Hauptbahnhof verloren hatte, mitten in der Nacht in seine Wohnung zurückgekehrt. Sein Anwalt hat ihn zum Schweigen angehalten. Wir wissen also nicht, was er in der Zwischenzeit gemacht hat. Er könnte durchaus bei Eva Hengstenberg gewesen sein. Peter Meyers Team hat alle beteiligten Mitarbeiter des Krankenhauses akribisch befragt. Es wurden sämtliche Dienstpläne geprüft und sogar die Daten der Zeiterfassung ausgewertet. Demnach hatten nur vier Mitarbeiter Kontakt sowohl mit Eva Hengstenberg als auch mit Lena Reimann: Doktor Christine Gebauer, zwei Schwestern aus der Notaufnahme und Erik Krüger.« Max klopfte beim letzten Namen energisch mit dem Stift auf das Whiteboard.

»Das Motiv ist allerdings bei Krüger ebenfalls nicht klar«, warf Laura ein. »Zudem konnten wir bisher keine Verbindung zwischen ihm und der unbekannten Toten herstellen. Wir müssen dringend herausfinden, wer diese Frau ist.«

»Hat die Abfrage bei den Zahnärzten auch nichts ergeben?«

Laura schüttelte den Kopf.

»Bleibt also noch Nils Vehling«, stellte Max frustriert fest. »Außer dass zwei der Opfer seine Kurse besucht haben, sehe ich bei diesem Verdächtigen gar nichts.«

»Er hat eine merkwürdige Einstellung zu Gewalt und hat unmittelbar vor dem Verschwinden von Lena und Eva mit ihnen kommuniziert und sie zu sich eingeladen. Wir wissen nicht, ob sie vielleicht sogar bei ihm waren, und außerdem hat das Rechercheteam zwar versucht, alle Teilnehmerinnen der Yoga-Selbsthilfegruppe zu kontaktieren, sie haben jedoch vier der Frauen nicht persönlich erreicht. Über Paula Maaßen wissen wir, dass sie eine Woche zu ihrer Schwester nach Brandenburg gefahren ist. Das hat ihr Lebensgefährte berichtet. An den anderen drei Teilnehmerinnen ist das Team noch dran. Keine von ihnen ist als vermisst gemeldet, aber der Sache müssen wir auf den Grund gehen«, entgegnete Laura.

Max schob grübelnd die Unterlippe vor und hob hilflos die Hände.

»Von mir aus lassen wir ihn auf der Liste. Wir können momentan schlicht keinen dieser drei Männer festnageln.«

Laura sah die Dinge nicht ganz so pessimistisch. »Sobald Erik Krüger sich auch nur einen Zentimeter aus seiner Wohnung bewegt, nehmen unsere Leute die Fährte wieder auf. Ich glaube kaum, dass sie ihn ein zweites Mal verlieren werden.« Sie tippte auf Milan Zapkes Namen und machte zwei Schritte zum Stadtplan von Berlin neben dem Whiteboard. Sie fuhr mit dem Zeigefinger den roten Kreis entlang, der das Gebiet kennzeichnete, das Milan Zapke von seiner Wohnung aus innerhalb einer halben Stunde mit dem Auto erreichen konnte. Der Radius war riesig. Sie hatten alle Tankstellen, Blitzer und Geschäfte mit Außenkameras ermittelt. Vielleicht konnten sie Zapkes Wagen auf einem oder mehreren Überwachungsvideos ausfindig machen und so herausfinden, wohin er an den drei relevanten Tagen gefahren war.

»Hast du schon ein Ergebnis, Simon?«, fragte Laura.

Simon blickte mit geröteten Augen von seinem Laptop auf. »Leider kein gutes, was die Blitzer anbelangt. Zapkes Wagen ist weder am Abend von Lena Reimanns Verschwinden noch beim Auftauchen ihrer Leiche geblitzt worden. Auch in der Nacht, in der die Tote am

Supermarkt gefunden wurde, konnte ich seinen Wagen bisher nicht aufspüren. Ich nehme mir jetzt die Videoaufnahmen der Tankstellen im Umkreis vor. Das kann allerdings dauern, weil ich alles manuell überprüfen muss.« Er sah auf die Uhr. »Ich mache von meinem Sofa aus weiter. Auf deinem Stuhl bekomme ich einen Bandscheibenvorfall.« Er gähnte hinter vorgehaltener Hand und stand auf. »Was ist los? Heute Nacht reißen wir sowieso nichts mehr. Ab ins Bett.«

»Du hast recht.« Max rieb sich müde den Nacken. »Hannahs Stimmung kann jeden Tag umschlagen. Ich sollte sie nicht über Gebühr strapazieren. Laura, soll ich dich fahren oder ist Taylor auf dem Weg hierher?«

Taylor. Der Name brachte Lauras Herz zum Klopfen. Sie hatte ihn tatsächlich vor lauter Arbeit völlig vergessen. Vor ein paar Stunden hatte er sich per SMS gemeldet, weil er wissen wollte, ob sie die Nacht bei ihm verbringen würde. Eilig zog sie das Handy aus der Tasche und schickte ihm die Antwort:

Komme zu dir. Warte nicht auf mich, ich habe ja einen Schlüssel.

Laura setzte einen Smiley mit Kussmund dahinter. Ganz tief in ihrem Innersten hoffte sie, dass er dann noch wach wäre. Sie brauchte ihn. Seine Wärme. Seine Kraft. Seine Küsse, die sie den Stress vergessen ließen.

Aber diese Sehnsucht musste sie bis dahin aushalten. Auch wenn Max und Simon jetzt nach Hause gingen, hatte sie etwas vor, was ihr gerade erst in den Sinn gekommen war.

»Du brauchst mich nicht zu fahren. Mein Auto steht in der Tiefgarage. Ich will dich nicht länger aufhalten.« Sie lächelte Max' kritischen Blick einfach weg und wartete, bis die beiden das Büro endlich verlassen hatten.

Als sie allein war, schnappte Laura sich die Akten und

sortierte sie in die richtige Reihenfolge. Wenn sie eines gelernt hatte, dann dass die entscheidenden Hinweise oft ganz zu Beginn eines Falls zu finden waren. Beim ersten Mord. Der Täter verfügte zu diesem Zeitpunkt meist noch nicht über die notwendige Routine. Die Wahrscheinlichkeit, dass er einen Fehler machte oder während der Tat die Kontrolle verlor, war hier am größten. Also nahm sich Laura die Akte mit der unbekannten Toten vor. Nachdenklich betrachtete sie das hübsche Gesicht. Attraktivität gehörte zu den Punkten, die alle Opfer gemeinsam hatten. Doch das reichte nicht aus, um von einem Serientäter ausgewählt zu werden. Laura schloss die Augen. Während Lena Reimann und Eva Hengstenberg von ihren Lebensgefährten misshandelt worden waren, schien die Unbekannte laut Obduktionsbericht dieses Schicksal nicht geteilt zu haben. Sie war nicht misshandelt worden. Der Kleidung nach zu urteilen, schien sie tatsächlich eine Prostituierte zu sein.

Der Täter hatte Lena Reimann nach ungefähr zehn Tagen zurück zum Krankenhaus gebracht, dorthin, wo er sie entführt hatte. Sie trug dieselben Sachen, die sie laut Milan Zapke bei ihrem Verschwinden anhatte. Für Laura fühlte es sich fast wie eine Rückgabe wegen Nichtgefallen an. Vielleicht hatte der Täter die Unbekannte in ähnlicher Weise am Supermarkt aufgegriffen und sie dann ebenso wieder dort abgeliefert, als er ihrer überdrüssig geworden war. Wenn das so wäre, warum ging eine Prostituierte in ihrer aufreizenden Arbeitskleidung in den Supermarkt? Laura konnte sich das beim besten Willen nicht vorstellen, dass sie so einkaufen gehen wollte. Außerdem konnte sich keiner der Mitarbeiter an die Frau erinnern. Was hatte sie also an diesem Supermarkt zu schaffen gehabt? Hatte sie sich dort mit einem Kunden verabredet oder hatte der Täter sie doch woanders entführt?

Nachdenklich rutschte Laura zu ihrem Computer herum und öffnete ein Satellitenbild, auf dem sie den Supermarkt so nah wie möglich heranzoomte. Sie starrte geschlagene zehn Minuten auf das Gebäude und den glänzenden Asphalt des Parkplatzes, ohne dass ihr etwas Bedeutsames ins Auge fiel. Sie seufzte enttäuscht. Irgendwo da draußen litt Eva Hengstenberg womöglich fürchterliche Schmerzen und kam bald um vor Angst. Laura glaubte zu spüren, dass die Frau noch am Leben war. Es durfte nicht anders sein. Wie sollten sie sie bloß rechtzeitig finden? Und was wäre, wenn der Täter bereits weitere Opfer in seiner Gewalt hätte?

Plötzlich hielt es Laura nicht mehr auf dem Stuhl. Sie musste handeln. Jetzt und sofort. Sie hatte keine Ahnung, ob ihre Aktion etwas bringen würde, aber sie beschloss, zu diesem Supermarkt zu fahren und sich dort umzusehen. In ihrem Bauch rumorte es. Eine Frau, gekleidet wie eine Prostituierte, in einem Discounter, an die sich niemand erinnern konnte. Dieses Bild passte überhaupt nicht zusammen.

32

Ein paar Stunden zuvor

Es war ein Segen, dass die meisten Frauen Angst vor Spinnen hatten. Sie fürchteten sich so sehr, dass ihre Sinne verrücktspielten. Das Gehirn war ein merkwürdiges Organ. Versetzte man es in Panik, konnte es die Sinnesübertragung der Augen nicht mehr objektiv umsetzen. So wie kleine Kinder in jedem Schatten ein Monster sahen, glaubten die Frauen, eine echte Spinne zu sehen. Auf diese Weise hatte er leichtes Spiel, denn bisher hatte keine seiner Gefährtinnen bemerkt, dass die Spinne an der Decke nichts anderes als die Tarnung einer Kamera war. Sie klebte über dem Loch, in dem die Linse steckte.

»Bitte, bitte mach die Tür nicht auf«, flüsterte er, als Eva mit dem Schlüssel in der Hand durchs Zimmer spazierte.

Er konnte immer noch nicht fassen, dass diese

wunderhübsche Frau nun ihm gehörte. Unwillkürlich lächelte er. Er konnte sich gar nicht an ihr sattsehen. Hätte er nicht die Polizei am Hals, würde er viel mehr Zeit mit dieser Schönheit verbringen. Doch er musste vorsichtig sein. Gerade jetzt, wo er feststellte, wie wunderbar Eva zu ihm passte, durfte er nichts vermasseln. Er hatte lange nach ihr gesucht. Schließlich war er wählerisch und gab sich nicht mit der Erstbesten zufrieden. Seine Frau sollte äußerlich, aber auch innerlich perfekt sein. Wenn er nur an Lena oder die anderen dachte, krümmten sich seine Eingeweide. Er hatte wirklich alles gegeben und nichts zurückbekommen. Jede dieser Begegnungen war rückblickend eine einzige Enttäuschung gewesen. Mit Eva schien alles ganz anders zu sein. Zwar hatte sie schon zweimal versucht wegzulaufen, doch in ihren Augen hatte er danach echte Reue gesehen. Diese zurückhaltende, vorsichtige und kluge Frau eroberte nach und nach sein Herz. Es klopfte schneller, wenn er sie nur ansah. Ihren zarten Hals, die großen Augen. Er mochte ihr Wesen. Sie war keine Draufgängerin, sondern beobachtete die Dinge zuerst und traf dann ihre Entscheidungen. Das gefiel ihm.

Zugegeben, die Sache mit dem kaputten Badezimmerfenster hatte ihn wahnsinnig aufgeregt. Er stand kurz davor, sie in den Keller zu sperren. Dass sie nicht mit ihm tanzen wollte, entsprach auch nicht seinen Vorstellungen. Aber er musste wohl akzeptieren, dass Eva sich halt nicht jedem sofort an den Hals warf. Sie war nicht leicht zu haben. Im Grunde musste er ihr das hoch anrechnen. Er hatte sich vorher genauestens über sie erkundigt. Sie war treu, obwohl ihr angeblicher Freund sie wie den letzten Dreck behandelt hatte, und das, wo sie Tag für Tag in diesem heruntergekommenen Drogeriemarkt für ein paar lumpige Euros schuftete. Er würde nie so mit ihr umgehen. Seine Maßnahmen dienten lediglich dazu, sie vor Fehlern zu schützen. Es hätte ihr klar sein müssen, dass sie nicht einfach weglaufen durfte. Die Welt da draußen war grausam. Das hatte sie bestimmt inzwischen begriffen. Hier bei ihm war sie sicher. Natürlich hatte sie immer noch Angst vor ihm. Das sollte sie auch. Es war wichtig, dass Frauen vor Männern zurückschreckten. Die meisten hatten nichts Gutes im Sinn.

»Bleib stehen«, bat er, als Eva sich unaufhaltsam der Zimmertür näherte. Ihr perfekt gerundeter Po reckte sich in die Kamera, weil sie sich bückte, um durch das Schlüsselloch zu sehen. Rasch streckte er den Finger aus und strich auf dem Bildschirm über die Rundung. Bald, dachte er, bald gehörst du mir. In seinen Adern pulsierte es. Diese Frau verlangte ihm wirklich einiges ab. Er hielt sich in ihrer Nähe so gut es ging zurück. Doch wenn sie noch länger so dastand, wüsste er allmählich nicht mehr, was er tat.

Endlich richtete sie sich auf.

Er atmete auf.

Eva machte einen winzigen Schritt rückwärts.

Abermals atmete er auf, weil er davon ausging, dass sie sich wieder auf ihr Bett setzen würde. Sie wusste, dass er sie bestrafen musste, sobald sie das Zimmer aufschloss. Sie war ein kluges Mädchen.

Hatte er bis eben geglaubt. Doch jetzt steckte sie tatsächlich den Schlüssel in das Schloss. Er blinzelte, als könnte er sie dadurch aufhalten.

»Lass das sein!«, rief er und schlug mit der flachen Hand auf den Monitor. Die Wut erfasste ihn wie ein rasendes Tier. Er sprang auf und rannte zur Tür. Ein letzter Blick auf den Bildschirm zeigte Eva, wie sie aus dem Zimmer schlich.

33

Laura näherte sich dem Supermarkt. Die Dunkelheit hatte sich über Berlin gelegt, auch wenn die zahlreichen Straßenlaternen dagegen ankämpften. Das hektische Leben ruhte oder hatte sich in die Clubs und Bars der Stadt verlagert. Niemand würde kurz vor Mitternacht einen Supermarkt aufsuchen, der um zweiundzwanzig Uhr schon geschlossen hatte. Als Laura auf den Parkplatz fuhr, erwartete sie gähnende Leere. Der kühle Nachtwind erfasste ihr Haar und ließ sie leicht frösteln, als sie ausstieg. Sie schlang die Arme um den Leib und blickte sich um. Wobei sie keine Ahnung hatte, wonach sie eigentlich Ausschau hielt. Sie lief auf die Scheibenfront des Marktes zu. Hinter dem Glas verschluckte die Schwärze das Innere des Gebäudes. Sie blieb stehen und betrachtete ihr Spiegelbild in den finsteren Scheiben. Dann drehte sie sich wieder um und ließ den Blick über den Parkplatz schweifen.

Was hast du hier gesucht, fragte sie stumm und rief sich das Gesicht der unbekannten Toten ins Gedächtnis. Statt einer Antwort vernahm sie irgendwo ein Klirren in der Dunkelheit. Laura huschte aus dem Licht der Laterne in den Schatten. Abermals klirrte es. Vielleicht hatte eine Katze oder Ratte ein paar leere Glasflaschen umgestoßen. Doch dann hustete jemand. Das war eindeutig ein menschlicher Laut. Laura überlegte kurz, zurück zum Auto zu gehen, aber die Neugier siegte. Sie schlich in die Richtung, aus der die Geräusche gekommen waren, und erspähte im Dunkeln schemenhaft die Überdachung für die Einkaufswagen. Sie näherte sich leise und lauschte.

Nichts.

Kein Geräusch und keine Bewegung.

Laura umrundete die Überdachung und blieb an der Rückseite stehen. Wieder spitzte sie die Ohren. Es klirrte erneut. Das Geräusch kam ganz aus der Nähe. Sie bewegte sich zum Rand des Parkplatzes, wo mehrere große Bäume standen.

»Hau ab!«, brüllte plötzlich eine raue Männerstimme.

Laura erstarrte und versuchte, den Mann in der Dunkelheit auszumachen. Er musste sich irgendwo bei den Bäumen aufhalten.

»Ist alles in Ordnung?«, fragte sie höflich und zog das Handy aus der Tasche. Sie schaltete das Licht ein und schwenkte den Strahl suchend zwischen den Stämmen hin und her.

Ein Gesicht mit tief liegenden Augen und etlichen Falten tauchte aus der Dunkelheit auf und funkelte sie zornig an.

»Mach das Licht aus. Du blendest mich«, knurrte der Mann und hielt sich die Hände vors Gesicht. »Was willst du hier? Das ist mein Revier.«

Laura nahm den Strahl ein wenig herunter und er landete auf den verschlissenen Kleidern eines Obdachlosen, der auf einem Pappkarton saß. Neben ihm standen zwei Bierflaschen. Der Mann griff hastig eine von ihnen und versteckte sie hinter dem Rücken.

»Kann ich Ihnen behilflich sein?«, fragte Laura und wunderte sich, wie der Mann es nachts auf dem harten Asphalt aushalten konnte.

»Ich brauche keine Hilfe. Hau endlich ab. Geh zu deinen Kunden und lass mich in Ruhe«, krächzte er und fuchtelte mit dem freien Arm. Den anderen hielt er immer noch im Rücken.

Laura wandte sich ab, blieb dann jedoch stehen, weil ihr ein Wort des Mannes nicht aus dem Kopf ging. Warum dachte er, dass sie zu einem Kunden wollte? Der Supermarkt hatte doch längst geschlossen. Sie drehte sich wieder um.

»Was für einen Kunden meinen Sie?«

Der Obdachlose lachte auf. »Willst du mich verarschen? Ich kenne Weiber wie dich. Genauso eine hat mich in den Ruin getrieben.« Er wedelte abermals mit dem Arm und zeigte auf eine Stelle irgendwo hinter den Bäumen. »Da wolltest du gerade hin, oder? Da trefft ihr Schlampen euch doch immer mit euren Gönnern.«

Laura verstand und zog ein Foto der unbekannten Toten hervor.

»Kennen Sie diese Frau?« Sie leuchtete mit ihrem Handy auf das Bild.

»Die sehen alle gleich aus. Kann sein, dass die auch mal hier war. Wie gesagt, die treffen sich mit ihren Kunden hinter den Bäumen.« Abermals zeigte er in die Richtung.

»Danke«, sagte Laura knapp und beschloss, sich dort einmal umzusehen. Sie schritt über trockenes Gras und gelangte auf eine weitere Parkfläche, die von der Straße aus gar nicht sichtbar gewesen war. Nur ein einziges Auto parkte hier, ein dunkelroter Golf. Neugierig ging sie näher und legte die Hand auf die Motorhaube. Sie war kühl. Eine dicke Staubschicht lag auf dem Wagen. Laura fotografierte das Kennzeichen und schickte es Simon, damit er den Fahrzeughalter ermittelte. Dann kehrte sie zu dem Obdachlosen zurück.

»Wie lange steht der Golf schon auf dem Parkplatz?«

»Sehe ich aus wie die Auskunft?«, nörgelte der Mann und rollte sich auf seinem Pappkarton zusammen.

Laura schob ihm einen Fünfzigeuroschein zu.

»Hier, bitte. Kaufen Sie sich etwas zum Essen und vielleicht eine Matte.« Sie wandte sich ab und wollte zu ihrem Wagen zurückkehren.

»Warte«, knurrte der Obdachlose und hustete heftig. Als er wieder Luft bekam, erzählte er: »Der Golf steht da seit fünf Wochen und drei Tagen. Weiß ich nämlich genau, weil ich da Geburtstag hatte. Keine Ahnung, wer den dort abgestellt hat. Aber seitdem hat ihn niemand mehr gefahren.«

Laura rechnete nach. Die unbekannte Tote wurde vor knapp einem Monat hier aufgefunden. Das Auto wurde ungefähr zehn Tage früher abgestellt. Von Lena Reimann wussten sie, dass der Täter sie ganze elf Tage in seiner Gewalt hatte.

Sie bedankte sich ein weiteres Mal und begab sich zurück zu ihrem Wagen, der genauso einsam auf dem nächtlichen Parkplatz direkt vor dem Supermarkt stand. Als sie ihn fast erreicht hatte, zuckte sie zusammen. Jemand saß auf ihrer Motorhaube. Konnte der Obdachlose sie überholt haben? Doch das war nicht möglich.

Entschlossen schritt sie auf die Gestalt zu.

»Was machen Sie auf meinem Auto?«

Die Person antwortete nicht.

Laura kramte erneut ihr Handy aus der Tasche, um das Licht einzuschalten.

»Ich wollte dich sehen.«

»Taylor?« Vor Überraschung ließ sie das Handy fallen. Es plumpste zu Boden.

»Tut mir leid. Ich wollte dich nicht erschrecken.« Taylor war sofort bei ihr und hob das Handy auf, bevor sie danach greifen konnte.

»Scheint noch okay zu sein«, murmelte er. »Das Display ist nicht geborsten.« Er gab ihr das Telefon zurück und hielt ihre Hand fest.

»Was machst du hier?«, flüsterte er und zog sie zu sich.

»Das könnte ich dich auch fragen«, erwiderte Laura. »Woher weißt du überhaupt, dass ich hier bin?«

Taylor schmunzelte. »Nachdem ich deine Nachricht erhalten habe, bin ich sofort ins Auto gesprungen, um dich abzuholen. Ich hatte Glück, dass du genau im richtigen Moment an mir vorbeigefahren bist. Und dann habe ich dich einfach verfolgt.«

»Warum bist du nicht ausgestiegen? Was, wenn mich der Kerl hinter den Einkaufswagen überfallen hätte?«, fragte sie mit gespielter Entrüstung.

Taylor kicherte. »Du hattest die Lage voll im Griff. Zu jedem Zeitpunkt.« Er küsste sie auf den Hals. »Kommst du jetzt mit mir nach Hause? Ich bin noch wach.«

Laura lächelte für den Bruchteil einer Sekunde, dann erstarrte ihr das Lächeln auf den Lippen.

Der Obdachlose schrie lauthals um Hilfe.

Sofort stürmte sie mit Taylor los. Sie rannten zu den Einkaufswagen, doch die Stimme kam woanders her. Laura sprintete hinter das Supermarktgebäude.

Der Obdachlose kam ihr entgegengetaumelt.

»Was ist passiert?«, rief sie und griff dem Mann unter den Arm.

»Hilfe, Hilfe«, brüllte der Alte völlig von Sinnen. Er

ging auf die Knie und schlug die Hände vors Gesicht. Er atmete so heftig, dass er kein Wort mehr herausbrachte.

»Was ist denn los?«, wiederholte Laura ruhig, während Taylor versuchte, den Mann wieder auf die Beine zu bringen.

»... Tote«, keuchte der Obdachlose nach einer Weile. »Dahinten bei den Containern liegt eine Tote.«

34

Marina hockte mit angezogenen Knien auf ihrem Bett.

Sascha lief davor mit hochrotem Kopf auf und ab.

»Wo wollte Irina hin?«, donnerte er und ballte die Hände zu Fäusten. »Ich weiß, dass sie bei dir war. Also raus mit der Sprache!«

Marina zog den Kopf ein. Lange würde sie das nicht mehr durchhalten. Hoffentlich kam gleich ihr nächster Freier, dann musste Sascha von ihr ablassen. Er würde niemals einen Kunden vergraulen. Dafür war er viel zu gierig aufs Geld.

»Ich habe keine … keine Ahnung«, stotterte sie erneut. »Ich bin doch gar nicht abgehauen.«

»Jaja«, brüllte Sascha verärgert. »Irina ist auch bald zurück. Das garantiere ich dir. Und dann wird sie ihr blaues Wunder erleben.«

Marina hoffte das Gegenteil. Sie wünschte sich so sehr, dass Irina es aus dieser Hölle herausgeschafft hatte. Inzwischen bereute sie es bitterlich, dass sie Irinas

Angebot mitzugehen nicht angenommen hatte. Vielleicht hätte sie ihre Mutter einfach vorwarnen können. Aber diese Gedanken waren jetzt überflüssig. Sie hatte sich falsch entschieden und nun musste sie die Suppe auslöffeln. Immerhin hatte sie neue Kraft geschöpft. Ein Tag Erholung hatte ihr gutgetan.

»Ich würde dich doch niemals anlügen«, brachte sie hervor, ohne mit der Wimper zu zucken. Sie schaute Sascha mit extragroßen Augen an. Er mochte das.

Und tatsächlich funktionierte es. Sascha wandte den Blick ab.

»Okay. Du bist hier und du bleibst hier. Sobald sich Irina bei dir meldet, gibst du mir Bescheid. Sie schuldet mir ein paar Tausend Euro und das kann ich nicht durchgehen lassen.« Er schnaufte zornig und stampfte aus dem Zimmer.

Marina konnte hören, wie er zum nächsten Mädchen ging. Sie atmete erleichtert auf. Erst einmal hatte sie Ruhe vor Sascha. Aber früher oder später würde er die Wahrheit herausfinden. Entweder er erwischte Irina oder eines der anderen Mädchen plauderte. Sie war sicher, dass Irina nicht nur mit ihr gesprochen hatte.

Erschöpft lehnte sie sich zurück in die Kissen. Jetzt hoffte sie, dass nicht so schnell der nächste Freier käme. Doch bevor sie durchatmen konnte, klopfte es bereits an der Tür.

»Marina?« Judith vom Empfang steckte den Kopf herein. »Pedro ist für dich da. Er will an der Bar etwas mit dir trinken.«

»Unten?«

»Ja. Beeil dich. Lass ihn nicht warten.« Judith verschwand wieder.

Marina sprang auf und überprüfte ihre Haare im Spiegel. Schnell ordnete sie ein paar Strähnen und zog rosa Lippenstift nach. Die meisten Männer mochten es, wenn sie besonders jung aussah. Dann hüpfte sie die Treppen ins Erdgeschoss hinunter, froh, endlich aus dem Zimmer herauszukommen.

»Pedro«, flüsterte sie, als sie bei ihm war, und senkte dabei die Stimme zu einem äußerst sexy Ton, wie sie fand.

»Was möchtest du trinken?«, fragte er und leckte sich nervös über die Lippen.

»Prosecco.« Marina setzte sich auf den Barhocker neben ihn. »Ich finde es super, dass wir heute mal hier unten sind. Es ist eine schöne Abwechslung.«

Er nickte und betrachtete sie intensiv.

»Wie alt bist du eigentlich?«

»Achtzehn«, log sie, denn sie wollte nicht, dass er ging.

Er bestellte zwei Drinks und reichte ihr das Sektglas.

»Auf uns«, sagte er mit einem Leuchten in den Augen und hob sein Glas.

Marina prostete ihm zu und nahm einen prickelnden Schluck. Sie saßen eine Weile schweigend nebeneinander. Marina spürte den Alkohol, der hitzig durch ihre Adern floss. Sie fühlte sich leicht und beschwingt, fast wie ein Teenager bei einem Date. Vorsichtig studierte sie Pedros Gesicht. Er hatte schöne blaue Augen. Die Nase kam ihr ein wenig zu dick vor, aber dafür war das Kinn umso markanter. Pedro hatte volles Haar. Sie fragte sich, wie alt er sein könnte. Dreißig, fünfunddreißig oder vielleicht sogar schon vierzig? Sie musste sich eingestehen, dass sie keine Ahnung hatte. Sie war erst sechzehn. Jeder Mensch über fünfundzwanzig erschien ihr zwangsläufig alt.

»Schmeckt es dir?«, fragte Pedro.

Marina lächelte.

»Du kannst noch ein Glas haben«, bot er ihr an.

»Nein, danke«, entgegnete sie. Sascha mochte es nicht, wenn sie zu viel tranken. Der nächste Freier wartete in spätestens einer Stunde und ihr Atem durfte nicht nach Alkohol riechen.

»Du darfst nicht, stimmt's?«, schlussfolgerte Pedro und sah sich um. Er beugte sich zu ihr hinüber und flüsterte: »Machst du das hier gerne?«

Marina lächelte tapfer weiter. »Ich bin da, um dir zu gefallen«, sagte sie, denn alles andere hätte fatale Folgen gehabt. Sascha würde es herausfinden.

»Wünschst du dir eine Familie? Kinder?«, fragte Pedro und musterte sie durchdringend.

»Weiß nicht.« Sie schlug die Augen nieder. Das Gespräch entwickelte sich überhaupt nicht gut. Sie wollte nicht von solchen Dingen sprechen. Schon gar nicht mit Pedro. Er war nichts weiter als ein Freier, auch wenn er sich besonders nett verhielt.

»Ich könnte für dich sorgen«, sagte er plötzlich und strich unmerklich über ihre Hand.

Marina sah auf. Ihr Herz galoppierte. Was redete er da?

»Möchtest du kurz raus an die frische Luft? Ich glaube, du verträgst keinen Alkohol.«

Es war doch nur ein Glas, wollte Marina sagen, aber auf einmal begann die Bar sich zu drehen.

»Mir ist übel«, murmelte sie und winkte den Barkeeper heran. »Sag Sascha, dass ich zwei Minuten frische Luft schnappe.«

Der Mann nickte finster. Sie erhob sich schwankend. Pedro griff ihr unter den Arm. Er zog sie mehr, als dass sie selbst ging. Endlich gelangten sie nach draußen. Kühler Wind schlug ihnen entgegen. Marina atmete auf. Sie wollte stehen bleiben, doch Pedro packte ihren Arm fester und zerrte sie mit sich.

»Lass mich los«, lallte Marina. Ihr Sichtfeld engte sich auf einmal ein. Die Beine versagten ihr den Dienst. Pedro trug sie jetzt fast.

»Wohin bringst du mich?«, wollte sie fragen, aber die Lippen gehorchten ihr nicht mehr. Sie brachte nur ein merkwürdiges Blubbern heraus. Pedro hörte gar nicht zu. Das Letzte, woran sie dachte, war der Prosecco. Irgendjemand hatte ihr da etwas untergemischt.

35

Laura starrte regungslos auf die tote Frau hinab. Etwas ganz tief in ihrem Inneren wünschte sich, dass sie nur träumte. Doch das tat sie nicht. In ihr herrschte eine gähnende Leere. So als stünde sie vor einem Abgrund, der sie im nächsten Augenblick verschlucken würde. Ihr fehlten die Worte. Sie wusste bloß noch eines: Sie hatte versagt.

»Es ist nicht Eva Hengstenberg«, stellte Taylor fest, der mit seiner Handytaschenlampe die Leiche hinter dem Supermarkt anstrahlte.

Taylors Stimme löste Laura aus ihrer Starre.

»Sie liegt genauso da wie das erste Opfer. Er hat sie wieder vor den Mülltonnen abgelegt«, hauchte Laura und schloss für einen Moment die Augen. In ihrem Kopf begann es zu rattern. Sie öffnete die Fotos auf ihrem Handy und blätterte durch die letzten Aufnahmen, bis sie das Gruppenfoto fand, das Eva Hengstenbergs Vater ihnen gezeigt hatte.

»O nein«, entfuhr es ihr heiser. »Ich kenne ihren

Namen.« Sie zeigte auf die junge Frau, die etwas abseits stand, und öffnete die Notizfunktion. Bei ihrem Besuch im Yogastudio hatte sie alle Namen ins Handy eingegeben. »Das ist Paula Maaßen.«

Laura hockte sich hin und hielt das Foto neben den Kopf der Toten. »Eindeutig. Das ist sie.«

Sämtliche Alarmglocken läuteten in Laura. Sie rief sofort die Zivilstreife an, die Erik Krüger observierte.

»Ist er in seiner Wohnung?«, fragte sie ohne Umschweife.

»Ja«, antwortete eine verschlafene Stimme.

»Gehen Sie auf der Stelle zur Wohnung, überprüfen Sie das noch einmal und geben Sie mir Bescheid!«, bat Laura und legte auf.

Sie überlegte kurz, Frau Kohlmeier zu kontaktieren und nach Milan Zapke zu fragen. Bestimmt fertigte sie weiterhin Aufzeichnungen darüber an, wer wann das Haus verließ oder zurückkam. Die alte Dame würde wissen, ob Zapke innerhalb der letzten drei, vier Stunden mit dem Wagen unterwegs war. Laura ging davon aus, dass die Leiche heute erst nach Schließung des Supermarktes hier abgelegt worden war. Ansonsten wäre sie mit Sicherheit von einem Mitarbeiter oder Kunden entdeckt worden. Aber es war viel zu spät, um die alte Dame zu belästigen. Sie würden bis morgen früh warten müssen. Der Täter schien es jedenfalls auf die Teilnehmerinnen dieses Yogakurses abgesehen zu haben. Steckte etwa doch der Kursleiter hinter den Morden? Oder war es reiner Zufall, dass drei von vier Opfern Vehlings Kurs besuchten?

Laura ging in die Knie und betrachtete abermals ausgiebig die Tote. Sie trug ein T-Shirt und kurze Jeans. Wieder waren beide Zeigefinger mit dem Hammer bearbeitet worden und hatten sich schwarz verfärbt. Der Rechtsmediziner würde beantworten können, wann diese Verletzungen ungefähr entstanden waren. Um Paula Maaßens rechtes Handgelenk verlief ringförmig eine kräftige Schwellung. Die Haut an der Hand war teilweise abgeschürft. Die andere Hand hingegen schien unverletzt. Insgesamt wirkte die Haut der Toten rosig, was vermutlich an einer Zyankali-Vergiftung lag, wie Laura durch die ersten beiden toten Frauen gelernt hatte. Die Beine waren zerkratzt, so als wäre das Opfer durch dorniges Gestrüpp gerannt. Ein Dorn steckte tief in der rechten Wade. An den Schuhsohlen klebten Blätter und Erde. Laura konnte sich nicht entsinnen, dass die Schuhe der beiden anderen Toten ebenso verschmutzt gewesen wären.

»Verdammt«, fluchte Max, der eben eingetroffen war und sich zu ihnen gesellte. »Danke für deinen Anruf, Laura. Ich bin sofort los. Die Spurensicherung ist auf dem Weg.« Er grüßte Taylor mit einem Kopfnicken und hockte sich neben sie.

Lauras Handy klingelte. Unverzüglich nahm sie den Anruf entgegen.

»Erik Krüger ist zu Hause. Er hat uns die Tür geöffnet«, brummte der Kollege von der Zivilstreife.

»Wie sah er aus?«

»Wie meinen Sie das? Er sah aus wie immer.«

»Trug er einen Schlafanzug? Wirkte er müde, so als hätten Sie ihn aus dem Bett geklingelt?«

Am anderen Ende der Leitung herrschte einen Moment Stille.

»Er trug Jeans und T-Shirt und schien wach zu sein«, hörte sie dann.

Laura blickte auf die Uhr. »Es ist fast ein Uhr nachts. Kommt Ihnen das nicht komisch vor? Haben Sie beobachtet, ob die ganze Zeit Licht in der Wohnung brannte?«

»Ja.« Der Polizist stöhnte missmutig. »Das Licht war an. Mein Partner und ich haben den gesamten Abend aufgepasst. Er war die ganze Zeit zu Hause.«

»Danke«, sagte Laura mit einem Seufzen und legte auf.

Max und Taylor blickten sie fragend an.

»Sag bloß nicht, die Kollegen haben es wieder vermasselt«, brummte Max.

Laura zuckte müde mit der Schulter. »Krüger lag jedenfalls noch nicht im Bett.«

»Na toll.« Max erhob sich und griff zu seiner Taschenlampe. »Alter, Geschlecht und Optik passen zu den anderen Opfern. Ich möchte echt wissen, warum der Täter die Leichen jedes Mal vor den Mülltonnen ablegt.«

»Ich denke, weil die Frauen für ihn genau das sind: Müll. Er hat keine Verwendung mehr für sie.« Laura stand ebenfalls auf und deutete auf eine Kamera, die die Zufahrt überwachte. »Wir müssen uns unbedingt die Aufnahmen besorgen. Vielleicht hat er einen Fehler gemacht und wir sehen diesmal einen Wagen oder sein Gesicht.«

Ein greller Lichtstrahl richtete sich plötzlich auf die Tote. Die Spurensicherung war eingetroffen.

Laura trat beiseite, damit das Team seine Arbeit aufnehmen konnte. Von jetzt auf gleich wimmelte es auf dem zuvor verlassenen Supermarktgelände von Menschen in weißen Schutzanzügen. Ein Fotograf schleuderte Blitzlichter durch die Nacht. Dennis Struck kroch mit einer Pinzette über den Müllplatz. Sein üppiger Bart war hinter einem Mundschutz verschwunden.

»Hier liegt ein Schlüssel«, stieß er aus und richtete sich auf. Der kräftige Mann hielt einen silbernen Gegenstand hoch. »Vielleicht hat der nichts mit unserem Fall zu tun, aber er lag vor dieser Mülltonne und nur einen halben Meter von der Leiche entfernt. Er könnte dem Täter oder dem Opfer aus der Tasche gefallen sein.«

»Sind Fingerabdrücke drauf?« Laura betrachtete den flachen Schlüssel, der zu jeder Wohnungstür passen könnte.

»Das wissen wir gleich«, erwiderte Struck und machte sich an die Arbeit. Er nahm einen feinen Pinsel und trug schwarzes Pulver auf. Nach einer Weile schüttelte er den Kopf. »Leider nein. Der Schlüssel wurde gründlich abgewischt oder jemand hat ihn mit Handschuhen benutzt.«

»Verdammt«, fluchte Laura und fragte sich, wie das sein konnte. Normalerweise fanden sich auf jedem Schlüssel Abdrücke. Selbst ein Arzt oder eine Krankenschwester trug nicht ständig Handschuhe.

»Lässt sich ermitteln, zu welchem Schloss dieser Schlüssel passen könnte? Ist da vielleicht eine Nummer drauf?«, fragte Max.

»Das ist ein Sicherheitsschlüssel. Leider verrät uns die Nummer nicht, wofür oder von wem er benutzt wird. Es gibt kein zentrales Register für so etwas. Ich befürchte, dieser Schlüssel bringt uns nicht weiter. Es sei denn, jemand findet die passende Tür.«

»Na toll«, tönte Taylor. »Da haben wir endlich ein mögliches Beweisstück und dann hilft es uns nicht.«

»Wir suchen hier alles aufs Gründlichste ab und drehen jeden Stein um. Sobald wir noch etwas haben, melde ich mich«, versprach Dennis Struck.

»Danke«, erwiderte Laura machte ein Foto von dem Schlüssel und der Nummer darauf. »Bevor wir gehen, könnten Sie die Taschen der Toten durchsuchen?«

Dennis Struck nickte und begann mit der rechten Hosentasche. Anschließend durchsuchte er die linke und zuletzt die Gesäßtaschen. Er hielt ein Papiertaschentuch in das grelle Licht der Scheinwerfer.

»Da sind ein paar Blutspuren drauf. Wir prüfen, ob die von der Toten oder jemand anders stammen.«

In diesem Augenblick klingelte Lauras Handy. Simon Fischer rief an.

36

Eva hockte auf dem kalten Betonboden und weinte, obwohl sie schon keine Tränen mehr hatte. Über ihr baumelte eine Glühbirne an der niedrigen Kellerdecke, die nur wenig Licht abgab. Es roch muffig und nach verbrauchter Luft. Die Finger taten ihr schrecklich weh. Nachdem sie aus dem Zimmer geflohen war, hatte sie lautlos das Treppenhaus erreicht. Doch als sie die Treppe hinuntereilte, wartete er bereits an der Haustür. Mit dem Hammer in der Hand. Er zog sie an den Haaren die Kellertreppe hinunter und brach ihr zur Strafe den anderen Zeigefinger.

Jetzt konnte sie keine Hand mehr richtig benutzen. Jede noch so kleine Bewegung schmerzte, dass ihr die Tränen kamen. Sie betrachtete die Handschelle um ihr rechtes Handgelenk. Wie hatte sich Paula nur daraus befreit?

Eva schluchzte. Es war sowieso egal, denn sie hatte keine Butter. Und ohne ein bisschen Fett konnte sie die Fessel garantiert nicht abstreifen. Sie kauerte sich zusammen und schloss die Augen. Sie sehnte sich so sehr nach Frank. Zugegeben, auch er hatte ihr immer wieder wehgetan. Aber er würde sie nie in einen Keller einsperren oder ihr die Knochen brechen. Frank liebte sie. Bestimmt suchte er nach ihr. Wenn Paula schon keine Hilfe holen konnte, so doch vielleicht er.

Draußen ertönten Schritte. Eva ignorierte sie. Die Tür ging quietschend auf. Eva sah nicht hin. Selbst dann nicht, als er direkt über ihr stand.

»Eva?«

Sie schwieg. Was hätte sie auch sagen sollen? Sie wusste, dass er sie zum Sterben in diesen Keller gesperrt hatte. Er hatte sie vorgewarnt, und sie wusste, dass er nicht scherzte.

»Ich habe dir ein paar Schmerztabletten mitgebracht.« Er stellte ein Glas Wasser und einen kleinen Teller neben ihr ab. »Du solltest über deine Fehler nachdenken. Du hast mich wirklich sehr enttäuscht. Weißt du nicht, dass ich alles für dich getan hätte?«

Sie nickte schwach, denn sie wollte nicht erneut Bekanntschaft mit dem Hammer machen.

»Darf ich zurück in mein Zimmer? Hier ist es so kalt.« Sie blickte zu ihm auf.

Er verzog den Mund und schüttelte langsam den Kopf.

»Erst wenn du dich besserst.« Er strich ihr sanft über die Wange.

Er ging hinaus, erschien jedoch kurz darauf wieder mit einem Kleid in der Hand.

»Zieh das an«, befahl er und löste die Handschellen. Anschließend ließ er sie allein zurück. Sie hörte, wie der Schlüssel im Schloss knirschte.

37

Er schloss die Kellertür und strich sich eine Träne aus dem Augenwinkel. Eva hatte er wirklich gern. Doch all seine Bemühungen schienen umsonst. Obwohl er sie vergötterte, sprang der Funken bei ihr nicht über. Das konnte er deutlich in ihren Augen und an ihrer verkrampften Körperhaltung sehen. Er konnte es sogar riechen. Aus ihren Poren dünstete eine Mischung aus Angst und Abscheu. Dabei hatte er sich tatsächlich um sie gekümmert, sie behütet, ihr nur Gutes getan. Sie hätte längst erkennen müssen, dass er der richtige Partner für sie wäre. Aber Eva entpuppte sich leider als Flop. Genauso wie die Frauen vor ihr. Enttäuscht schlurfte er die Treppe hinauf und ging ins Bad. Nachdem er sich erleichtert hatte, wusch er sich die Hände und betrachtete sich dabei im Spiegel. Eva war wirklich eine dumme Gans. War er nicht bedeutend attraktiver als dieser Taugenichts von Frank? War diese Frau blind? Er sah nicht nur besser aus, auch intellektuell steckte er diesen Kerl in die Tasche. Der miese, kleine Staubsaugervertreter fuhr fast die ganze Woche auf der

Jagd nach Kunden durch halb Deutschland. Was zur Hölle wollte Eva mit so einem Typen? Seufzend schüttelte er den Kopf. Vielleicht hatte er sie doch nicht sorgfältig genug ausgewählt. Nachdenklich öffnete er den Spiegelschrank und nahm eine kleine Kapsel mit Zyankali heraus. Er drehte sie zwischen Zeigefinger und Daumen. Plötzlich hörte er von irgendwoher Rufe und Klopfen. Sofort verstaute er das Mittelchen wieder im Schrank und rannte zur Treppe.

»Hallo?«

Die Neue hämmerte wie verrückt gegen ihre Zimmertür. Wegen Eva hatte er seinen ganzen Prozess ändern müssen. Normalerweise wachten die Frauen auf der verglasten Terrasse auf. Er fand, dass die schöne Aussicht auf den Wald ein wundervolles Zeichen für ihren Neuanfang war. Von dort ging es in das Zimmer mit dem rosa Himmelbett. Aber Eva hatte das Fenster eingeschlagen. Außerdem war die Zeit zu knapp gewesen, weswegen er die Neue sofort in das Zimmer mit dem himmelblauen Bett gesperrt hatte. Sie trommelte unablässig gegen die Tür. Das konnte ja heiter werden. Er hatte sie in einem Bordell aufgeschnappt. Eigentlich hatte er diesen Fehler nicht wiederholen wollen. Ein Bild von Tamara schoss ihm in den Kopf. Diese Frau war letztendlich die Hölle gewesen. Die Liste ihrer Charakterschwächen war endlos. Für Geld durfte jeder an sie heran. Doch das war nicht, was er suchte.

»Hallo?«

Die Neue klang ängstlich. Wenigstens trommelte sie jetzt nicht mehr gegen die Tür. Wieder so eine, die sich für ihre Liebkosungen bezahlen ließ. Aber im Gegensatz zu Tamara steckte nicht sie, sondern ihr Zuhälter das Geld ein. Irgendwie graute ihm davor, die Tür zu öffnen, doch es musste sein. Hoffentlich würde sie sich nicht nach diesem Arschloch von Sascha verzehren, während er ihr die Welt zu Füßen legte. Nach der Sache mit Eva erschien ihm sein Vorhaben langsam aussichtslos.

Jeder Topf findet einen Deckel, mahnte indes die Stimme seines früheren Psychiaters irgendwo in seinem Kopf.

Er zog die Skimaske über und schloss die Tür auf. Wie erwartet, huschte Marina verängstigt in die entfernteste Ecke des Zimmers und kauerte sich zusammen. Sie starrte ihn an, als wäre er ein Monster. Als würde sie ihn nicht kennen. Dabei hatte er immer noch dieselben Sachen an wie in der Bar. Sie müsste ihn trotz der Skimaske erkennen. Aber wie bei allen panischen Frauen hatte sich ihr Hirn offenbar abgeschaltet.

»Ich bin nicht freiwillig mit ihm gegangen«, kreischte sie plötzlich. »Ich wollte nicht weglaufen.«

Er blieb stehen und starrte sie eine Weile an.

»Bitte, Sascha. Du machst mir Angst.«

Ihr starker Akzent hatte ihm schon immer irgendwie gefallen. Er baute sich vor ihr auf und ging langsam in die Hocke. Dabei konnte er genau sehen, wie sich Marinas Körper panisch versteifte. Er hob die Hand und sie zuckte zusammen. Doch er nahm einfach nur die Skimaske ab. Normalerweise wartete er damit, aber inzwischen hatte ihn die Geduld verlassen. Marina war nicht sein Typ. Zu dunkle Haare, dazu noch rabenschwarze Augen, und sie war viel zu jung, um sich auf einer Ebene mit ihm unterhalten zu können. Er wusste überhaupt nicht mehr, warum er sie mitgenommen hatte. Auf seiner Liste hatte sie nicht mal sechzig Prozent Übereinstimmung erreicht. Vermutlich lag das an der Enttäuschung über Eva.

»Pedro?«, stieß sie überrascht aus und fiel ihm um den Hals.

Damit hatte er nun gar nicht gerechnet. Er schaffte es nicht, das Gleichgewicht in der Hocke zu halten, und kippte nach hinten. Marina landete auf ihm, die Hände noch um seinen Hals geschlungen. Sie weinte. Er spürte, wie sie zitterte und ihr ganzer Oberkörper bebte. Verstört von dieser plötzlichen Nähe setzte er sich wieder auf.

Sie rückte kein Stück von ihm ab.

»Du hast mich gerettet«, schluchzte sie dankbar. Ihr warmer Atem kitzelte ihn am Hals. »Du hast es wirklich getan und mich nicht angelogen.«

Er fühlte sich überrumpelt. Ihre Worte rührten und verwirrten ihn zugleich.

»Ich habe dir doch gesagt, ich kümmere mich um dich«, flüsterte er heiser und schob sie ein wenig von sich.

Ihre dunklen Augen glitzerten wie tiefe Seen in der Nacht. Er schnappte nach Luft und hatte große Mühe, die Kontrolle wiederzugewinnen.

»Würdest du ein Kleid für mich anziehen?«, fragte er und stand auf.

Marina nickte lächelnd.

Er sauste aus dem Zimmer und vergaß sogar, die Tür abzuschließen.

38

»Tamara Abaza«, stieß Laura aus und fuhr hoch.

»Alles in Ordnung?«, fragte Taylor und zog sie an sich. »Du hattest einen Albtraum.«

Laura schmiegte sich an seine Brust und versuchte ihren Puls zu beruhigen. Sonnenstrahlen schienen bereits durchs Fenster. Auf der Stelle war sie hellwach. Sie blieb jedoch in Taylors Armen liegen, weil sie seine Wärme noch ein wenig genießen wollte.

Wenigstens kannten sie jetzt den Namen der ersten Toten. Laura hätte am liebsten die Nacht durchgearbeitet, doch irgendwann war sie einfach zu müde gewesen. Der dunkelrote Golf gehörte Tamara Abaza, einer Rumänin, die seit vielen Jahren in Berlin lebte. Simon hatte in Windeseile das Foto aus dem Führerschein besorgt. Es handelte sich bei dieser Frau zweifelsfrei um das erste Opfer, das die Polizei bereits vor Wochen tot an den Mülltonnen des Supermarktes aufgefunden hatte.

Sie mussten nun unbedingt die Verbindung zwischen allen Opfern herstellen. Ein Serienkiller ging bei der Auswahl in den meisten Fällen nach bestimmten Kriterien vor. Oft hatte er spezielle Vorlieben, was das Äußere anging, wie etwa Haarlänge, Größe oder die Figur. Laura erinnerte sich an einen Fall, in dem die weiblichen Opfer stets unter eins fünfundsechzig groß waren. Der Täter brachte es selbst nur auf knapp eins siebzig und hatte es deshalb auf Frauen abgesehen, die kleiner waren als er.

Im aktuellen Fall wählte der Täter attraktive, schlanke Frauen mit langen Haaren. Dabei schien er eine Vorliebe für jene zu haben, die unter häuslicher Gewalt durch ihren Partner litten. Nur Tamara Abaza entsprach auf den ersten Blick nicht diesem Muster. Sie hatte zumindest laut offiziellen Angaben allein gelebt und ihren Lebensunterhalt offenbar durch Prostitution bestritten. Laura hatte ihre Internetseite besucht. Von Videochats bis hin zu persönlichen Treffen bot sie die komplette Palette von Liebesdienstleistungen an.

Sie hatte von ihrer Wohnung aus und anscheinend für keinen Zuhälter gearbeitet.

Laura schlüpfte gemächlich aus dem Bett und drückte Taylor einen sanften Kuss auf den Hals. Auf seinem Wohnzimmertisch lagen noch das Gruppenfoto des Yoga-Kurses und ihr Laptop. Wenn sie die entführte Eva Hengstenberg mitzählte, hatten drei Opfer an dem Yoga-Selbsthilfekurs teilgenommen. Tamara nicht, auch dieser Punkt unterschied sie von den anderen. Obwohl Simon es bereits überprüft hatte, glitt Lauras Blick auf der Suche nach einer Übereinstimmung mit Tamara über jede einzelne Teilnehmerin auf dem Foto. Gefärbte Haare oder womöglich eine Schönheitsoperation hätten ihr Äußeres verändern können. Doch Tamara befand sich nicht auf diesem Foto. Laura hatte ältere Bilder von ihr im Internet entdeckt, im Vergleich zu damals hatte sie sich kaum verändert. Aber wo lag die Verbindung zwischen ihr und den anderen?

Laura sah auf die Uhr. Es war erst kurz nach sieben. Trotzdem wählte sie die Nummer des Yogastudios. Sie hatte auf einem der Plakate dort etwas von einem Frühkurs gelesen, vielleicht hatte sie Glück. Es klingelte fünf-, sechsmal, niemand hob ab. Laura trat ungeduldig von einem Bein aufs andere. Gerade wollte sie auflegen, als doch endlich jemand ranging.

»Hier ist Sarah vom *Yoga und Leben*. Was kann ich für dich tun?«

Laura erinnerte sich an die freundliche junge Frau mit Pferdeschwanz. Sie nannte ihren Namen und fragte: »Ist eine Tamara Abaza bei Ihnen angemeldet?«

Laura hörte, wie Sarah offenbar etwas in ihren Computer eingab.

»Tamara war vor sechs Wochen das letzte Mal hier. Nein, warten Sie …« Schweigen trat am anderen Ende der Leitung ein. »Nils hat sie besucht. Genau. Sie nimmt Einzelunterricht bei ihm. Manchmal treffen sie sich im Studio, aber auch oft bei ihr zu Hause.«

Laura ließ sich ihre Überraschung nicht anmerken. Endlich schien sich eine Verbindung zwischen allen Opfern aufzutun.

»Wissen Sie, warum sie seit sechs Wochen aussetzt?«, fragte Laura.

»Nein«, erwiderte Sarah. »Sie hat sich einfach nicht mehr gemeldet. Von ihrem Konto wird aber weiter abgebucht.«

Laura bedankte sich und rief sofort Peter Meier vom Rechercheteam an.

»Haben Sie Nils Vehlings Alibis für sämtliche Zeiträume überprüft?«

Peter Meier wühlte in irgendwelchen Unterlagen, die durch die Leitung raschelten.

»Moment«, murmelte er. »An dem Abend, an dem Eva

Hengstenberg entführt und Lena Reimann tot aufgefunden wurde, hat er kein Alibi. Ein Nachbar war sich nicht ganz sicher, ob er zu Hause war. Normalerweise ist er zwischen neunzehn und zwanzig Uhr in seiner Wohnung.« Meier räusperte sich. »Für das erste Opfer gibt es ebenfalls kein Alibi und bezüglich Paula Maaßen haben wir noch nicht angefangen.«

»Okay, dann erledigen Sie das bitte so schnell wie möglich. Alle Opfer gingen in sein Yogastudio. Das kann kein Zufall sein.« Laura legte auf und grübelte über den nächsten Schritt. Sie öffnete die Datenbank mit den Vermisstenanzeigen. Die Einträge waren vor zwei Tagen kontrolliert worden, aber vielleicht hatte sich inzwischen etwas getan. Wenigstens wussten sie die anderen Frauen des Yogakurses in Sicherheit. Das Rechercheteam hatte mittlerweile jede Teilnehmerin persönlich erreicht.

Paula Maaßen wollte angeblich ihre Schwester in Brandenburg besuchen. Wieso war niemandem aufgefallen, dass sie dort offenkundig nie angekommen war? Jemand hätte sie als vermisst melden müssen. Sie öffnete die Vermisstendatenbank und wollte die neuesten Anzeigen überprüfen, als ihr Handy klingelte. Simon rief an.

»Sitzt du vor dem Computer?«, fragte er.

»Hast du eine Überwachungskamera installiert, mit der du mich heimlich überwachst?«

»So etwas würde ich nie tun.« Simon lachte schallend. »Gib mal *Paulas Daddy* in die Suchmaschine ein.«

Laura tat wie ihr geheißen. Eine rosarote Tür erschien auf ihrem Bildschirm. Sie öffnete sich in Zeitlupe. Was sie dahinter erblickte, verschlug ihr glatt die Sprache.

»Unsere Paula war kein braves Mädchen«, plapperte Simon munter drauflos. »Sie hat sich mit mehr als zehn Kerlen regelmäßig getroffen.«

Laura klickte sich in rasender Geschwindigkeit durch die Website. Paula Maaßen in kurzen Höschen und eindeutiger Pose. Paula mit Kussmund und oben ohne. Paula nackt auf dem Küchentisch. Paula unter der Dusche.

»Das gibt es doch nicht«, stieß sie aus. »Paula Maaßen ist eine Prostituierte? Ich dachte, sie wird von ihrem Freund geschlagen. Wie kann das sein?«

»Wenn ich vorstellen darf: Dimitri Slatzki, ihr Freund und Zuhälter. Sieh in deinen E-Mails nach.«

Laura öffnete sofort Simons Nachricht und klickte auf den mitgeschickten Link. Ein bulliger Mann mit kahlem Schädel und fiesem Lachen erschien auf einer Facebook-Seite. Er hielt Paula im Arm. Ihr Blick und das eingefrorene Lächeln sprachen Bände. Laura schüttelte den Kopf. Wie konnte sich eine bildhübsche Frau nur auf so einen Typen einlassen?

»Dieser Dimitri ist jedenfalls nicht unser Killer. Der Typ ist zu klein, zu stämmig und ihm fehlen die Haare.«

»Wir wissen nicht genau, ob der Täter alleine arbeitet«, gab Laura zu bedenken und ging zurück auf die Seite von Paula. Fassungslos betrachtete sie die junge Frau. »Haben wir bei Lena Reimann oder Eva Hengstenberg etwas übersehen?«

»Vermutlich nicht. Ich habe die ganze Nacht meine Gesichtserkennungssoftware laufen lassen. Die beiden bieten jedenfalls in den öffentlich zugänglichen Bereichen des Internets keine solchen Dienstleistungen an.«

Laura reagierte nicht. Sie tippte gerade Paulas Namen in das Suchfeld der Vermisstendatenbank ein.

»Da bist du ja«, murmelte sie.

»Laura? Wer ist da? Ist alles okay?«, fragte Simon verwirrt.

Laura lachte. »Ja. Entschuldige. Ich habe Paulas Vermisstenanzeige aufgerufen. Tatsächlich hat dieser Dimitri sie gestern erst als vermisst gemeldet.« Lauras Herz verwandelte sich in einen Eisklumpen. »Paula war vermutlich bereits acht Tage lang in der Gewalt des Täters. Eva Hengstenberg ist seit sieben Tagen verschwunden. Uns könnten möglicherweise nur noch vierundzwanzig Stunden bleiben, wenn der Täter seinem Rhythmus beibehält.«

Simon schwieg.

Laura konnte seinen Atem durchs Telefon hören.

»Mist«, fluchte er schließlich leise. »Wir müssen uns echt ranhalten.«

Laura seufzte. Hoffentlich kamen sie nicht schon zu spät. »Kannst du die Überwachungskamera des Supermarktes im Blick behalten?«

»Klar, mache ich. Ich melde mich.« Simon legte auf.

Laura rief bei Max an. Sie beschlossen, sich aufzuteilen. Max würde mit Dimitri Slatzki sprechen und sie sich Nils Vehling noch einmal vornehmen. Bei ihm liefen die Fäden im Augenblick zusammen. Parallel sollten die beiden Rechercheteams sämtliche Freier von Paula und Tamara überprüfen und die Spurensicherung sollte ihre Wohnungen auf den Kopf stellen.

»Wie wäre es mit einem Kaffee?«, fragte Taylor, der mit zwei dampfenden Tassen aus der Küche kam.

Laura grinste und nahm ihm dankbar eine Tasse ab. »Ich muss los. Du …«, sie schluckte, weil sie immer noch Schwierigkeiten hatte, diese Worte auszusprechen, »du wirst mir fehlen.« Sie gab Taylor einen flüchtigen Kuss zum Abschied und machte sich auf den Weg zu Vehlings *Yoga-und-Leben*-Studio.

Sie erreichte ihr Ziel binnen zwanzig Minuten und schritt eilig auf das weiße Gebäude zu. Wie beim letzten

Mal stand Sarah hinter dem Tresen und lächelte, als sie Laura sah.

»Nils erwartet Sie schon.« Sie deutete auf eine verschlossene Tür, die als Kursraum Nummer drei gekennzeichnet war.

Laura bedankte sich und öffnete den Raum.

Nils Vehling saß im Lotossitz in der Mitte. Er hatte die Hände wie zum Gebet vor der Brust erhoben und die Augen geschlossen. In dem großen leeren Raum wirkte er ein wenig verloren.

Laura räusperte sich.

»Sind Sie hergeflogen?«, fragte Nils Vehling verwundert und stand auf. »Ich grüße Sie. Womit kann ich heute dienen?« Seine kalten blauen Augen musterten sie.

Laura unterdrückte mit ganzer Kraft den Impuls, ihre Narben oberhalb der Brust zu berühren. Er konnte sie nicht sehen, auch wenn er sie mit seinem Röntgenblick taxierte.

»Ich muss mit Ihnen über Paula Maaßen und Tamara Abaza sprechen. Beide haben Ihr Studio regelmäßig besucht. Ist das korrekt?«

Nils Vehling zog die Stirn in Falten und nickte. »Paula hat Probleme mit ihrem Lebensgefährten und besucht denselben Kurs wie Lena Reimann und Eva Hengstenberg. Und Tamara nimmt meist Einzelunterricht. Sie will sich fit halten.«

»Wundert es Sie gar nicht, dass die beiden in den letzten Tagen auch nicht mehr bei Ihnen aufgetaucht sind?« Laura beschlich das Gefühl, dass Vehling sich absichtlich dumm stellte und genau wusste, was mit den Frauen geschehen war. Unter seinem linken Auge zuckte es.

»Tamara ist schon länger nicht mehr hier gewesen. Paula erst seit Kurzem. Wie gesagt gibt es häufige

Wechsel in meinem Studio. Zuerst sind alle Feuer und Flamme, dann kommen andere Termine dazwischen und zum Schluss brechen viele den Kurs einfach ab.« Er fixierte Laura so intensiv, dass sie einen winzigen Schritt zurückwich. »Das LKA ist jetzt bereits zum zweiten Mal bei mir. Was ist mit meinen Kursteilnehmerinnen? Vier von ihnen sind wie vom Erdboden verschluckt. Ich wette, dass ich auch Tamara und Paula nicht ans Handy bekomme.«

Laura beschloss, dem Mann reinen Wein einzuschenken. Vielleicht kam er aus der Deckung, wenn er merkte, dass sie ihm auf den Fersen waren.

»Lena, Paula und Tamara sind tot und Eva wird vermisst.«

Dieses Mal musterte Laura ihn scharf. Nils Vehling errötete. Sie konnte sehen, wie es hinter seiner Stirn arbeitete.

»Tot?«, wisperte er nach einer Weile und wirkte dabei aufrichtig geschockt. »Was ist mit Eva? Ist sie auch …?« Er sprach nicht weiter und schnappte nach Luft.

»Wir wissen es nicht«, erwiderte Laura. »Aber alle Frauen haben eine Verbindung zu Ihnen. Vielleicht können Sie mir eine Erklärung liefern.«

Nils Vehling starrte sie an. Dann schien er zu begreifen. »Sie glauben doch nicht ernsthaft, dass ich etwas damit zu tun habe? Mir bedeuten diese Frauen sehr viel. Wir arbeiten seit Monaten, sogar Jahren zusammen. Ich lehre sie, mit Schmerz umzugehen und ihr Leben in den Griff zu bekommen. Ich will ihnen helfen und nichts anderes.«

»Wir gehen routinemäßig jeder Spur nach«, erklärte Laura. »Gibt es jemanden, der Ihren Teilnehmerinnen aus irgendeinem Grund schaden wollte?«

Vehling schüttelte entschieden den Kopf. »Nein. Das

sind bis auf Tamara ganz unsichere arme Geschöpfe, die bei mir Halt suchen.« Er kratzte sich an der Schläfe und drehte sich aufgebracht einmal um die eigene Achse. »Mir fallen da nur die Freunde ein. Gewalt kann natürlich eskalieren. Wenn man bedenkt, dass in Deutschland fast jeden dritten Tag eine Frau durch häusliche Gewalt zu Tode kommt.« Er blickte Laura an. »Mit dem Partner von Lena Reimann habe ich ein paarmal gesprochen. Er neigt offenbar sehr zu impulsivem Handeln. Aber ich dachte, es wäre besser geworden.«

»Ich hätte gerne gewusst, welcher Natur Ihre Besuche bei Tamara waren. Sie wissen ja sicherlich, welchem Beruf sie nachging.«

Vehling schluckte. Sein Kehlkopf bewegte sich auffällig hoch und runter. »Hören Sie, das wird mir jetzt aber ein bisschen zu intim. Was soll das denn mit ihrem Tod zu tun haben?« Er stockte und überlegte wahrscheinlich, ob er lieber schweigen sollte. Auf seiner Stirn erschien eine ganze Armada von Falten. »Zwei-, dreimal sind wir uns nähergekommen. Ansonsten hatten wir eine rein platonische Beziehung.«

»Wo waren Sie letzte Nacht?«, fragte Laura.

Vehlings Augen weiteten sich entsetzt. »Zu Hause, wie immer. Keine Ahnung, ob mein Nachbar es bezeugen kann.«

»Meine Kollegen werden das direkt überprüfen. Denken Sie bitte über Ihre Kursteilnehmerinnen nach. Vielleicht fällt Ihnen etwas Wichtiges ein.« Laura verabschiedete sich. Sie würde momentan aus Nils Vehling nichts weiter herausbekommen. Auf dem Weg zum Ausgang bat sie Sarah zu einem Termin ins Revier. Sie würden Vehlings Assistentin ebenfalls zu den Opfern befragen. Womöglich stießen sie so auf Ungereimtheiten.

Laura setzte sich in den Wagen, fuhr jedoch nicht

sofort los. Ihre Gedanken kreisten unaufhörlich um Vehling. Der Mann war ihr nicht geheuer. Etwas an ihm jagte ihr jedes Mal einen Schauer über den Rücken. Sie konnte allerdings nicht sagen, was es war. Nachdenklich ließ sie das Gespräch Revue passieren. Während sie so im Dienstwagen saß, öffnete sich plötzlich die Tür des Studios. Nils Vehling verließ eilig sein Yogastudio.

39

Am Abend zuvor

Marina drehte sich glücklich im Kreis. Noch immer konnte sie nicht glauben, dass Pedro sie gerettet hatte.

»Pedro«, flüsterte sie und machte einen Kussmund. Ihr Spiegelbild lächelte zurück, als sie anhielt. Das Kleid saß wie angegossen. Aber dann gefror ihr das Lächeln von einem auf den anderen Augenblick. Sie musste an ihre Mutter denken. Was, wenn Sascha ihr etwas antat? Sie konnte doch nicht in diesem wundervollen Haus leben, während ihre Mutter vielleicht Höllenqualen litt. Sie brauchte ein Telefon. Sie musste sie warnen. Marina verließ das Badezimmer und eilte zur Tür hinaus. Sie rannte durch den endlos langen, düsteren Flur. Es gab so viele Zimmer, wo sollte sie nur hin? Sie wurde langsamer und lauschte. Die Stille fühlte sich irgendwie bedrückend an. Ob das an der muffigen Luft lag? Dieses Haus müsste dringend gelüftet werden. Die Wände benötigten auch einen frischen Anstrich. Eine Diele knarrte unter ihren Füßen und sie blieb erschrocken stehen. Was, wenn Pedro nicht wollte, dass sie hier herumschnüffelte? Sascha würde kurzen Prozess mit ihr machen. Sie zuckte unwillkürlich zusammen. Vielleicht wäre es besser, zurück ins Zimmer zu gehen. Früher oder später würde Pedro sie holen und dann könnte sie ihn immer noch nach dem Telefon fragen. Plötzlich roch sie etwas. Ein köstlicher Geruch waberte über den Flur. Ihr Magen knurrte sehnsüchtig. Marina schnupperte und folgte dem Geruch. Lautlos schlich sie die Treppe hinunter. Der Duft kam von unten. Pedro hantierte in der Küche. Es schepperte. Erschrocken hielt sie inne. Sollte sie lieber umkehren? Hungrig leckte sie sich über die trockenen Lippen. Ihr Appetit siegte. Sie tapste weiter Richtung Küche. Es roch einfach wunderbar. Sie verwettete ihr Leben darauf, dass Pedro einen Braten schmorte, mit Kartoffeln und Rosmarin. Sie lächelte und blieb im Türrahmen stehen. Pedro war so vertieft, dass er sie überhaupt nicht bemerkte. Er hatte sich eine Schürze umgebunden und sah damit wirklich super aus. Wie ein Profikoch.

»Kann ich dir helfen?«, fragte sie und klopfte an die offene Tür.

Pedro fuhr herum und starrte sie an. In seinen Augen erkannte sie eine Mischung aus Wut und Entsetzen.

»Ich kann auch in meinem Zimmer warten«, stammelte sie schnell. Sie wollte ihn nicht verärgern. Er stand regungslos da. Seine Lippen bewegten sich, aber es kam kein Wort heraus.

Marina griff hastig eine Kartoffel und begann sie zu schälen.

»Ich helfe dir. Es riecht so gut und ich bin hungrig.« Sie nahm die nächste Knolle und schielte zu Pedro hinüber. Er starrte sie nach wie vor an. Sie ignorierte seinen stechenden Blick und konzentrierte sich auf das Schälen. Endlich drehte Pedro sich wieder zum Ofen um und kümmerte sich um den Braten.

»Magst du Rinderbraten?«, fragte er plötzlich mit einer merkwürdig kratzigen Stimme.

»Ja, mein Lieblingsgericht. Meine Mutter …« Sie stockte, weil sie eigentlich nur gekommen war, um nach einem Telefon zu fragen. Die Sorge um ihre Familie schnürte ihr den Hals zu. »Meine Mutter macht einen perfekten Braten. Ich liebe ihn«, sagte sie, nachdem sie zweimal geschluckt hatte. Sie sah nicht auf und schälte hektisch eine weitere Kartoffel.

»Wo ist deine Mutter?«, hakte Pedro nach. Marina biss sich auf die Unterlippe. Sie wollte nicht weiter darüber sprechen. Es fiel ihr schon schwer genug, ihn jetzt nicht um das Telefon zu bitten.

»In Rumänien«, wisperte sie mit erstickter Stimme. Sie kämpfte mit den Tränen und drehte sich rasch weg.

Doch es war zu spät. Er hatte sie gesehen.

»Weinst du?« Mit einem Satz stand er neben ihr, nahm ihr Kinn zwischen Daumen und Zeigefinger und sah sie an. »Was hast du denn?«

Marina schniefte. »Sascha wird meiner Mutter wehtun, weil ich mit dir abgehauen bin. Ich … ich muss sie warnen.«

»Der Kerl wird doch nicht extra nach Rumänien fahren«, versuchte Pedro sie zu beruhigen, aber es half nicht. Eine dicke Träne rollte ihr über die Wange.

»Dürfte ich sie anrufen?«

Sie erschrak, als Pedro sie nur stumm anstarrte. Sekundenlang rührte er sich nicht. Doch dann ließ er von ihr ab und verließ die Küche.

Marina blickte ihm verstört hinterher. Ihr Herz raste,

weil sie nicht wusste, was er vorhatte. Sie hörte seine Schritte, die sich erst entfernten und nach ein paar Augenblicken wieder näher kamen. Sie knetete nervös die Finger. Er kam mit einem Handy zurück.

»Ruf sie an. Jetzt gleich«, sagte er und Marina fiel ein Stein vom Herzen.

40

Nils Vehling sprang in seinen Wagen und fuhr mit quietschenden Reifen davon. Laura folgte ihm unauffällig. Was hatte dieser Mann vor? Sie hatte ihm gerade über den Tod von drei seiner Kursteilnehmerinnen berichtet. Eine wurde darüber hinaus vermisst, und Nils Vehling hatte nichts Besseres zu tun, als wie ein Verrückter durch Berlin zu rasen? Wollte er seinen Anwalt aufsuchen? Mit dem könnte er aber genauso gut telefonieren. Oder war er etwa auf dem Weg zu Eva Hengstenberg? Laura musste wissen, was da vor sich ging. Sie hielt sich dicht hinter Vehling, damit sie ihn im Verkehrschaos nicht verlor. Vehling überholte einen BMW. Der Fahrer hupte empört. Als Laura ebenfalls überholen wollte, versperrte der BMW ihr den Weg.

»Verdammt«, fluchte sie und musste notgedrungen bremsen.

Vehling rauschte davon und bog um die nächste Ecke ab. Sie würde ihn noch verlieren. Sie riss das Lenkrad rechts herum. Der Wagen schräg hinter ihr blendete auf. Laura war das völlig egal. Sie drängte sich in die viel zu enge Lücke und zog kurz darauf wieder links hinüber, um den verflixten BMW zu überholen. Der gab zuerst Gas, bremste jedoch, bevor es zu einer Kollision kam. Laura schoss an ihm vorbei und hielt nach dem silbernen Kleinwagen Ausschau, der irgendwo im Getümmel vor ihr stecken musste. Er konnte nicht mehr als drei-, höchstens vierhundert Meter entfernt sein. Sie überholte auf der linken Spur ein paar Autos. Weit vorn sprang eine Ampel auf Grün. Sie entdeckte Vehling, der an erster Position stand und wie ein Rennfahrer startete. Sie drückte das Gaspedal durch und fügte sich zwei Autos hinter ihm wieder in seiner Spur ein. Sie erreichten Charlottenburg, und je länger sie fuhr, desto mehr beschleunigte sich ihr Puls. Als Nils Vehling an der nächsten Kreuzung links abbog, stockte ihr der Atem. Vehling manövrierte auf das Krankenhaus zu.

Ungläubig folgte sie ihm und vergrößerte dabei wieder ein wenig den Abstand. Langsam rollte sie um die Ecke. Vehling lenkte seinen Wagen über den Parkplatz und hielt schließlich ungefähr fünfzig Meter vor dem Eingang an. Er sprang aus dem Wagen und rannte in die Notaufnahme. Laura parkte auf der anderen Seite des Platzes. Sie öffnete die Fahrertür, wollte hinterhersprinten, blieb dann jedoch sitzen. Er würde sie in der Notaufnahme entdecken. Das wollte sie nicht, denn so würde sie nie herausfinden, was er vorhatte. Vehling war nicht blöd.

Laura beschloss zu warten. Früher oder später musste er zu seinem Wagen zurückkehren. Sie nutzte die Zeit und wählte Max' Nummer.

»Ich bin noch im Gespräch mit Dimitri Slatzki. Ist es wichtig?«, fragte Max.

Im Hintergrund konnte Laura eine Männerstimme hören, die soeben verstummte.

»Entschuldigen Sie mich kurz«, brummte Max in eine

andere Richtung. Nach einer Weile fragte er sie: »Was gibt es?«

Laura erzählte ihm, was sich ereignet hatte.

Max hörte schweigend zu, bis er fragte: »Soll ich zu dir kommen? Slatzki hat ein Alibi von einem Barbesitzer und zwei weiteren Freunden bekommen. Er ist zwar kooperativ, hat jedoch keine Idee, wer Paula entführt und getötet haben könnte. Die anderen Opfer scheint er nicht zu kennen. Ansonsten war er sichtlich geschockt von der Todesnachricht. Ich glaube ihm.«

»Und warum hat er Paula erst eine Woche nach ihrem Verschwinden als vermisst gemeldet? Er hätte doch merken müssen, dass sie überhaupt nicht bei ihrer Schwester war.«

»Zu der Schwester hat er nicht den besten Kontakt. Er hat es erst vier Tage später herausgefunden, weil sie nicht ans Telefon ging. Und Paulas Schwester war es gewohnt, dass Paula mal auftauchte und mal nicht. Slatzki hat jedenfalls zunächst versucht, sie selbst zu finden, und nach drei Tagen hat er die Polizei informiert.«

»Das ist ja ein toller Freund«, erwiderte Laura. »Am besten machst du dich sofort zu mir auf den Weg. Vehling kommt gerade heraus. Ich muss Schluss machen.« Sie legte auf.

Nils Vehling trat mit einer langhaarigen Blondine im Schlepptau aus der Notaufnahme. Laura machte ein paar Fotos von den beiden. Sie kannte die Frau nicht. Irgendetwas war komisch. Vehling hatte ihr einen Arm um die Taille gelegt. Er zog sie mit sich, obwohl sie sich gegen seinen Griff zu wehren schien. Oder stützte er sie nur? Laura sah unsicher mit an, wie die Frau stehen blieb und auf ihren Bauch deutete. Vehling schüttelte heftig den Kopf, fasste ihre Hand und zog so kräftig, dass sie beinahe stolperte. Laura wurde aus der Situation nicht schlau. Vehling bugsierte die Blondine auf den Beifahrersitz seines Wagens. Er schlug die Tür zu, hastete um das Auto und stieg ein. Dann preschte er mit der Frau davon, dieses Mal allerdings etwas weniger schnell.

Laura fuhr hinterher. Erneut rief sie Max an.

»Er hat eine blonde Frau aus der Notaufnahme geholt und nach meiner Beobachtung unsanft ins Auto verfrachtet. Ich verfolge ihn.«

»Okay, sag Bescheid, sobald du weißt, wo er hinfährt. Ich bin unterwegs.«

Laura hoffte, dass Vehling in sein Versteck fuhr, falls er der Täter war. Doch schon bald musste sie feststellen, dass er ins Yogastudio zurückkehrte. An der nächsten roten Ampel schickte sie Max eine Nachricht. Er brauchte nicht mehr zu kommen. Sie verfolgte Vehling trotzdem weiter, denn sie traute diesem Kerl nicht über den Weg.

Als sie am *Yoga und Leben* ankamen, parkte sie außerhalb Vehlings Sichtweite. Sie pirschte sich hinter einer Mauer heran und beobachtete, wie die Blondine aus dem Wagen stieg. Zuerst ging sie ruhig neben Nils Vehling her, doch plötzlich fing sie an zu kreischen. Vehling griff nach ihr und zog sie in Richtung des Gebäudes. Die Frau wollte offensichtlich nicht mitgehen, aber Vehling zerrte sie unerbittlich mit sich. Die Tür knallte hinter ihnen zu.

Laura rannte hinterher. Sie erreichte den Eingang und drückte die Klinke herunter. Doch die Tür war abgeschlossen. Überrascht versuchte sie es ein weiteres Mal. Vergeblich. Von drinnen hörte sie die aufgebrachte Stimme der Frau. Laura hämmerte gegen die Tür.

»Vehling, machen Sie auf!«

Ihre Rufe gingen in der lauten Auseinandersetzung unter. Die Tür einzutreten würde ihr nicht gelingen. Also fischte Laura einen Dietrich aus der Tasche und schob ihn ins Schloss. Taylor hatte ihr gezeigt, wie es funktionierte. Sie drehte das Metallstäbchen so lange, bis sie einen Widerstand spürte. Dann drückte sie kräftig dagegen. Sie wiederholte diesen Vorgang mehrfach, bis die Tür endlich aufsprang. Die Blondine hatte längst aufgehört zu kreischen. Laura hastete ins Gebäude. Von Sarah, die normalerweise hinter dem Tresen saß, war nichts zu sehen. Sämtliche Kursräume waren geschlossen. Laura lauschte. Eine bedrückende Stille lastete auf dem Studio. Das einzige Geräusch schien von Lauras Herz zu kommen, das wie wild in ihrer Brust schlug. Sie rannte zu dem Raum, in dem sie vorhin mit Nils Vehling gesprochen hatte. Er war leer. Sie riss die nächste Tür auf. Nichts. Sie probierte es weiter, ganz am Ende des Ganges und stockte. Für einen Moment blieb ihr die Luft weg.

Drei Augenpaare starrten sie an.

Laura hielt immer noch die Klinke in der Hand. Ihr Gehirn war unfähig, das Bild, das sich vor ihr auftat, zu verarbeiten. Sie hatte etwas völlig anderes erwartet. Eine am Boden liegende Blondine. Einen prügelnden Nils Vehling auf ihr. Blut. Lebensgefahr. Doch nichts dergleichen ging hier vor sich. Die Blondine saß auf einer Yogamatte, neben ihr hockte Sarah und vor ihnen Nils Vehling, der den Blick weiterhin unverwandt auf sie richtete.

»Was machen Sie hier?«, fragte Laura um Fassung bemüht.

Vehlings linke Augenbraue schoss in die Höhe. »Die Frage wäre eher, was machen *Sie* hier? Wir haben geschlossen. Wie sind Sie hier hereingekommen?«

Laura schnappte unauffällig nach Luft. Sie hatte sich verrannt und die Situation offenbar völlig falsch eingeschätzt.

»Ich habe beobachtet, wie Sie diese Frau anscheinend gegen ihren Willen hierhergebracht haben«, erwiderte sie und musterte die Blondine, deren Augen groß wie Mühlsteine wurden.

»Sie wollte zuerst nicht hören«, erklärte Vehling genervt. »Ihr Mann hat sie verprügelt, so schwer, dass sie ins Krankenhaus musste. Sie hat mich von dort aus angerufen und um Hilfe gebeten. Deshalb habe ich sie abgeholt. Aber plötzlich wollte sie zurück zu ihrem Mann und das habe ich verhindert. Zugegeben, vielleicht war ich ein wenig grob, doch in diesem Moment hatte ich keine andere Möglichkeit, damit sie wieder zur Vernunft kommt.«

Die Blondine nickte eifrig. »Nils hat mir nichts getan«, erklärte sie mit der Stimme eines Püppchens. »Aber es ist sehr nett, dass Sie sich Sorgen machen.« Sie setzte ein Zahnpastalächeln auf.

Laura konnte sich nicht erinnern, jemals in eine peinlichere Situation hineingeplatzt zu sein. Ihr wurde beinahe übel.

»Wir meditieren, damit es mir besser geht«, fügte die Blonde überflüssigerweise hinzu.

»Dürfte ich Sie kurz nach draußen bitten? Ich möchte gern unter vier Augen mit Ihnen sprechen«, sagte Laura.

Die Blonde blickte unsicher zu Nils Vehling. Als der nickte, stand sie auf und kam zur Tür.

Laura bat sie, ihr in die Eingangshalle zu folgen, und suchte dort eine Ecke, in der sie ungestört reden konnten.

»Geht es Ihnen wirklich gut?«, fragte sie und musterte die Frau aufmerksam.

»Ja. Nils hat nur versucht zu helfen. So ist er, wir können ihn jederzeit anrufen.«

»Verraten Sie mir Ihren Namen?«

»Linda Kaufmann.«

»Linda, Sie sollten sich nicht so behandeln lassen. Wenn Herr Vehling Sie gegen Ihren Willen hierhergebracht hat, sollten Sie erwägen, ihn anzuzeigen.« Laura sah in Lindas Blick, dass sie das niemals tun würde. Nicht Vehling und ihren Lebensgefährten vermutlich auch nicht. Sie seufzte unmerklich. Was stimmte nur nicht mit solchen Frauen? Warum ließen sie sich von diesen Kerlen drangsalieren?

»Wie gesagt, er wollte mir nur helfen. Ich wäre am liebsten gleich zurück zu Manfred, aber Nils hat ja recht. Das wäre dumm gewesen.« Abermals setzte sie ihr strahlendes Lächeln auf.

»Ich kann dafür sorgen, dass Sie in einem Frauenhaus unterkommen. Natürlich anonym. Niemand würde Sie finden und Sie könnten sich in Ruhe ein neues Leben aufbauen.«

Linda zuckte mit den Achseln. »Da war ich schon mal. Manfred hat mich irgendwann über meine Mutter gefunden und seitdem sind wir wieder zusammen. Ich komme einfach nicht von ihm los. Deshalb bin ich ja hier, bei Nils. Er hilft mir, mit der Situation klarzukommen.«

Laura drückte ihr eine Visitenkarte in die Hand. »Rufen Sie mich an, wenn Sie Hilfe brauchen.«

Linda nahm die Karte mit spitzen Fingern und verstaute sie in ihrer Hosentasche. Vermutlich würde sie dort bis zur nächsten Wäsche versauern und wäre anschließend nicht mehr lesbar. Laura hätte diese Frau am liebsten wachgerüttelt. Doch es war sinnlos. Sie sollte sich stattdessen auf Eva Hengstenberg konzentrieren.

Sie brachte Linda zurück zum Kursraum und wandte sich an Vehling.

»Scheint ja alles in bester Ordnung zu sein. Dann noch einen schönen Tag zusammen.« Sie machte kehrt und bemühte sich, nicht im Laufschritt aus dem Studio zu stürmen. Ihre Wangen glühten heißer als Lava.

»Warten Sie«, rief Nils Vehling ihr hinterher, als sie gerade den Ausgang erreichte.

Laura stöhnte leise und wandte sich um.

»Es tut mir leid, falls ich grob zu Linda war. Ich wollte ihr nur helfen«, erklärte Vehling und streckte die Hand nach ihr aus.

Laura machte unwillkürlich einen Schritt zurück.

»Erzählen Sie ihr das lieber. Es war nicht in Ordnung, wie Sie mit ihr umgegangen sind. Das wissen Sie hoffentlich?«

Vehling zuckte mit den Achseln. »Wenn ich noch irgendetwas für Sie tun kann, sagen Sie es bitte. Ich stehe wegen der Morde wirklich unter Schock. Normalerweise kann ich mich gut beherrschen, bloß als Linda vorhin zurück zu ihrem Mann wollte, wusste ich mir einfach keinen anderen Rat.«

»Falls Ihnen etwas einfällt, geben Sie Bescheid.« Sie ließ ihn in der Tür stehen und atmete auf dem Weg zu ihrem Wagen ein paarmal kräftig durch.

41

Marina strahlte ihn an und sein Herz begann sofort zu hüpfen.

»Möchtest du noch ein Stück Kuchen?«

Nach einer löchrigen Nacht hatte er am frühen Morgen eine ganze Stunde in der Küche zugebracht, weil sie ihm am Tag zuvor von Schokoladenkuchen vorgeschwärmt hatte. Er wusste selbst nicht, was in ihn gefahren war. Aber Marina ging ihm nicht aus dem Kopf. Er hatte sie sogar aus ihrem Zimmer gelassen, damit sie ihm Gesellschaft leistete. Ihm blieb bloß eine Stunde, danach musste er zurück zur Arbeit. Dort durfte er auf keinen Fall auffallen. Zugegeben, es gab auch einen weiteren Grund, warum er Marina nicht mehr einsperrte. Er wollte sie testen. Er musste unbedingt wissen, ob sie wegliefe, sobald sie die Gelegenheit bekam. Normalerweise wartete er vier oder fünf Nächte ab. Dann schlich er sich, während die Frau schlief, in das Zimmer und lockerte die Bodendiele. Nur ein wenig, aber genug, damit der Spalt sichtbar wurde. Die meisten Frauen entdeckten die Lücke nach ein paar Stunden. Es wäre sicherlich besser gewesen, einfach bis heute Nacht zu warten, doch seine Neugier ließ ihm keine Ruhe. Außerdem wollte er sich nicht in etwas verrennen, was am Ende gar nicht echt war. Sein oberster Grundsatz lautete, die Wahrheit herauszufinden und sich nicht täuschen zu lassen. Der Test mit den sorgfältig von ihm gefälschten Tagebucheinträgen hatte bisher nie versagt.

Als Kind hatte er miterlebt, was eine untreue Frau aus einem Mann machen konnte. Sein Vater war zum Schluss ein einziges Wrack gewesen und hatte erst seine Mutter und anschließend sich selbst erschossen. Auch er hatte in dieser Nacht sterben sollen, doch die Kugel hatte keines seiner Organe getroffen. Damals hatte er den Tod gespürt. Der starre, an die Zimmerdecke gerichtete Blick seiner Mutter hatte sich unauslöschlich in sein Hirn eingebrannt. Er konnte ihr feuchtes, klebriges Blut an seinen Knien fühlen, sobald er die Bilder wachrief. Blutüberströmt war er über ihren reglosen Körper gekrochen und hatte versucht, ihr nicht in die Augen zu sehen. Halb ohnmächtig war er auf sie gesunken. Ihr warmer Körper hatte ihn am Tod zweifeln lassen. Er rüttelte an ihr und schrie. Bis ihn nur noch ein Gedanke beherrschte: Er wollte mit ihr sterben. Doch dann hörte er plötzlich ihre Stimme wie aus weiter Ferne. Sie wollte, dass er aufstand und Hilfe holte. Er gehorchte und schaffte es mit Ach und Krach zum Telefon, wo er die Notfallnummer wählte. Danach wurde alles schwarz um ihn herum.

Erst eine Woche später kam er auf der Intensivstation wieder zu sich. In seinem Hals steckte der Schlauch einer Beatmungsmaschine. Er konnte nicht sprechen, nur blinzeln. Die mitleidigen Blicke der Krankenschwestern würde er sein Lebtag nicht vergessen. Seitdem hatte er sich zurück ins Leben gekämpft und sich eines vorgenommen: Das Schicksal seines Vaters würde er nicht wiederholen. Seine zukünftige Frau würde er auf Herz und Nieren prüfen und sie nicht aus den Augen lassen.

»Der Kuchen ist lecker.« Marina schlang ein ganzes Stück innerhalb weniger Sekunden hinunter. Für eine so schlanke Frau hatte sie wirklich einen gesunden Appetit.

Er lächelte und verscheuchte die schrecklichen Bilder.

»Nimm dir noch ein Stück und warte hier. Ich muss nur schnell etwas erledigen.« Er nickte ihr zu und schritt zur Tür.

»Warte«, rief Marina.

Er drehte sich um.

Ihr Blick hatte sich verändert.

»Ich wollte mich noch einmal dafür bedanken, dass ich meine Mutter anrufen durfte. Das hat mir wirklich viel bedeutet.« Ihr rumänischer Akzent entzückte ihn jedes Mal aufs Neue. Sie klang so höflich und unterwürfig, wie er es sich schon immer von einer Frau gewünscht hatte. In dieser Hinsicht war sie tatsächlich das genaue Gegenteil seiner Mutter, die seinen Vater ständig herumkommandiert hatte. Dass sie sich so um ihre Familie sorgte, sprach ebenfalls für sie. Das hätte er von einer Nutte nicht erwartet. Marina passte in so einigen Punkten nicht in das Bild, das er eigentlich von solchen Frauen hatte.

»Das ist doch selbstverständlich. Ich habe dir ja versprochen, ich kümmere mich um dich.«

Sie lächelte dankbar.

»Rühr dich nicht vom Fleck«, befahl er und hob zur Sicherheit den Zeigefinger. Er zog die Küchentür zu und schloss sie ab. Dann ging er nach oben in Marinas Zimmer. Vorsichtig löste er das Dielenbrett aus der

Verankerung. Er beförderte das Buch zutage und legte anschließend nur den Schlüssel zurück in den Hohlraum. Das Buch behielt er. Er wollte Marina nicht verstören. Sie hatte noch keine Strafe bekommen und begriff nicht, dass er sie gefangen hielt.

Er beschloss, nichts daran zu ändern. Vorerst.

42

Laura stand vor dem Whiteboard in ihrem Büro und kritzelte ein schiefes Fragezeichen darauf. Noch immer ärgerte sie sich über ihren Auftritt in Vehlings Yogastudio. Sie hatte überreagiert und sich bis auf die Knochen blamiert. Und warum das alles? Weil sie ihrem Instinkt gefolgt war. Natürlich war es richtig gewesen, sich um das Wohlbefinden von Linda Kaufmann zu sorgen. Dafür hätte sie jedoch nicht die verschlossene Tür mit einem Dietrich öffnen müssen. Im Nachhinein hätte sie ebenso gut erst einmal um das Gebäude laufen und durch die Fenster sehen können.

»Du konntest doch nicht wissen, dass die Situation am Ende so harmlos ausgeht«, sagte Max, als hätte er ihre Gedanken gelesen. »Jetzt mach dich nicht verrückt deswegen und lass uns nach vorn schauen. Ich hätte genauso gehandelt.«

Laura verzog das Gesicht. »Ich kann diesen Vehling nicht ausstehen, und es ärgert mich, dass ich ausgerechnet bei ihm einen derart törichten Fehler begangen habe.«

Max erhob sich von seinem Stuhl und legte den Arm um sie. »Du bist die beste Ermittlerin, die diese Abteilung zu bieten hat. Du vertraust nicht nur auf Fakten, sondern auch auf deinen Instinkt. Genau das hat schon sehr viele Menschen vor dem drohenden Tod gerettet. Und nur weil dein Instinkt dich einmal getäuscht hat, ist das kein Fehler. Ein Fehler wäre es gewesen, wenn du abgewartet hättest und Vehling die Frau in der Zwischenzeit krankenhausreif geprügelt hätte. Du wolltest helfen. Das ist völlig okay.«

Max' warme, vertraute Stimme tat ihr gut. Max war ihr Fels in der Brandung. Was würde sie bloß ohne ihn tun? Sie lächelte und fühlte sich gleich ein wenig besser.

»Vermutlich hast du recht«, lenkte sie ein und starrte wieder aufs Whiteboard. Sie hatte das Fragezeichen hinter Nils Vehlings Namen gesetzt.

»Vehling hat zwar kein Alibi, aber er besitzt auch kein nachvollziehbares Motiv. Warum sollte er ausgerechnet die Teilnehmerinnen seiner Kurse töten? Klar, sie wären für ihn leichte Opfer, doch sämtliche Spuren würden zugleich sofort zu ihm führen. Vehling ist nicht blöd. Er hat zwar von manchen Dingen seltsame Vorstellungen, doch das macht ihn noch lange nicht zum Täter.« Laura verstärkte das Fragezeichen hinter seinem Namen. »Andererseits hält er sich vielleicht auch für so klug, dass er sich sicher fühlt. Wir sollten ihn auf jeden Fall überwachen lassen.«

Max nickte. »Ich organisiere das. Immerhin wollte sich Nils Vehling sowohl mit Lena als auch mit Eva treffen, bevor sie entführt wurden. Das ist schon eigenartig. Möglicherweise hatte er mit Paula ebenfalls eine Verabredung. Falls er doch der Täter sein sollte, müssen wir hoffen, dass er einen Fehler begeht, und dürfen ihn ab sofort nicht mehr aus den Augen lassen. Langsam könnte es für Eva Hengstenberg kritisch werden, wenn sie überhaupt noch lebt.«

Laura kniff die Lippen zusammen. Sie hatten den Vormittag damit verbracht, die Überwachungsaufnahmen vom Supermarkt zu analysieren. Auch hier war der Täter mit seiner Schubkarre aufgetaucht und hatte den Leichnam von Paula Maaßen auf dem Müllplatz entsorgt. Die Aufnahme war bis auf das Opfer eine perfekte Kopie des ersten Überwachungsvideos. Dieselbe Uhrzeit, derselbe Täter mit identischer Kleidung und derselben Schubkarre. Von einem Auto war weit und breit nichts zu sehen. Davon durften sie sich allerdings nicht entmutigen lassen. Die Lösung lag möglicherweise genau vor ihnen, irgendwo in den Akten. Sie sahen sie nur nicht.

»Konzentrieren wir uns auf die Verbindung zwischen den Opfern«, sagte sie und tippte auf die vier Namen auf dem Whiteboard. »Sie alle besuchten das Yogastudio von Nils Vehling. Drei von ihnen litten unter häuslicher Gewalt durch den jeweiligen Lebensgefährten. Zwei arbeiteten als Prostituierte. Sie sind alle attraktiv und sind ungefähr im gleichen Alter. Wobei der Täter sich nicht auf äußerliche Merkmale wie Körpergröße oder Haarfarbe festgelegt hat. Ich gehe davon aus, dass er sie über einen längeren Zeitraum beobachtet, bevor er sie entführt.«

Max nickte. »Das sehe ich genauso. Sonst hätte er nicht gewusst, wann sie im Krankenhaus waren. Eigentlich muss der Täter irgendetwas mit dem Yogastudio zu tun haben. Dort haben alle Opfer einen gemeinsamen Berührungspunkt. Doch ich kann noch so oft darüber nachdenken, ich komme nicht drauf.«

Laura schüttelte den Kopf. »Ich auch nicht. Ich habe die Liste aller Mitarbeiter des Studios überprüft. Bis auf

Vehling handelt es sich ausschließlich um Frauen, und unser Täter ist, den Überwachungsaufnahmen nach zu urteilen, eindeutig männlich.«

Max seufzte. »Ich habe keine Ahnung, wie er die Frauen auswählt und warum. Wenn wir die Verdächtigen betrachten, erschließt sich mir kein eindeutiges Motiv. Erik Krüger hat keine Verbindung zu Tamara Abaza, jedenfalls keine, die wir kennen. Außerdem war er höchstwahrscheinlich zu Hause, als Paulas Leiche am Supermarkt abgelegt wurde.«

»Höchstwahrscheinlich«, betonte Laura. »Er hat unserem Kollegen in T-Shirt und Jeans geöffnet und wirkte zudem überhaupt nicht verschlafen. Es war weit nach Mitternacht.«

»Und was ist mit Milan Zapke?«, fragte Max.

Laura wollte gerade antworten, als die Bürotür aufflog. Simon stürzte mit geröteten Wangen herein.

»Ich habe etwas herausgefunden«, triumphierte er und winkte mit einem Computerausdruck in der Hand. »Das ist der Terminkalender von Tamara Abaza, dem ersten Opfer, und jetzt ratet mal, wer da mehrfach draufsteht.«

»Nils Vehling«, erwiderte Laura ein wenig enttäuscht. »Er hat es mir erzählt.«

Doch Simon schüttelte überrascht den Kopf. »Den habe ich nicht gefunden. Ich spreche von Milan Zapke, der hat sie offenbar wiederholt besucht.«

»Zapke?«, entfuhr es Laura. »Dann hat er seine Freundin nicht nur misshandelt, sondern auch noch betrogen. Aber vor allem würde das ja bedeuten, dass er ebenfalls alle vier Frauen kennt. Am besten, wir versuchen seine Nachbarin zu erreichen. Frau Kohlmeier hat bestimmt immer aufgeschrieben, wann er zu Hause war.« Sie sah zwischen Simon und Max hin und her. »Simon, hast du irgendwo seinen Wagen auf den Überwachungsvideos im Umkreis ausmachen können?«

Simon schüttelte missmutig den Kopf. »Bisher nicht, weder seinen noch einen anderen, der zu den infrage kommenden Zeitpunkten wiederholt auftaucht. Aber es fehlen die Bänder von drei Tankstellen. Die organisiere ich heute oder morgen. Ich kann mir jedoch nicht vorstellen, dass der Täter so dumm ist und in der Nähe des Fundortes oder Tatortes getankt hat.«

»Vermutlich nicht«, bestätigte Laura und wählte die Nummer von Frau Kohlmeier. Es klingelte und klingelte, doch niemand hob ab. Möglicherweise erledigte die alte Dame gerade ihre Einkäufe. Laura würde es später erneut probieren. Sie tigerte vor dem Whiteboard auf und ab. Ihre Gedanken kreisten um die Opfer. Die Gemeinsamkeiten schienen sie nicht weiterzubringen. Wie sah es mit den Unterschieden aus? Laura griff zum Hörer und rief Dennis Struck von der Spurensicherung an.

»Haben Sie sich die Erdspuren an den Füßen von Paula Maaßen schon vorgenommen?«, fragte sie und pochte dabei ungeduldig mit dem Stift gegen das Whiteboard.

»Das ist ja Gedankenübertragung. Ich wollte Sie gerade anrufen«, erwiderte Struck. »Das Labor hat eben den vorläufigen Bericht geschickt. Es handelt sich um Waldboden, der typisch für eine Mischung aus Kiefern und Eichen ist. In nächster Nähe zu Charlottenburg liegt der Grunewald und etwas weiter westlich der Königswald. Die Erde könnte von dort stammen.«

»Danke«, sagte Laura und legte auf. Sofort wanderte ihr Blick zur Karte neben dem Whiteboard. Sie kreiste die beiden Waldgebiete ein.

»Die Wälder sind tatsächlich ziemlich gut zu erreichen, wenn man in Charlottenburg wohnt«, erklärte sie grübelnd. »Paula Maaßen hatte als einziges Opfer schmutzige Schuhe und zerkratzte Beine. Vielleicht konnte sie fliehen, wurde aber vom Täter wieder eingefangen.«

»Das heißt, der Killer hält die Frauen womöglich mitten im Wald fest. Fragt sich nur, wo genau«, murmelte Max nachdenklich.

»Leider gibt es etliche Häuser und Hütten in dieser Gegend. Selbst wenn wir alles mit einer Drohne abfliegen würden, bräuchten wir dafür Wochen«, erklärte Simon.

»Sofern der Täter bei seinem bisherigen Schema bleibt, müssen wir damit rechnen, dass er Eva Hengstenberg nicht mehr lange am Leben lässt«, sagte Laura frustriert. »Keiner der drei Verdächtigen hat außer seiner Wohnung noch Immobilien.«

»Er hat doch bestimmt schon ein neues Opfer im Visier. Eine Streife soll regelmäßig bei den Yogakurs-Teilnehmerinnen vorbeischauen. Zudem muss das Rechercheteam ständig die Vermisstendatenbank auf junge, attraktive Frauen überprüfen, die in den letzten sieben Tagen gemeldet wurden.« Max griff zum Telefon.

Laura starrte weiter auf die Landkarte. »Wo zum Teufel versteckst du sie?«, murmelte sie und betrachtete das Waldgebiet, das sich hinter dem Teufelsberg erstreckte. Als Max sein Telefonat beendet hatte, wandte sie sich um.

»Wir sollten zu Zapke fahren. Ich will seine Reaktion sehen, wenn wir ihn nach seinem Alibi für gestern fragen. Hoffentlich ist Frau Kohlmeier inzwischen wieder zu Hause. Ich möchte wissen, ob der Kerl letzte Nacht unterwegs war.«

Max nickte und sie blickte zu Simon. »Was ist mit Paula Maaßen? Hast du auf ihrem Computer etwas gefunden?«

»Bisher nichts. Sie hat jedenfalls vor ihrem Verschwinden keine Nachrichten mit Nils Vehling ausgetauscht.«

»Kannst du mir die E-Mails von allen Opfern innerhalb der letzten zwei Wochen vor ihrer Entführung zur Verfügung stellen?«, fragte Laura, weil sie den Abend damit verbringen wollte, die Korrespondenz zu analysieren.

»Klar, das mache ich«, sagte Simon und verschwand aus ihrem Büro.

Max ergriff den Autoschlüssel und winkte sie mit sich. »Dann lass uns Milan Zapke einen Besuch abstatten.«

43

An einer roten Ampel hielt er und griff sofort zum Handy. Ein leiser Fluch entschlüpfte ihm, weil die Straßen so voll waren. Er kam viel zu langsam voran und konnte deshalb nur mit halbem Auge auf die Überwachungskamera schauen. Marina saß auf dem hellblauen Himmelbett und träumte vor sich hin. Manchmal lächelte sie.

»Sieh endlich nach unten«, murmelte er und fragte sich, ob er die Diele besser ein wenig mehr herausgezogen hätte. Vielleicht wurde sie gar nicht auf den Spalt aufmerksam. Die Ampel sprang auf Grün und er legte das Handy auf den Beifahrersitz. Dann gab er Gas und kämpfte sich durch die verstopften Straßen. Ausgerechnet heute schien der Verkehr besonders schleppend zu laufen. Er warf ungeduldig einen Blick auf die Uhr. Noch zwei Stunden bis zum Feierabend. Sein Herz klopfte hohl in der Brust. Was, wenn Marina wie die anderen abhauen wollte? Wenn sie den Schlüssel nahm und zur Haustür rannte? Sie würde nicht weit kommen. Genauso wenig wie Paula. Das Haus lag mitten im Wald.

Hektor würde sie aufspüren. Seine Nase war einfach unbezahlbar. Niemand konnte sich vor ihm verstecken.

Er bog links ab und fuhr in eine schmale Seitenstraße. Eigentlich musste er noch arbeiten, doch jetzt war es Zeit für eine kurze Pause. Am Ende der Straße wohnte Helene. Er mochte ihren Namen. Falls es mit Marina nicht klappte, war sie für ihn die richtige Wahl. Er hatte gelernt, vorausschauend zu denken und sich niemals nur auf eine Option zu verlassen. Vorsichtig lenkte er den Wagen an den Straßenrand und parkte ein ganzes Stück entfernt. Bevor er es wagte, auszusteigen, sah er sich ausgiebig um. Als er sicher war, dass ihn niemand beobachtete, verließ er den Wagen. Neugierige Nachbarn kannte er nur zu gut. Sie hingen den halben Tag am Fenster und registrierten jede Bewegung. Sobald etwas Unerwartetes geschah, schlugen sie Alarm. Er konnte damit umgehen. Niemals lauerte er unmittelbar vor einem Haus. Er kundschaftete Stellen aus, auf die niemand achtete. Bei Helene war es eine dichte Hecke gegenüber. Es war das perfekte Versteck. Wie immer hatte er von hier aus alles im Blick. Selbst wenn jemand vorbeiging, bemerkte er ihn nicht, denn er hockte zwischen den Blättern und verhielt sich mucksmäuschenstill. Neugierig holte er seinen Feldstecher heraus. Helene arbeitete vormittags in einer Grundschule. Sie konnte wunderbar mit Kindern umgehen, davon hatte er sich mehrfach überzeugt. Sie gäbe eine ausgezeichnete Mutter für seine Kinder ab. Zudem gehörte Helene zu den hilfsbereitesten Menschen, die er kannte. Beinahe jeden Tag half sie einem älteren Mann, der in ihrem Hausaufgang im Erdgeschoss wohnte. Sie goss seine Blumen, holte die Post aus dem Briefkasten und manchmal kaufte sie sogar für ihn ein. Er zoomte Helene dichter heran. Ihre hellbraunen Locken fielen weich auf die Schultern. Ihr schmaler, langer Hals und der feste Busen ließen ihn nach Luft schnappen. Zwischen seinen Beinen brannte die Lust. Helene drehte sich wie ein kleines Mädchen nur in Slip und BH vor dem Spiegel in ihrem Schlafzimmer. Sie zog sich jeden Tag um, wenn sie von der Arbeit kam. Er liebte dieses Ritual. Hastig öffnete er den Reißverschluss seiner Hose. Es gab nicht viele Frauen, bei denen er so leicht in Erregung versetzt wurde und es bis zum Ende durchhielt. Helene löste den Verschluss ihres BHs. Er stöhnte leise und biss sich verzweifelt auf die Unterlippe. Es war wichtig, dass ihn keiner hörte. Sie drehte sich mit ihren kecken Brüsten zu ihm herum, als wollte sie mit ihm spielen. Er beschleunigte seine Bewegungen und schloss im letzten Moment den Reißverschluss. Die Spurensicherung der Polizei durfte nichts finden, erst recht keine DNS. Helene zog einen Sport-BH an. Gleich würde sie joggen gehen. Sie nahm immer denselben Weg. Er hatte bereits die Stelle festgelegt, an der er sie schnappen würde. Er freute sich darauf, doch jetzt musste er wieder an die Arbeit. Sein Handy hatte schon zweimal in der Tasche vibriert. Er seufzte und warf Helene einen langen sehnsüchtigen Blick zu. Dann kroch er zwischen den Blättern hervor und ging zügig zurück zu seinem Wagen.

44

Frau Kohlmeier ging nicht ans Telefon. Ein Handy besaß die alte Frau nicht. Laura seufzte und legte auf. Max steuerte den Wagen auf das Mietshaus zu und parkte direkt davor.

»Milan Zapkes Auto ist nicht da«, bemerkte Laura und stieg aus. Sie blickte auf die Uhr. »Mist. Wir sind vermutlich zu früh dran. Wahrscheinlich arbeitet er noch.«

Max überholte sie und schritt zügig zur Haustür. Dort klingelte er bei Zapke. Als niemand öffnete, versuchte er es bei Frau Kohlmeier.

»Na toll«, brummte er, nachdem er es ein weiteres Mal probiert hatte. »Es scheint wirklich keiner zu Hause zu sein.«

Laura drängte sich an Max vorbei und drückte mehrere Klingelknöpfe zugleich.

»Was machst du?«

»Ich will hier rein. Ist doch merkwürdig, dass Frau Kohlmeier nicht aufmacht.« Laura verspürte ein ungutes Gefühl in der Magengegend. Alte Leute änderten ihre

Gewohnheiten nicht einfach und Frau Kohlmeier verbrachte den größten Teil des Tages zu Hause. Sie hatte es an ihren Aufzeichnungen gesehen. Die Frau saß anscheinend täglich mehrere Stunden am Küchenfenster.

»Hallo?«, knarzte eine Stimme aus dem Lautsprecher.

Noch bevor Laura antworten konnte, summte der Türöffner. Hastig drückte sie die Tür auf und lief die Treppe hinauf. An der Wohnungstür von Milan Zapke und Lena Reimann blieb sie stehen und klopfte. Sie presste das Ohr an die Tür, vernahm jedoch keine Geräusche von innen.

»Der ist nicht da«, flüsterte sie und nahm die Treppe ins nächste Geschoss. Max folgte ihr.

»Wollen Sie zu mir?« Ein ergrauter Mann mit Krückstock versperrte den Treppenabsatz zu Frau Kohlmeiers Wohnung. Er musterte sie kritisch durch seine dicke Hornbrille.

»Guten Tag«, sagte Laura freundlich und stellte sich und Max vor. »Wir kommen vom Landeskriminalamt und sind auf der Suche nach Frau Kohlmeier.«

»Sie sind von der Polizei und wissen nicht, wo sie ist?« Der Alte kniff die Augen zusammen und baute sich so auf dem Treppenabsatz auf, als wolle er ihn mit allen Mitteln verteidigen.

»Wissen Sie denn, wo sie ist?«, fragte Max noch einmal so freundlich.

Der Alte hob die knochige Hand. »Wären Sie tatsächlich von der Polizei, wüssten Sie es auch«, rief er heiser.

Laura zückte ihren Dienstausweis. »Schauen Sie sich den Ausweis in Ruhe an und wählen Sie notfalls bitte die angegebene Nummer auf der Rückseite. Dort wird man Ihnen die Richtigkeit bestätigen.«

. . .

»Was wollen Sie von Elise?«, brummte er, nachdem er einen Blick auf den Ausweis geworfen hatte.

»Wir haben ein paar Fragen an sie.«

»Sie sind bestimmt wegen Lena hier, richtig? Der Zapke hat sie auf dem Gewissen. Das weiß doch jeder. Der hat die arme Frau geschlagen. Einmal habe ich geklingelt und ihm anständig die Meinung gegeigt.« Der Krückstock schwang drohend in die Höhe. »Solche Mistkerle gehören hinter Gitter.«

»Wir ermitteln in jede Richtung«, erklärte Laura und nahm die nächste Stufe. »Deshalb müssen wir dringend mit Frau Kohlmeier sprechen, oder haben Sie heute Nacht vielleicht mitbekommen, ob Milan Zapke das Haus verlassen hat?«

»Tut mir leid. Ich habe Fernsehen geschaut. Elise kann es auch nicht gesehen haben, weil sie im Krankenhaus liegt.«

»Du liebe Güte«, erwiderte Laura. »Was ist denn geschehen?«

Der Alte beugte sich ein Stück zu ihr herunter. »Jemand hat sie die Treppe hinuntergestoßen«, zischte er empört. »Hier sind Gauner unterwegs. Die sollten Sie mal festnehmen.«

»Das ist ja schrecklich. Wann ist das passiert?«, fragte Laura.

»Gestern Vormittag. Elise wollte einkaufen gehen. Ich weiß das, weil sie ihren Beutel dabeihatte. Ich saß in der Küche und las gerade die Zeitung, als ich ein fürchterliches Poltern hörte. Natürlich bin ich sofort ins Treppenhaus gestürmt und da lag sie ...« Der Alte verzog schmerzlich das Gesicht und zeigte auf eine Stufe unter ihnen. Mit dünner Stimme fuhr er fort: »Sie blutete im Gesicht. Ich bin auf der Stelle zurück zum Telefon und habe den Krankenwagen gerufen. Dann bin ich zu ihr. Sie war kaum bei Bewusstsein, aber sie atmete. Ich habe ihre Hand gehalten, bis die Notärztin hier war.« Er wischte sich eine Träne von der Wange. »Ich hoffe, sie übersteht es.«

»Das tut mir wirklich leid«, murmelte Laura entsetzt. »Woher wollen Sie wissen, dass jemand Frau Kohlmeier gestoßen hat? Sind Sie da sicher?«

Der Mann nickte entschieden. »Ich habe die Haustür knallen hören. Jemand hat sie gestoßen und ist dann abgehauen.«

Merkwürdiger Zufall, schoss es Laura durch den Kopf. Milan Zapke wusste ganz genau, dass sie Elise Kohlmeier besucht hatte. Seine verfluchte Kamera im Flur zeichnete alles auf. Hatte er die alte Dame die Treppe hinuntergestoßen, um eine lästige Zeugin loszu werden? Sie warf Max einen fragenden Blick zu.

Der schien ähnliche Überlegungen anzustellen, denn er fragte: »Haben Sie eine Ahnung, wer das gewesen sein könnte? Jemand aus dem Haus?«

Doch der Alte schüttelte den Kopf. »Wenn ich das wüsste, würde ich mir denjenigen persönlich vorknöpfen.«

»Wir finden den Täter«, beruhigte ihn Laura und drückte dem Mann ihre Visitenkarte in die Hand. »Rufen Sie an, falls es Neuigkeiten gibt oder Ihnen etwas zu Lena Reimann einfällt.«

Als sie wieder im Wagen saßen, bat Laura Max darum, zum Krankenhaus zu fahren. Max gab Gas.

»Dieser Milan Zapke hat sich auf Nummer eins der Verdächtigen katapultiert«, verkündete er, während er mit viel zu hoher Geschwindigkeit über eine gelbe Ampel brauste. »Er kennt alle Opfer, hat Zugriff auf Zyankali und möglicherweise eine wichtige Zeugin ausgeschaltet, nachdem sie sein Alibi zunichtegemacht hat.«

Besser hätte Laura es nicht auf den Punkt bringen können. »Wir müssen den Mann unter Beobachtung stellen.«

Max schüttelte den Kopf. »Wir sollten ihn festnehmen und durch die Mangel drehen. Alleine für die Nummer mit der Kohlmeier würde er in den Bau wandern.«

»Mir wäre es lieber, er läuft noch ein bisschen frei rum und führt uns zu seinem Versteck.«

»Stimmt vermutlich. Trotzdem möchte ich diesen Mistkerl am liebsten sofort festnehmen«, brummte Max und bog auf den Parkplatz des Krankenhauses ab. Frau Kohlmeier war in dieselbe Klinik eingeliefert worden, in der Dr. Gebauer arbeitete.

Laura grinste beim Aussteigen. Normalerweise war sie diejenige, die nicht sonderlich viel Geduld zeigte. Dieser Fall schien Max echt an die Nieren zu gehen. Sie näherten sich mit eiligen Schritten dem Eingang. Kaum hatten sich die gläsernen Automatiktüren geöffnet, entdeckte Laura Dr. Gebauer, die aus der Notaufnahme kam. Sie trug keinen Kittel und wirkte völlig erschöpft. Sie schien nach einem langen Arbeitstag auf dem Weg nach Hause zu sein. Laura ging auf die Ärztin zu und grüßte sie.

»Haben Sie den Täter gefasst?«, fragte Dr. Gebauer und schüttelte auch Max die Hand.

»Wir sind hoffentlich kurz davor«, erwiderte Laura. »Gestern Vormittag wurde eine Frau Kohlmeier eingeliefert. Sie ist die Treppe hinuntergestürzt und eine wichtige Zeugin für uns.«

Dr. Gebauer überlegte. »Ich habe eigentlich Feierabend, aber für Sie schaue ich mal kurz nach. Gestern war wieder so viel los, dass ich mich auf Anhieb nicht erinnern kann.« Sie eilte hinüber hinter den Empfangstresen und suchte dort im Computer nach dem Namen.

Sie scrollte durch ein paar Datensätze, bis sie die Patientin gefunden hatte. »Kommen Sie, vielleicht ist sie inzwischen aufgewacht. Wir haben ihr ein Beruhigungsmittel verabreicht, damit sie die erste Nacht übersteht. Die Wirkung sollte jedoch langsam ausschleichen.«

Die Ärztin führte sie durch einen langen Flur in ein Patientenzimmer mit drei Betten und blieb gleich vor dem ersten stehen. »Frau Kohlmeier?«, fragte sie leise und berührte sanft den Arm der alten Frau.

Elise Kohlmeier reagierte nicht. Sie sah fürchterlich aus. In ihrem Gesicht hatten sich dunkelrote bis bläuliche Schwellungen gebildet. Ihre Unterlippe war aufgesprungen. Über der Stirn lag ein dicker Verband. Der rechte Arm war bandagiert. Unter der Bettdecke lugte ein eingegipster Fuß heraus.

»Sie ist leider noch nicht wach. Versuchen Sie es morgen früh wieder. Dann ist sie hoffentlich ansprechbar.« Dr. Gebauer wandte sich ab, doch Laura hielt sie auf.

»Konnten Sie feststellen, ob Frau Kohlmeier gestürzt ist oder ob sie jemand gestoßen hat?«

»Ich weiß es nicht. Aber schauen Sie hier.« Dr. Gebauer zog die Bettdecke zurück. »An der Innenseite ihrer Hände finden sich Reibungsverbrennungen. Diese könnten entstanden sein, als sie versucht hat, sich am Treppengeländer festzuhalten. Das könnte sowohl bei einem normalen Sturz, aber auch bei Fremdeinwirkung passiert sein.« Sie drehte Frau Kohlmeiers linke Handfläche nach außen, sodass Laura und Max einen Blick darauf werfen konnten.

»Wir schicken unseren Rechtsmediziner zu ihr. Er soll diese Verletzungen aufnehmen«, sagte Laura. »Könnten Sie uns Bescheid geben, sobald Frau Kohlmeier wieder ansprechbar ist? Wir müssen unbedingt herausfinden, ob ihr jemand etwas angetan hat.«

»Natürlich. Ich informiere die zuständige Schwester. Sie wird Sie anrufen.« Dr. Gebauer lächelte müde. »Ich muss wirklich Feierabend machen und eine Runde schlafen.«

Laura und Max bedankten sich bei der Oberärztin und verließen das Krankenhaus.

»Wenn du mich fragst, spricht alles dafür, dass Zapke die arme Kohlmeier so zugerichtet hat. Wir fahren jetzt zur Apotheke und schnappen uns den Kerl«, beschloss Max, als sie wieder im Auto saßen.

45

Je länger er auf das Display starrte, desto größer wurde sein schlechtes Gewissen. Marina machte nicht die leisesten Anstalten, nach einem Ausweg zu suchen. Ganz im Gegenteil. Sie hatte ihr Bett frisch aufgeschüttelt, sie hatte sich hübsch gemacht, die Haare zu entzückenden Zöpfen geflochten und jetzt saß sie wieder auf dem Bett und schien auf ihn zu warten. Sie blickte häufig zur Tür. Einmal hatte sie sogar geseufzt. Er spürte immer noch die tiefe Befriedigung, die ihm Helene verschafft hatte. Doch das wunderbare Gefühl trübte sich merklich. Er fühlte sich wie einer dieser elenden Fremdgänger. Genauso war es gewesen. Er hatte sich von seinem Testosteronspiegel in die Irre führen lassen. Vielleicht lag es daran, dass er zu viel Achtung vor Marina hatte. Irgendwo musste er den Druck schließlich ablassen. Aber es passte nicht in sein Weltbild. Er wollte eine treue Ehefrau, also sollte er auch ein treuer Gatte sein. Er schämte sich.

»Die Lieferung kann raus.«

Er stöhnte und steckte sein Handy weg. Es gab heute

viel für ihn zu tun.

»Ich komme«, rief er wenig begeistert und schlurfte nach vorn.

»Das muss sofort zu Frau Karmann. Los, sie braucht die Medikamente dringend.« Der Tonfall seines Chefs ließ keinen Zweifel daran, was er von seinem mangelnden Arbeitseinsatz hielt. Dabei sollte der alte Mann sich selbst mal ansehen. Er hatte keine Frau, keine Kinder, bloß ihn und noch ein paar Angestellte. Er lebte nur für den Laden und er würde für ihn sterben. Was für einen Sinn sollte das haben? Er hatte viel über den Sinn des Lebens nachgedacht. Ihm ging es darum, sich fortzupflanzen. Eine perfekte Nachkommenschaft zu produzieren, die Intelligenz mit gutem Aussehen kombinierte und dadurch in allen Situationen überlebensfähig war. Auch in tausend Jahren sollte ein Teil von ihm noch existieren.

»Beeil dich«, mahnte der Apotheker und drückte ihm die Lieferung in die Hand.

Er nahm sie entgegen.

»Okay, okay«, nuschelte er und trollte sich. Doch gerade als er die Klinke herunterdrücken wollte, sah er sie. Ihm blieb vor Schreck beinahe das Herz stehen. Panisch überlegte er, was er jetzt tun sollte. Der Mann und die Frau näherten sich mit schnellen Schritten.

»Ich muss noch mal wohin. Bis später«, sagte er und eilte zurück ins Lager und von dort aus zum Hinterausgang.

»Ich gehe hinten raus«, rief er und rannte zum Wagen. Mit einem Sprung saß er auf dem Fahrersitz und atmete erst mal tief durch. Das war knapp. Was suchten diese dämlichen Polizisten denn schon wieder hier? Waren sie etwa auf Beweismaterial gestoßen? Er dachte krampfhaft nach. Aber er war sich keines Fehlers bewusst. An den Leichen konnten sie nichts von ihm finden, darauf hatte er geachtet. Oder etwa doch nicht? Die Sorge waberte wie ein Gift durch seine Adern. Er fühlte, wie ihm mulmig wurde. Er musste erst mal hier weg. Mit zittrigen Fingern startete er den Motor und brauste davon. Das ist alles nur Routine, versuchte er sich zu beruhigen. Wenn die Bullen etwas gegen ihn in der Hand hätten, wären sie nicht nur zu zweit gekommen. Und auch nicht in Zivil. Sie hätten ihn in Uniform und mit Blaulicht abgeholt. Vielleicht sogar mit vorgehaltener Knarre. Schließlich war er nicht ungefährlich. Er atmete durch. Seine Handflächen begannen zu schwitzen. Seine Gedanken kreisten um die toten Mädchen. Hatte er wirklich nichts falsch gemacht? Verdammt! Wütend schlug er mit der Faust auf das Lenkrad. Am liebsten würde er jetzt abhauen, doch dann hätten sie ihn. Er musste ganz normal weitermachen. Unverdächtig wirken. Harmlos.

Verdammt! Verdammt! Verdammt!

Warum legten sie die Fälle nicht einfach ad acta? Wen kümmerten zwei tote Huren? Die gab es wie Sand am Meer, und sie waren nichts wert, das hatte er aus eigener Erfahrung gelernt. Und die anderen beiden? Auch wenn die keine Nutten waren, so wussten sie genauso wenig, was gut für sie war. Diese Frauen würden sich früher oder später sowieso selbst zerstören. Es war nicht schade um sie. Eva hatte sich am Ende auch nicht als klüger erwiesen. Sie hockte noch im Keller und brauchte eigentlich Wasser und etwas zu essen. Ach was, sollte die dumme Gans doch da unten verrecken. Sie wollte ihn nicht und er umgekehrt auch nicht mehr. Wenn er richtig drüber nachdachte, war Helene sogar viel reizvoller. Und Marina? Bisher hatte er sie nicht angerührt. Sie kam ihm zu jung und zerbrechlich vor. Er war ja kein Kinderschänder. War sie wirklich schon achtzehn? Egal. Jetzt musste er erst mal zusehen, dass die Polizisten wieder abzogen.

46

Das Glöckchen über der Tür klingelte wieder, als Laura und Max die Apotheke betraten, und lockte sofort den Apotheker hervor. Sie waren die einzigen Kunden, doch sobald er sie erkannte, verschwand das Lächeln auf seinen Lippen.

»Sie schon wieder?«, fragte er und fuhr sich mit der Hand durch das schüttere Haar. »Wir haben seit Ihrem letzten Besuch kein Zyankali verkauft.«

»Deswegen sind wir nicht hier«, entgegnete Max. »Wir sind auf der Suche nach Milan Zapke.«

Die Augen des Apothekers weiteten sich. »Wegen seiner Partnerin?« Offensichtlich war er froh, dass es nicht um seine Lieferungen ging. Er brachte sogar ein Lächeln zustande. »Herr Zapke ist gerade raus. Er muss noch zwei Lieferungen ausfahren. Heute ist wirklich die Hölle los. Es scheint fast so, als seien die Menschen plötzlich zu bequem, um hierherzukommen. Wenn das so weitergeht, muss ich Gebühren verlangen.«

»Hat Milan Zapke gestern gearbeitet?«, wollte Laura wissen.

»Ja, er hat kurz nach neun angefangen.«

Laura überschlug die Zeit. Er hätte durchaus die Gelegenheit gehabt und Frau Kohlmeier vorher die Treppe hinunterschubsen können.

»Wann hat er heute Feierabend?«, fragte sie und sah sich in der Apotheke um.

Der Apotheker blickte auf die Uhr, die über der Tür hinter ihm hing.

Laura folgte seinem Blick.

»In einer Stunde. Es sei denn, es kommen noch dringende Bestellungen rein«, erwiderte der Apotheker.

Laura hörte nur mit halbem Ohr hin. Die Tür unter der Uhr war offen. Daneben stand ein Schrank, den sie nur von der Seite sehen konnte. Daran war eine Hakenleiste befestigt, an der verschiedene Schlüssel hingen. In Lauras Kopf ratterte es. Eine flüchtige Erinnerung tauchte auf und drohte sofort wieder zu verschwinden. Der Apotheker redete unaufhörlich weiter. Max stellte eine Frage, doch Laura blendete sie aus und forschte in ihrem Gedächtnis. Erst als eine Mitarbeiterin plötzlich in der schmalen Türöffnung erschien und an die Schlüssel stieß, machte es bei Laura klick.

»Frau Krause ruft gerade an. Sie wartet dringend auf ihre Medikamente«, maulte die Frau. »Ist die Lieferung nicht unterwegs?«

Der Apotheker nickte und schickte sie mit einem kurzen Wink wieder hinaus. Die Mitarbeiterin drehte sich um und berührte abermals mit der Schulter die Schlüssel.

Genau in diesem Moment sah Laura den Schlüssel vor sich, der von der Spurensicherung am Fundort von Paula Maaßens Leichnam sichergestellt worden war.

»Kennen Sie zufällig diesen Schlüssel?«, fragte Laura und öffnete ihre Fotos auf dem Smartphone.

»Mmh.« Der Apotheker schob seine Brille den Nasenrücken hinauf und betrachtete die Aufnahme intensiv. Dann wandte er sich um und ging zu der Schlüsselleiste an dem Schrank. »Manche Kunden, die wir häufiger beliefern, händigen uns ihre Schlüssel zu ihrem Lagerraum aus. Das Foto ist leider unscharf. Ich kann die Nummer nicht erkennen.« Er schaute eine Weile auf das Foto und schüttelte den Kopf. »Ich kenne diesen Schlüssel nicht.«

»Danke«, erwiderte Laura ein wenig enttäuscht. Vielleicht würde sie später noch einmal mit dem Originalbeweisstück vorbeikommen. »Wir warten im Wagen, bis Herr Zapke von seiner Tour zurückkehrt«, erklärte sie und verließ mit Max die Apotheke.

Als sie wieder im Auto saßen, rief Laura die Streife an, die Erik Krüger überwachte. Sie wollte keine mögliche Spur vernachlässigen.

»Der ist mit dem Rettungswagen unterwegs. Wir folgen ihm mit reichlich Abstand. Hat gerade eine längere Pause in einer Seitenstraße gemacht und ist jetzt auf dem Weg zum Krankenhaus.«

Laura bedankte sich und informierte sich bei der anderen Streife über Nils Vehling. Der war anscheinend seit Stunden im Yogastudio tätig, denn sein Wagen parkte die ganze Zeit davor.

»Ich glaube, wir haben die Situation wieder besser unter Kontrolle«, stellte Max fest. »Früher oder später sollte sich einer der drei Verdächtigen auf den Weg zu seinem Opfer machen.«

Lauras Handy klingelte.

Martina Flemming vom Rechercheteam meldete sich.

»Wir haben anhand der Kalendereinträge und E-Mails die Freier von Tamara Abaza und Paula Maaßen abgeglichen. Es gibt keine Übereinstimmungen, das heißt, keiner ging zu beiden Prostituierten. Ich kann nur bestätigen, dass Milan Zapke häufig bei Tamara Abaza war. Einen Hinweis auf Nils Vehling konnten wir nicht finden, vermutlich lief das bar oder nebenher.«

»Können Sie mir eine Aufstellung von Gebäuden, Waldhütten oder sonstigen Unterschlüpfen in den Waldgebieten Grunewald und Königswald zukommen lassen?«

»Die wird höchstwahrscheinlich nicht vollständig werden. Dafür gibt es keine Datenbank und auch über das Grundbuch können wir das nicht herausfinden. Aber ich schaue mich überall um und suche alle relevanten Informationen heraus. Dazu muss ich Satellitenaufnahmen auswerten und, wenn ich rankomme, Strom- und Wasserabrechnungen.«

»Tun Sie das und vielen Dank für die Mühen«, erwiderte Laura und knabberte nachdenklich an ihrer Unterlippe, als sie aufgelegt hatte.

»Da kommt er«, stieß Max aus und riss Laura aus ihren Gedanken.

Tatsächlich näherte sich Milan Zapkes Wagen und fuhr direkt an ihnen vorbei. Er hielt dicht vor dem Eingang, stieg aus und schlurfte gelangweilt auf die Apotheke zu. Noch bevor er die Tür öffnen konnte, sprang Max aus dem Auto und rief nach ihm.

»Herr Zapke, wir haben ein paar Fragen an Sie. Kommen Sie bitte einmal zu uns herüber.«

Milan Zapke blieb stehen und drehte sich mit versteinerter Miene um.

Für einen Moment glaubte Laura, er würde abhauen wollen, aber dann schritt er langsam auf sie zu.

»Ich habe Ihnen doch schon alles erklärt«, brummte er, ohne überhaupt zu fragen, worum es ging. »Ich habe Lena nicht ins Krankenhaus gefahren. Keine Ahnung, was die alte Kohlmeier da gesehen haben will.« Er schob die Hände in die Hosentaschen und schaute sie an wie ein uneinsichtiger Teenager.

»Wo waren Sie gestern Vormittag?«, fragte Laura, obwohl sie die Antwort bereits kannte.

»Arbeiten. Wo denn sonst?« Zapke musterte sie ein wenig hochmütig. »Fragen Sie meinen Chef, der kann das bestätigen.«

»Frau Kohlmeier wurde gegen acht Uhr morgens die Treppe hinuntergestoßen«, erklärte Max und baute sich vor Zapke auf.

Dieser wich sofort einen Schritt zurück.

»Na, hören Sie mal, was wollen Sie mir denn jetzt schon wieder unterstellen?«

»Sie könnten uns helfen, indem Sie uns Ihre Kameraaufnahmen zur Verfügung stellen. Dann können wir sehen, was mit Frau Kohlmeier passiert ist«, schlug Laura vor.

Zapke warf ihr einen Blick zu, als wäre sie nicht zurechnungsfähig. »Ich habe nie behauptet, dass die Kamera Aufzeichnungen anfertigt. Sie können live beobachten oder gar nicht.«

»Sie können uns also nicht sagen, was passiert ist?«, stellte Max fest, und Zapke schüttelte energisch den Kopf.

»Sie haben aber sicherlich mitbekommen, wie sie gestürzt ist, oder? Der Lärm muss sehr laut gewesen sein«, setzte Laura nach.

»Hören Sie, ich habe nichts gehört. Außerdem wohnt sie oben. Wie hätte ich da etwas mitkriegen sollen?«

»Das heißt, Sie haben auch den Rettungswagen nicht gehört, der mit Blaulicht unter Ihrem Küchenfenster vorgefahren ist?«

Milan Zapkes Gesichtsfarbe änderte sich leicht. Er funkelte Max und Laura böse an.

»Warum verhaften Sie mich nicht einfach?«

Max tat einen Schritt auf ihn zu, doch Laura hielt ihn unauffällig zurück. Sie wollte Zapke nicht festnehmen. Es nützte keinem, wenn er die nächsten vierundzwanzig Stunden hinter Gittern saß. Sie beschloss eine andere Strategie.

»Wir können Sie ohne Beweise nicht verhaften. Das wissen Sie bestimmt. Sofern Sie es nicht waren, können Sie uns helfen, den Täter zu fassen. Sie kannten das Leben Ihrer Freundin in- und auswendig. Da ist Ihnen doch sicherlich etwas aufgefallen. Etwas, was Sie momentan vielleicht als unwichtig einschätzen. Bei nochmaligem Nachdenken kommt es Ihnen womöglich ungewöhnlich vor. Also tun Sie uns den Gefallen und denken Sie nach. Bitte.« Laura bemühte sich darum, freundlich zu klingen. Wenn Zapke sich in Sicherheit fühlte, beging er hoffentlich einen Fehler.

Tatsächlich schienen ihre Worte zu wirken, denn seine Gesichtszüge entspannten sich.

»Verstehe«, murmelte er und lächelte schief. »Ich könnte die letzten Wochen noch einmal in Gedanken durchgehen und mich dann bei Ihnen melden.«

»Das wäre nett«, sagte Laura und zog Max zurück zum Wagen. »Wir sehen uns.«

47

Eva fummelte am Schloss der Kellertür herum. Ohne den Zeigefinger gebrauchen zu können, ging es umso beschwerlicher. Im Fernsehen hatte sie einmal gesehen, wie ein Krimineller eine Tür mit einer Haarnadel aufbekam. Doch der hatte nicht im Dunkeln gehockt. Auch wenn sie durch das Schlüsselloch blickte, sah sie nichts als Schwärze. Irgendwann, nachdem sie eingeschlafen war, musste das Licht ausgegangen sein. Hätte sie bloß nicht versucht abzuhauen. Dann säße sie jetzt bestimmt an einer gedeckten Tafel und nicht in diesem kalten, dunklen Kellerloch. Aber nun war es zu spät. Immerhin hatte er ihr die Handschellen nicht wieder angelegt. Doch was nutzte es ihr? Die Kellertür konnte sie genauso wenig bezwingen. Sie war so massiv, dass sie nicht die geringste Chance hatte. Unzählige Male hatte sie mit aller Kraft dagegengetreten. Das Holz hatte keinen Millimeter nachgegeben. Die Haarnadel war ihre einzige Chance. Eva wusste jedoch nicht, wie so ein Schloss aufgebaut war. Sie hatte den kompletten Kellerboden abgetastet. Da war nichts anderes, was ihr helfen könnte. Immerhin hatte sie eine Glasflasche entdeckt. Sobald der Kerl zurückkäme, würde sie versuchen, ihn damit zu erwischen. Doch er schien sie hier zum Sterben zurückgelassen zu haben. Das Brot hatte sie längst aufgegessen und den letzten Schluck Wasser vor Stunden getrunken. Die Zunge lag wie ein ausgetrockneter Lappen in ihrem Mund. Wie lange konnte sie das noch durchhalten? Verzweifelt steckte sie die Nadel wieder in das Schloss und drehte sie links herum, bis sie auf einen Widerstand stieß. Sie drückte dagegen, so fest sie konnte. Es bewegte sich nichts.

Entmutigt glitt sie zu Boden und ruhte sich ein wenig aus. Ihre Finger schmerzten schrecklich.

Zumindest hatte sie heute kein Fieber mehr. Daran würde sie also nicht sterben.

48

Martina Flemming wirkte schüchtern wie immer. Sie legte Laura einen Stapel Satellitenbilder auf den Schreibtisch.

»Wir haben Gebäude, Ruinen, einen Campingplatz und ein paar Waldhütten in den beiden Waldgebieten lokalisiert und außerdem die einschlägigen Immobilienbörsen und bekannten Makler nach zum Verkauf stehenden Objekten durchforstet. Die Häuser, die schon länger leer stehen, liegen oben auf dem Stapel. Dort tauchen vermutlich nicht sehr häufig Interessenten auf, die den Täter stören könnten.«

»Gute Idee«, lobte Laura und studierte die Bilder. Alle Gebäude lagen in direkter Nähe zum Wald oder mitten darin. Sie stellte sich vor, wie Paula Maaßen aus einem dieser Häuser geflüchtet sein könnte. Allein, desorientiert, umgeben von hohen dunklen Bäumen. Laut Obduktion hatte sie sich die Kratzer an den Beinen unmittelbar vor ihrem Tod zugezogen. Sie war um ihr Leben gerannt. Doch der Täter hatte sie wieder eingefangen und vergiftet. Paula Maaßen verstarb zwischen elf Uhr abends und sechs Uhr morgens. Sie lag zuerst auf dem Bauch und erst in der nächsten Nacht brachte der Täter sie zum Supermarkt. Dort legte er sie auf dem Rücken ab. Die Verlagerung der Totenflecke hatte dem Rechtsmediziner gute Anhaltspunkte geliefert. Außerdem wurden an der Leiche dunkle Hundehaare gefunden, die aller Wahrscheinlichkeit nach von einem Schäferhund stammten.

Sie suchten also nach einem Gebäude, das offenbar von einem Hund bewacht wurde. Laura blätterte durch die Aufnahmen und versuchte, sich einen Überblick zu verschaffen. Vor ihr lagen Informationen zu sechzig Gebäuden, die sich über ein riesiges Gebiet von etlichen Quadratkilometern verteilten. Mitten hindurch floss die Havel, die Berlin von Brandenburg trennte. Wenn sie alle Häuser überprüfen wollten, bräuchten sie mehrere Tage, vielleicht sogar Wochen. Vom Personal ganz zu schweigen. Sie hatte es nur mit Müh und Not geschafft, Joachim Beckstein davon zu überzeugen, dass neben Erik Krüger und Nils Vehling nun auch Milan Zapke überwacht werden sollte. Ihr Chef hatte das Budget zähneknirschend freigeschaufelt. Laura setzte darauf, dass der Täter früher oder später zu seinem Opfer fuhr. Andererseits war es auf jeden Fall sinnvoll, ein paar dieser Häuser unter die Lupe zu nehmen.

»Wir schauen uns die Gebäude an, die von Charlottenburg aus am schnellsten zu erreichen sind. Das wären ungefähr zwanzig Objekte. Schnappen Sie sich Ihr Team und das von Peter Meyer. Fragen Sie Christoph Althaus von der Kripo nach Unterstützung und fahren Sie die Häuser ab.«

Martina Flemming nickte eifrig und eilte los.

»Glaubst du, das bringt was?«, fragte Max, der die ganze Zeit grübelnd vor dem Whiteboard gestanden hatte.

»Es ist zumindest eine Möglichkeit. Aber ich gebe dir recht, wir suchen nach der Stecknadel im Heuhaufen und uns läuft die Zeit davon.« Laura fuhr sich nachdenklich übers Kinn. Plötzlich fiel ihr der Schlüssel wieder ein, den sie bei der Leiche von Paula Maaßen gefunden hatten.

Ihr kam eine Idee.

»Was, wenn der Schlüssel vom Fundort Milan Zapke gehört?«

»Dann wäre er wohl überführt.«

»Lass uns etwas ausprobieren.«

49

Er kroch fast in sein Handy hinein. Marina hatte endlich die lose Bodendiele entdeckt. Sein Herz schlug so schnell, dass ihm schwindlig wurde.

Sie nahm den Schlüssel heraus und betrachtete ihn.

»Geh nicht«, flüsterte er nervös.

Sie gehorchte nicht, sondern stand auf und ging zur Tür. Zuerst drückte sie bloß die Klinke hinunter. Seine Hoffnungen schwanden von Sekunde zu Sekunde. Hatte er sich etwa in Marina getäuscht? Sie mochte ihn, da war er sicher. Zumindest bis vor wenigen Minuten hatte er ganz fest daran geglaubt. Doch jetzt steckte sie den Schlüssel ins Schloss. Er hörte auf zu atmen und sah ihr wie hypnotisiert zu.

»Nein«, flehte er. »Bitte nicht.«

Die Tür sprang auf und er machte die Augen zu. Keine Sekunde länger konnte er mit ansehen, wie die Frau, die er so verehrte, um die er sich so sehr gekümmert hatte, vor ihm davonlief. Was zum Teufel ging nur schief in seinem Leben? Sein Vater war nicht in der Lage gewesen, eine Frau zu halten, und ihm liefen sie ebenfalls reihenweise davon. Selbst wenn er sie einsperrte, schien es nicht das Geringste zu bringen. Dabei mussten sie doch erkennen, wie sehr er sich bemühte. Er behütete sie Tag und Nacht. Er schlug sie nicht aus einer Laune heraus, sondern weil er das Beste für sie wollte. Er ernährte sie. Versorgte sie. Warum zur Hölle funktionierte sein Plan nicht? Er wählte extra Frauen aus, die Hilfe benötigten. Er rettete sie, bevor sich ihre Lage zu einer Katastrophe entwickelte. Gab es denn in dieser Welt keine Dankbarkeit mehr? Er verlangte doch nicht viel. Er gab ihnen wunderschöne Zimmer. In einer Villa, die sie sich bis zu ihrem Lebensende nicht leisten könnten. Er verwöhnte sie mit leckeren Menüs, die ihre gewalttätigen Partner nie zustande bekämen. Er sprach mit ihnen und er interessierte sich aufrichtig für sie. Noch nie hatte er eine von ihnen angerührt und er war auch nur ein Mann. Er hatte Bedürfnisse. Sahen sie denn nicht, wie er ihretwegen zurücksteckte? Wütend ballte er die Faust.

»Verdammtes Miststück!«, schoss es aus ihm heraus.

Er blickte erneut auf sein Handy und ließ es beinahe fallen. Marina saß wieder auf dem Bett. Er pochte gegen das Display, weil er eine Sekunde lang dachte, die Kamera spielte verrückt. Doch dann bewegte sie den Kopf. Sie sah ihn geradeheraus an.

Er blinzelte erschrocken. Marina senkte den Blick. Erleichtert atmete er aus. Sie hatte die Kamera nicht entdeckt. Aber weshalb saß sie auf dem Bett, als wäre nichts geschehen? Die Tür war offen, warum lief sie nicht weg?

Sein Herz gab ihm die Antwort: Sie wollte nicht fort. Im Gegensatz zu all den anderen verstand sie ihn. Sie mochte ihn.

Er starrte sie an und lächelte.

»Marina«, flüsterte er heiser und strich ihr zärtlich übers Gesicht.

Plötzlich fiel ihm Eva wieder ein. Verflucht! Dieses Miststück hatte er ganz vergessen. Er musste sie dringend loswerden. Marina durfte nie erfahren, dass es außer ihr noch andere gab.

50

Die Sonne versteckte sich hinter ein paar dunklen Wolken. Laura blickte in den Himmel, der plötzlich grau und bedrohlich wirkte. Es sah nach Regen aus, vielleicht würde es sogar ein Gewitter geben. Sie beschleunigte ihre Schritte. Max kam ihr unschlüssig hinterher.

»Der Juwelier hat schon geschlossen. Wir können doch da nicht einfach rein.«

Laura winkte ab. »Ich will nur ausprobieren, ob der Schlüssel passt.«

»Warum sollte Zapke ausgerechnet diesen Schlüssel am Fundort verlieren?«

Laura blieb nicht stehen, sie seufzte: »Hör zu, Max. Ich muss es wissen. Wir testen kurz und dann sind wir wieder weg, okay?«

»Von mir aus«, stöhnte Max und trottete ihr weiter missmutig hinterher.

Laura huschte über den Parkplatz zum Hintereingang des Juweliergeschäfts *Ernst Göpke*.

»Hier ist das Lager«, flüsterte sie und zog den

Schlüssel aus der Hosentasche. Sie streifte sich Gummihandschuhe über und holte ihn aus der Asservatentüte. Vorsichtig schob sie den Schlüssel in das Sicherheitsschloss. Sie spürte keinen Widerstand.

»Das gibt es doch nicht«, stieß Max ungläubig aus, als sie den Schlüssel drehte und die Tür aufsprang.

»Ich hatte so eine Ahnung«, flüsterte sie triumphierend. »Ein Lagerraum, genau wie der Juwelier ihn beschrieben hat.«

»In dem er Zyankali lagert«, fügte Max hinzu und grinste. »Das hätte ich echt nicht für möglich gehalten. Lass uns Milan Zapke festnageln. Er hatte Zugriff zu diesem Schlüssel und hat ihn bei Paula Maaßens Leiche verloren.«

Laura wählte sofort die Nummer der zuständigen Streife. »Wo steckt Zapke?«, fragte sie ohne Umschweife.

»Ich wollte gerade Bescheid geben, dass er seine Wohnung verlassen hat und mit seinem Wagen in westlicher Richtung unterwegs ist.«

»Westliche Richtung?« Sie warf Max einen alarmierten Blick zu. »Folgen Sie ihm und lassen Sie ihn auf keinen Fall aus den Augen. Wir machen uns jetzt auf den Weg und stoßen dazu. Sobald er sich seiner Geisel nähert, schlagen wir zu. Ich fordere zusätzlich Verstärkung an.« Laura legte auf. Ihr ganzer Körper vibrierte vor Aufregung. Endlich hatten sie eine heiße Spur. Hoffentlich führte er sie zu seinem Versteck. Wenn Eva Hengstenberg überhaupt noch lebte, dürfte es zumindest psychisch äußerst schlecht um sie stehen.

»Los«, sagte sie zu Max, und beide sprinteten zum Wagen zurück. Kaum gab Max Gas, organisierte sie die Verstärkung.

Sie brausten durch Berlin. Die Straßen waren auch am Abend noch ziemlich verstopft. Max fluchte und hupte. Ständig musste er bremsen. Er ignorierte die Beschwerden der anderen Autofahrer, als er sich an einem Lkw vorbeiquetschte, der zwei Spuren blockierte. Sie benötigten fast eine halbe Stunde, bis sie den Streifenwagen endlich erreicht hatten.

»Da vorne fährt Zapke«, rief Laura und fixierte seinen Wagen, als könnte sie ihn dadurch aufhalten. »Er fährt Richtung Grunewald.« Das Herz donnerte ihr gegen die Rippen. Routinemäßig glitt ihre rechte Hand zur Dienstpistole. Das kühle Metall beruhigte sie. Sie hoffte, keinen Gebrauch von der Waffe machen zu müssen. Aber um das Leben von Eva Hengstenberg zu retten, würde sie vor nichts zurückschrecken.

»Er biegt ab«, sagte Max plötzlich.

Zapke lenkte seinen Wagen nach Norden.

»Vielleicht will er zum Spandauer oder zum Tegeler Forst.«

»Gut möglich. Von seiner Wohnung aus kann er es innerhalb einer halben Stunde zum Krankenhaus und anschließend in den Wald zu irgendeiner verlassenen Hütte oder einem Unterschlupf schaffen.« Max bremste ab. »Verdammt. Wo will er denn jetzt hin?«

Die Zivilstreife vor ihnen hatte fast eine Vollbremsung hingelegt, weil Zapke erneut abgebogen war. Langsam folgten sie dem Wagen. Die Häuser rechts und links der Fahrbahn wichen Bäumen und Sträuchern. Sie fuhren in einen Park.

»Könnte er hier seinen Unterschlupf haben?«, fragte Laura.

Doch Max antwortete nicht. Er hielt an, weil auch die Streife angehalten hatte. Milan Zapke stieg in etwa hundert Meter Entfernung aus.

»Hinterher!«, rief Laura und sprang mit Max gleichzeitig aus dem Wagen.

»Ich hab ein gutes Gefühl«, stieß er aus und zeigte auf ein Schild.

»Friedhof«, las Laura vor. Im selben Moment traf die Verstärkung ein. Vier vermummte Kollegen rannten auf sie zu.

»Ist er das?«, fragte einer von ihnen und deutete in Zapkes Richtung.

Der Verdächtige näherte sich dem von einer mannshohen Hecke umgebenen Friedhof. Zapke ging auf das gusseiserne Tor zu.

Laura nickte. Die Männer verteilten sich wortlos auf dem Gelände. Sie gehörten zu einer Spezialeinheit, die solche Zugriffe täglich trainierte.

»Was hat er da in der Hand?«, raunte Laura und setzte sich ebenfalls in Bewegung.

»Sieht aus wie Blumen«, zischte Max und zog die Pistole aus dem Halfter. Er rannte voraus.

Zapke verschwand hinter der Hecke.

Sie huschten an den Eiben entlang bis zur Pforte. Laura blickte hindurch. Zapke marschierte mitten auf dem Hauptweg. Dann bewegte er sich nach rechts. Aus dem Augenwinkel nahm Laura die Männer des Spezialeinsatzkommandos wahr. Sie lauerten in der Hecke, während die beiden Kollegen der Zivilstreife hinter ihnen in Stellung gegangen waren, um Zapke den Rückweg abzuschneiden.

Milan Zapke ging in aller Seelenruhe auf eines der Gräber zu. Davor blieb er stehen und senkte den Kopf.

Lauras Verstand arbeitete auf Hochtouren. Sie wollte diesen Mistkerl unbedingt festsetzen, doch irgendetwas stimmte nicht.

»Warte mal kurz«, flüsterte sie und ließ Max allein. Sie entfernte sich ein paar Meter, um Simon anzurufen.

»Wo ist Lena Reimann begraben?«, fragte sie, ohne

ihn zu begrüßen. Tief in ihrem Innersten kannte sie die Antwort. Verdammt! Sie wartete ein paar endlose Sekunden und lauschte dem Klappern von Simons Tastatur. Als er ihr die Daten durchgab, fluchte sie leise und legte auf.

Sie begab sich wieder an Max' Seite. »Pfeif das SEK zurück. Er besucht das Grab von Lena Reimann.«

Max' Augen weiteten sich verblüfft. Sofort griff er zum Funkgerät.

»Rückzug«, befahl er und warf einen skeptischen Blick auf Zapke. »Bist du dir sicher?«

Laura nickte. »Simon hat es gerade überprüft. Es besteht kein Zweifel.«

51

»Ich habe dir etwas zu trinken gebracht. Tut mir leid, dass ich nicht so oft hier war. Ich hatte viel zu tun.« Er stellte die Wasserflasche neben Eva ab.

Sie blinzelte und hielt sich den Arm vor die Augen. Dabei verzog sie das Gesicht so merkwürdig, dass er sich fragte, wie er sie jemals für hübsch gehalten haben konnte. In der Dunkelheit offenbart sich das wahre Gesicht eines Menschen, dachte er und musterte Eva eindringlich. Ihre Haut hatte einen gräulichen Teint angenommen. Die Haare wirkten stumpf, obwohl sie noch nicht mal eine Woche im Keller saß. Paula hatte dagegen richtig frisch gewirkt. Trotz all der Kratzer, die sie sich im Unterholz zugezogen hatte.

»Lassen Sie mir das Licht an?«, bat Eva mit dünner Kratzstimme.

Besonderes Durchhaltevermögen schien sie nicht zu besitzen. Wie konnte sie sich bloß so gehen lassen? Jeder Mensch schaffte es ein oder zwei Tage ohne Wasser. Die Verzweiflung in ihrer Stimme ärgerte ihn. Eva übertrieb wohl gerne. Sie sollte sich ein Beispiel an Marina nehmen. Sie wurde von Sascha windelweich geprügelt und hatte trotzdem Haltung bewahrt. Sie hatte ihn sogar angelächelt. Und Eva? Sie sah aus wie eine verbitterte alte Frau. Wie gut, dass er sie getestet hatte. Der Test log nie.

»Ich muss es reparieren«, behauptete er. »Eine Leitung ist durchgeschmort. Ich habe sie nur provisorisch überbrückt. Du musst dich noch ein wenig gedulden. Aber dann gehst du ins Licht.«

Natürlich verstand die dumme Eva seine Andeutung nicht. Sie runzelte nicht mal die Stirn oder sah ihn fragend an. Sie starrte auf ihre Schuhspitzen, als wenn die interessanter wären als er.

»Wenn ich das Kleid anziehe, darf ich dann wieder in mein Zimmer?«, fragte sie mit großen Augen.

Für einen winzigen Moment fühlte er sich geschmeichelt, weil sie ihn endlich anblickte und er jetzt die vollkommene Kontrolle über sie hatte. Er beugte sich zu ihr und roch an ihr. Sie duftete immer noch, trotz der muffigen Kellerluft. Er packte sie am Arm und zog sie an sich. Ihre Brüste berührten seinen Oberkörper. Eine Welle der Lust durchflutete ihn. Er griff ihr in die lange Mähne und riss ihren Kopf nach hinten. Genüsslich leckte er ihr über die Kehle. Sie wehrte sich nicht. Sie war völlig am Ende. Ein hohles Ding ohne eigenen Willen. Sie wollte ihn bloß täuschen. Eva war eine einzige Lüge. Seine Erregung verschwand auf der Stelle. Er stieß sie von sich.

»Trink etwas und zieh das Kleid an. Dann sehen wir weiter.«

Eva musterte ihn ängstlich. Ihre Lippen verzogen sich zu einer Art Lächeln. Er hatte genug. Eilig erhob er sich und hastete aus dem Raum, ohne sich noch einmal umzublicken. Gleich würde sie sich über das Wasser hermachen und spätestens in zehn Minuten wäre sie tot. Anschließend musste er sie entsorgen.

Er würde sie dahin bringen, wo sie hingehörte. Auf den Müll.

52

»Okay. Folgen Sie ihm trotzdem weiter«, beschloss Laura und legte entnervt auf. Wie viele Rückschläge musste sie eigentlich noch verkraften? Sie rieb sich müde die Augen und blätterte zum hundertsten Mal durch die Akten. Milan Zapke war nach seinem Friedhofsbesuch schnurstracks zurück in seine Wohnung gefahren. Seitdem hockte er dort vor dem Fernseher. Hatte er sie etwa bemerkt und agierte deshalb nicht weiter? Es ging auf Mitternacht zu. Hoffentlich machte er sich bald erneut auf den Weg. Oder war Zapke am Ende gar nicht der Gesuchte? Hatte sie etwas übersehen und war der Schlüssel am Fundort von Paulas Leiche ein bisher nicht erklärbarer Zufall? Zapke trug jedenfalls keine Schuld an den Verletzungen von Frau Kohlmeier. Der alten Dame war auf der Treppe schwindlig geworden. Sie hatte das Gleichgewicht verloren und war gestürzt. Das hatte sie Dr. Gebauer berichtet, nachdem sie im Krankenhaus aufgewacht war.

Laura gähnte, ohne den Blick von den Satellitenfotos zu nehmen. Max war längst nach Hause gefahren. Auch das Team von Martina Flemming hatte Feierabend gemacht. Zwölf Gebäude waren durchsucht worden, sie hatten nicht einen Hinweis auf Eva Hengstenberg oder die anderen Opfer gefunden. Im Gebäude des Landeskriminalamtes herrschte eine gespenstische Stille. Laura gehörte mit dem Sicherheitsdienst vermutlich zu den einzigen Menschen, die um diese Uhrzeit noch arbeiteten. Sie konnte jedoch jetzt nicht Feierabend machen. Ihre Sorge um Eva Hengstenberg wuchs von Minute zu Minute. Sie schaute auf ihr Handy und überprüfte, ob es auch wirklich auf laut gestellt war. Keinesfalls wollte sie den Anruf der Streife verpassen. Wieder betrachtete sie die übrigen möglichen Unterschluüpfe. Ob Eva in einem dieser Häuser gefangen gehalten wurde?

Eine Nachricht von Taylor erschien auf ihrem Display.

»Lass mich rein. Ich helfe dir.« Sie lächelte und erhob sich von ihrem Stuhl. Sie nahm die Treppe ins Erdgeschoss und öffnete Taylor die Tür.

»Dir raucht der Kopf«, stellte er fest und drückte ihr einen Kuss auf die Wange. »Zeit für Unterstützung. Ich wette, alle Akten liegen ausgebreitet auf deinem Tisch.«

»Ich weiß wirklich nicht mehr weiter«, berichtete Laura auf dem Weg ins Büro und fasste kurz die Ermittlungsergebnisse zusammen. »Nachdem ich festgestellt habe, dass der Schlüssel vom Fundort der letzten Leiche zum Lager des Juweliers passt, stand Milan Zapke für mich als Täter fest. Doch jetzt hockt er schon seit Stunden vor dem Fernseher. Dabei müsste er langsam mal in seinen Unterschlupf fahren, um sein Opfer zu sehen.«

Taylor dachte nach. Auf seiner Stirn breitete sich eine schmale Falte aus. Schließlich deutete er auf die Dokumente auf ihrem Tisch.

»Was davon hast du dir noch nicht angeschaut?«

Laura zuckte mit der Schulter. »Eigentlich bin ich alles durchgegangen. Manches mehrfach. Das kennst du ja.« Ihr Blick wanderte über die Akten zum Bildschirm. Plötzlich fiel ihr etwas ein. »Warte mal. Die E-Mails der letzten beiden Toten habe ich noch nicht angesehen.« Laura öffnete Simons Nachricht, in der er die E-Mails aus den vergangenen zwei Wochen im Leben der Opfer zusammengestellt hatte.

»Ich nehme Tamara Abaza und du schaust dir Paula Maaßen an«, schlug Laura vor. Sie druckte Taylor die Nachrichten aus, weil er hier keinen Computerzugang hatte. Sie arbeiteten hochkonzentriert.

Irgendwann sagte Taylor: »Wenn ich es richtig sehe, dann kennen Eva, Paula und Lena sich aus dieser Yogagruppe. Aber Tamara passt nicht, da sie Einzelstunden bekam.«

Laura nickte. »Das Yogastudio scheint trotzdem die Verbindung zwischen den Opfern zu sein.«

»Verstehe«, murmelte Taylor nachdenklich und sah sie an. »Dem Kursleiter lässt sich jedoch nichts nachweisen. Haben vielleicht alle vier beim selben Versandhändler Sportsachen bestellt? Ich hatte mal einen Fall, da war es am Ende ein Dienstleister, der Adressen von Frauen gesammelt hat.«

Laura prüfte sämtliche E-Mails der vier Teilnehmerinnen auf Bestellungen. Doch sie stellte keine Gemeinsamkeiten fest. Eva Hengstenberg schien überhaupt keine Internetkäufe zu tätigen. Paula Maaßen kaufte bei einem Discounter. Lena Reimann in einem Fachgeschäft und bei Tamara Abaza fand sie diverse Online-Käufe, die jedoch keine Relevanz hatten. Laura nahm abermals den Bericht von Martina Flemming zur Hand.

»Das Team hat sich gründlich umgeschaut. Sie

besuchten verschiedene Friseure, Supermärkte, Restaurants, sie trugen unterschiedliche Alltagskleidung. Es gibt bis auf das Yogastudio keine Verbindung, und das, obwohl die Frauen nicht weit voneinander entfernt wohnten. Sämtliche Nachbarn und die anderen Yoga-Teilnehmerinnen wurden befragt. Nichts.«

»Es muss etwas geben. Yoga kann es nicht sein, das wäre inzwischen aufgefallen. Ich glaube auch nicht, dass dieser Vehling der Täter ist. Warum sollte er seine eigene Kursgruppe dezimieren?« Taylor stand auf und tigerte vor ihrem Schreibtisch auf und ab.

Laura zermarterte sich das Hirn. Vermutlich hatte Taylor recht. Sie musste weg von diesem Yogastudio. Das war eine Sackgasse. Sie blieb auf einer Seite im Bericht hängen, auf der Martina Flemming die Kontobewegungen der letzten vier Wochen von Eva Hengstenberg aufgelistet hatte. Laura ging jeden einzelnen Posten durch. Miete, ein Zeitschriftenabo, Bargeldabhebungen, die Überweisung für einen Strafzettel und eine Abbuchung von einer Apotheke. Laura seufzte. Damit konnte sie nichts anfangen. Sie blätterte weiter und überprüfte die Daten von Tamara Abaza. Sie hatte Unmengen an Geld für Kleidung, Kosmetik und Friseurbesuche ausgegeben. Daneben fanden sich EC-Kartenzahlungen vom Supermarkt, Überweisungen an einen Internethändler für Nahrungsergänzungsmittel sowie die üblichen Daueraufträge für Miete, Abos und Mitgliedschaften. Die letzte Abbuchung für das Yogastudio lag nicht lange zurück, obwohl sie seit Wochen nicht mehr dort aufgetaucht war. Laura wollte gerade weiterblättern, als ihr eine kleinere Summe von fünfzehn Euro ins Auge sprang. Sie merkte sich die Buchung und machte bei Lena Reimann weiter. Ihr brannten die Augen vor Anstrengung. Trotzdem prüfte sie Position für Position. Auch bei

Lena Reimann entdeckte sie eine entsprechende Abbuchung.

Seufzend studierte Laura die Unterlagen von Paula Maaßen.

»Vermutlich nichts«, murmelte sie nachdenklich, wollte allerdings noch nicht aufgeben. Sie klickte abermals die E-Mails der Opfer an und suchte nach *Apotheke*.

Sofort erschienen drei Treffer auf ihrem Bildschirm. Nur Tamara fehlte, doch die hatte der Täter höchstwahrscheinlich auf einem anderen Weg kennengelernt. Laura war auf einmal hellwach. Sie kannte diese Apotheke. Dort arbeitete Milan Zapke. Aber warum hockte er jetzt teilnahmslos vor dem Fernseher? Sie las sich die einzelnen Bestellungen genau durch und fasste sich plötzlich an die Stirn.

»Verdammt. Ich habe einen Fehler gemacht.«

53

Ihre Blicke trafen sich und er fühlte zum ersten Mal in seinem Leben die Liebe. Dieses Gefühl berauschte ihn so sehr, dass er Marina hochhob und im Kreis herumschwang. Sie lächelte und strahlte wie eine Prinzessin. Weshalb hatte er sie nicht sofort gesehen? Wie oft hatte er sie besucht, mit ihr geredet und trotzdem gezweifelt? Er hatte an die Liebe auf den ersten Blick geglaubt, doch die schien es nicht zu geben. Das Herz brauchte länger, um zu sehen. Er verstand überhaupt nicht mehr, wieso er ausgerechnet bei ihr gezögert hatte. Er stellte sie vorsichtig auf die Füße, so als wäre sie eine kostbare, zerbrechliche Vase.

Marina löste sich ein wenig von ihm und schaute ihn an.

»Warum schließt du mich ein?«, fragte sie plötzlich und verwandelte sein Herz schlagartig in einen Eisklumpen.

»Ich behüte dich«, flüsterte er unsicher. Er wollte das Thema nicht vertiefen. Er musste sie einschließen, sonst würde sie davonlaufen.

»Ich würde mir gerne das schöne Haus ansehen, wenn ich darf. Ich verspreche auch, nicht rauszugehen. Ich fühle mich hier wohl. Du bist so gut zu mir, viel besser als Sascha.«

Ihre Worte entfachten ein neues Hochgefühl in seinem Bauch. Jetzt wusste er, warum so viele Menschen die Liebe mit Schmetterlingen gleichsetzten. Sein ganzer Körper vibrierte. Wie von selbst begann er zu nicken.

»Aber die Haustür bleibt verschlossen«, stieß er hervor, obwohl er genau das Gegenteil hatte sagen wollen. Sie sollte in ihrem Zimmer bleiben. Doch er brachte kein einziges Wort mehr heraus. Er hatte plötzlich Angst, sie zu enttäuschen. Sein Verstand glich einem verknoteten Wollknäuel. Verwirrt griff er sich an die Schläfen. Was machte diese Frau mit ihm? Auf einmal sah er seinen Vater vor sich. Er hatte seine Mutter auf dieselbe Art angesehen.

»Führst du mich herum?«

Sie riss ihn aus den Gedanken. Er wischte die Erinnerungen weg und konzentrierte sich wieder auf Marina.

»Gerne«, brachte er mühsam hervor und öffnete die Zimmertür. Marina umarmte ihn stürmisch und drückte ihm einen Kuss auf die Wange.

»Danke«, hauchte sie, und er fühlte sich, als würde er den Boden unter den Füßen verlieren.

Er schwebte beinahe über den Flur. Zum Glück steckte Eva im Keller, den würde er aussparen, aber alle anderen Räume durfte Marina sehen. Sie hakte sich bei ihm unter und ließ sich von ihm führen. Sein Herz schlug schnell und glücklich. Sein Hirn kannte nur noch einen Gedanken:

»Ich liebe dich, Marina!«

54

»Das muss er sein«, flüsterte Laura aufgeregt und zeigte Taylor ihre Entdeckung.

»Also ist es gar nicht Milan Zapke«, brummte Taylor und las die E-Mail-Nachrichten, die Laura nebeneinander auf dem Bildschirm angeordnet hatte.

»Ich hätte viel eher darauf kommen müssen«, fluchte sie. »Eine Frau, die geschlagen wird, versucht ihre Verletzungen zu verstecken. Niemand will ein Opfer sein, und es ist natürlich, die Wahrheit zu leugnen. Insbesondere bei Missbrauchsfällen ist das ein häufiges Phänomen. Deshalb zeigen die wenigsten Frauen ihren Ehemann an. Nicht nur aus Angst, sondern auch weil sie damit ihr heiles Weltbild zerstören würden. Was aber tun, wenn die Schmerzen nach einer Prügelattacke kaum auszuhalten sind?« Laura pochte auf den Bildschirm. »Sie besorgen sich Schmerztabletten. Sie wollen jedoch nicht in die Apotheke gehen. Es könnte sie jemand sehen und bemerken, dass sie verprügelt wurden. Also lassen sie sich die Medikamente nach Hause liefern. Himmel! Die Antwort lag die ganze Zeit vor meiner Nase.« Laura schüttelte fassungslos den Kopf und las die letzte Zeile der E-Mail laut vor, die in allen Nachrichten identisch war: »Vielen Dank für Ihren Auftrag. Unser Fahrer Samuel Maschke wird Sie bis heute Abend beliefern.«

Samuel Maschke. Laura hatte sein Gesicht vor Augen. Sie hatte sich sogar länger mit dem Neffen des Apothekers unterhalten, jedoch keinen Verdacht geschöpft. Sie war viel zu sehr auf Zapke fixiert gewesen. Dabei hatte der alte Apotheker ihr bereitwillig erzählt, dass die Medikamente von mehreren Mitarbeitern ausgeliefert wurden und dass Maschke sich um die Bestellungen kümmerte.

»Ich hätte viel eher darauf kommen müssen, spätestens als ich das Schlüsselbrett in der Apotheke gesehen habe. Sämtliche Schlüssel hängen dort. Also hat nicht nur Milan Zapke Zugriff, sondern im Grunde genommen jeder Mitarbeiter. Auch Samuel Maschke, der Neffe.« Laura wählte Simons private Handynummer. Trotz der späten Stunde ging der Computerexperte sofort ran.

»Kannst du mir die Adresse von Samuel Maschke besorgen?«, fragte sie und gab den Namen parallel in eine Internetsuchmaschine ein.

»Der wohnt über der Apotheke zusammen mit seinem Onkel«, sagte Simon nach einer Weile. »Unter dieser Adresse ist er gemeldet und sie steht ebenfalls im Telefonbuch.«

»Hält er Eva Hengstenberg in der Apotheke fest? Da ist doch viel zu viel los. Mitarbeiter, Kunden, Zulieferer. Es wäre bestimmt aufgefallen, wenn er vier Frauen dorthin gebracht hätte. Außerdem ist Paula Maaßen durch einen Wald gerannt und die Apotheke befindet sich mitten in der Stadt.« Laura zupfte sich am Ohrläppchen. »Besitzen Samuel Maschke oder sein Onkel weitere Immobilien? Kannst du das schnell rausfinden?«

»Ich versuche es und schaue mir zuerst Grundbücher an. Parallel sehe ich mal in alten Telefonbüchern nach. Früher wurde jeder dort aufgeführt und der Apotheker ist ja schon älter. Gut möglich, dass wir darüber schneller einen Treffer haben.«

»Okay. Gib mir Bescheid. Ich trommle die Spezialeinheit zusammen.«

55

Eva hielt die Wasserflasche in der Hand. Der Durst brachte sie beinahe um. Doch sie hatte etwas in den Augen ihres Entführers gesehen. Ein dunkles Funkeln. Sie kannte das von Frank. So sah er sie an, kurz bevor er zuschlug. Der Fremde hatte nichts Gutes mit ihr vor und deshalb trank sie nicht aus der Flasche. Vielleicht war gar kein Wasser darin. Außerdem musste sie nach wie vor im Dunkeln hocken. Das Licht war wieder ausgefallen, nachdem er gegangen war. Sie dachte an Paula und daran, dass immer noch keine Hilfe eingetroffen war. Bestimmt würde sie in diesem Keller elendig verhungern und verdursten. Irgendwann, viele Jahre später, würde jemand durch Zufall auf ihre verrotteten Knochen stoßen. Vermutlich könnte man sie nach all der Zeit nicht einmal mehr identifizieren. Sie bekäme nicht mal ein anständiges Grab. Hätte sie sich die Pulsadern vor ein paar Tagen bloß viel tiefer aufgeschnitten, dann wäre es längst vorbei gewesen und ihr wäre das alles hier erspart geblieben. Jeder wüsste Bescheid und sie würde einen Platz auf dem Friedhof erhalten.

Doch jetzt wollte Eva gar nicht mehr sterben. Noch nie in ihrem Leben hatte sie so sehr leben wollen. Sie weinte, ohne dass auch nur eine einzige Träne aus ihren Augen floss. Ihr ausgedörrter Körper verkrampfte sich vor Kummer. Still wimmerte sie vor sich hin.

Plötzlich jedoch vernahm sie ein Geräusch ganz in ihrer Nähe. Sie hob den Kopf und versuchte die Dunkelheit zu durchdringen. Doch sie konnte nicht mal die Hand vor Augen sehen.

Abermals hörte sie etwas. Jetzt deutlicher. Waren das Schritte?

Eva stellte die Wasserflasche ab und tastete sich vorwärts. Das Geräusch kam von draußen. Wenn sie sich richtig erinnerte, hatte sie dort ein verbarrikadiertes Kellerfenster gesehen. Sie kroch in die Richtung und lauschte. Plötzlich war es still.

Sie verharrte noch eine Weile und spitzte die Ohren. Dann kehrte sie zurück in ihre Ecke und kämpfte gegen den unerträglichen Durst an.

56

Laura ging voraus, die Pistole vor sich ausgestreckt. Über ihr rauschten dichte Baumkronen, die kaum etwas vom Mondlicht durchließen. Max und Taylor schlichen hinter ihr durchs Unterholz des Königswaldes. Simon hatte eine alte, leer stehende Villa ausfindig gemacht, die früher einmal als Pension gedient hatte und Samuel Maschke gehörte. Er hatte das riesige Gebäude von seinen Eltern geerbt, jedoch nie die Mittel besessen, es instand zu halten. Da half auch die kleine Apotheke seines Onkels, bei dem er nach dem Tod der Eltern aufgewachsen war, nicht viel. Laura hatte die tragische Familiengeschichte nur mit halbem Auge überflogen. Simon hatte einen alten Zeitungsbericht über die Pension aus einem Online-Archiv gefischt. Sie wollte Eva Hengstenberg retten. Wenn sie Glück hatten – und sie hoffte es inständig –, lebte die junge Frau noch.

Unter ihr knackte ein vertrockneter Zweig. Sie lauschte in die Dunkelheit hinein. Ganz in der Nähe musste der Schäferhund stecken. Sobald er auftauchte, sollte er betäubt werden. Der Knopf in ihrem Ohr rauschte. Die Spezialeinheit hatte bereits Stellung rund um das Gebäude bezogen. Das Gelände war zuvor mit einer Wärmebildkamera abgesucht worden. Bis auf den Hund befand sich niemand außerhalb des Gebäudes.

»Sind auf Position«, dröhnte es in Lauras Kopfhörer. Sie schlich weiter zum nächsten Baumstamm. Das Haus lag jetzt direkt vor ihr. Sie sah schwaches Licht in einem der Fenster.

»Hund ruhiggestellt«, meldete ein Kollege über Funk.

Laura atmete auf. Sie wollte keine Bekanntschaft mehr mit bissigen Hunden machen. Den Einsatz, in dem Max gebissen worden war und sich die Wunde später entzündet hatte, würde sie nie vergessen. Sie sah einen schwarzen Schatten, der sich zur Haustür bewegte. Sie folgte ihm lautlos. Der vermummte Polizist würde jeden Augenblick die Haustür öffnen. Den Moment wollte sie nicht verpassen.

»Tür geöffnet«, meldete der Polizist leise per Funk.

Laura nahm die drei Stufen zum Eingang mit einem Satz und glitt hinter ihm durch den schmalen Spalt. Im Flur gab der Kollege der Spezialeinheit ihr ein Zeichen. Sie sollte mit Max und zwei Polizisten nach oben. Er würde sich im Erdgeschoss umsehen. Taylor blieb ebenfalls unten. Sie stieg mit Max die Treppe hinauf und hielt sich dabei dicht an der Wand. Die alten Dielen knarrten. Sie verlangsamte das Tempo und lauschte aufmerksam, während sie vorsichtig eine Stufe nach der anderen nahm.

Nichts.

Das verdammte Haus lag in vollkommener Stille.

Oben im Flur blieb sie stehen. Sie sah nach links und nach rechts. Der Gang zog sich in die Länge. Diverse Türen gingen zu beiden Seiten ab. Die Polizisten liefen zur linken Seite, sie und Max machten sich in die andere Richtung auf. Max schlich voraus bis zum Ende des Ganges, während sie im vorderen Teil verblieb. Ungefähr auf der Hälfte des Flurs hatte sie das Licht im Fenster gesehen. Dort musste Samuel Maschke stecken. Sie knipste kurz ihre Stirnlampe aus, um zu sehen, durch welchen Türspalt Helligkeit drang. Die Lampe wieder eingeschaltet, näherte sie sich auf Zehenspitzen der dritten Tür. Ganz langsam drückte sie die Klinke hinunter. Hinter sich hörte sie etwas knacken. Sie sah sich kurz um, konnte jedoch nichts erkennen. Sie hielt die Luft an und spähte durch den Türspalt. Auf einem hellblauen Himmelbett lagen ein paar Kissen und eine ordentlich gefaltete Bettdecke. An der Wand gegenüber stand ein Kosmetiktisch. Daneben befand sich eine Tür. Laura huschte ins Zimmer und blickte sich gründlich um, bevor sie sich der Tür näherte. Sie lauschte zunächst und öffnete sie dann langsam. Das Badezimmer war ebenfalls leer. Es roch nach Seife, so als hätte vor Kurzem jemand geduscht.

Laura machte kehrt und durchsuchte das nächste Zimmer. Sie stieß auf ein rosafarbenes Himmelbett und im Badezimmer auf eine eingeschlagene Fensterscheibe. Sie probierte als Nächstes das Zimmer schräg gegenüber. Das Erste, was sie erblickte, war eine brennende Kerze. Sofort schoss ihr Puls in die Höhe.

Die Pistole auf das breite Bett gerichtet, betrat sie das Zimmer.

»Hände hoch«, rief sie und zielte auf die Person unter der Decke.

Nichts rührte sich. Laura ging mit vorgehaltener Waffe auf das Bett zu und zog die Bettdecke weg. Große dunkle Augen starrten sie ängstlich an. Ein unbekanntes Mädchen lag nackt auf dem Laken. Es verschränkte panisch die Arme vor der Brust. Sein Blick flackerte hektisch umher und blieb ein Stückchen über Lauras Kopf stehen.

Plötzlich hörte Laura ein Klicken hinter sich. Jemand hatte eine Waffe entsichert. Sie erstarrte.

»Leg die Waffe auf den Boden«, dröhnte eine tiefe Männerstimme direkt an ihr Ohr.

Laura reagierte nicht.

»Na los! Mach schon! Ganz langsam. Kapiert?«

Laura sah das Mädchen an, das auf einen Punkt hinter ihr starrte. Wie in Zeitlupe sank sie in die Knie, wobei sie unablässig in die Augen des Mädchens blickte. Demnach musste der Mann schräg hinter ihr stehen. Laura ging noch ein Stück weiter in die Hocke und fuhr mit einem Ruck herum.

Der Mann war verschwunden.

Laura blinzelte ungläubig und hastete auf den Flur. Wo war er so schnell hin? Max und zwei Kollegen des Spezialeinsatzkommandos stürmten ihr entgegen.

»Wo ist er?«, knurrte einer von ihnen mit vorgehaltener Waffe.

»Er stand gerade hinter mir, und im nächsten Augenblick war er weg.«

Der Polizist gab seinem Kollegen ein Zeichen. Die beiden begannen, die umliegenden Räume abzusuchen.

Laura ging zurück in das Zimmer zu dem Mädchen.

»Wo ist der Mann hin?«, fragte sie die Unbekannte.

»Ich weiß nicht«, erwiderte sie in gebrochenem Deutsch und zog die Bettdecke wieder hoch bis zum Kinn.

Laura blickte sich um. »Sie müssen doch gesehen haben, wo er hin ist.«

Das Mädchen schüttelte entschlossen den Kopf, beinahe ein wenig trotzig. Laura glaubte ihr kein Wort.

Max verschwand im Badezimmer.

»Nichts«, brüllte er. »Hier ist niemand. Das Fenster ist verschlossen.«

Er kam zurück und blickte sich um.

Laura stellte sich genau dorthin, wo sie eben gestanden hatte. Sie rief sich die Stimme des Unbekannten ins Gedächtnis und fuhr abermals herum. Ihr Blick fiel auf den Wandschrank, der vier Türen hatte. Sie riss die ersten beiden Türen auf.

Das Mädchen begann im gleichen Augenblick zu schreien:

»Lauf, Pedro! Lauf!«

Eine winzige Sekunde lang fragte sich Laura, wer zum Teufel Pedro war. Sie starrte in den leeren Schrank, der keine Rückwand hatte. Stattdessen klaffte hinter dem Schrank eine mannshohe Öffnung in der Mauer, die den Weg zu einer schmalen Wendeltreppe freigab.

»Ruf die Verstärkung und pass auf das Mädchen auf«, bat sie Max und stieg mit vorgehaltener Waffe die ausgetretenen Stufen hinab. Die Treppe schlängelte sich um eine Säule herum, sodass sie nicht weit nach unten sehen konnte. Laura stürmte hinunter bis in den Keller und erreichte abermals einen Gang, von dem mehrere Türen abgingen.

»Kommen Sie raus!«, brüllte Laura. »Das Haus ist umstellt. Sie haben keine Chance.« Sie lauschte, konnte jedoch nicht mehr hören als das Trampeln der Kollegen, die ihr in diesem Augenblick zu Hilfe eilten. Sie wandte sich nach rechts und stieß die nächste Tür mit dem Fuß auf. Der Strahl ihrer Stirnlampe fuhr über leere Kisten, staubige Möbel und altes Kinderspielzeug.

»Gesichert«, hörte sie von der anderen Seite des Kellers, wo die Kollegen begonnen hatten, die Räume zu durchforsten.

Sie leuchtete die Wände ab und entdeckte eine weitere Tür. Irgendwo in der Ferne über ihr kreischte das Mädchen. Laura drückte die Klinke hinunter. Die Tür war verschlossen. Sie nahm Anlauf und warf sich mit der Schulter dagegen. Das morsche Holz knirschte, doch das war nicht genug.

Plötzlich stand Taylor neben ihr. »Lass mich mal«, murmelte er und rammte die Tür mit aller Kraft. Diesmal funktionierte es. Das Schloss gab krachend nach. Laura stürmte mit ausgestreckter Waffe an ihm vorbei und hielt abrupt wieder an.

Auf dem Boden lag eine Frau. Sie rührte sich nicht. Ihre rechte Hand ruhte auf einer Wasserflasche.

»Eva?«, rief Laura und nahm ihr Gesicht in die Hände. »Können Sie mich hören?«

Eva Hengstenberg reagierte nicht. Laura fühlte dennoch einen schwachen Puls.

»Wir brauchen sofort einen Arzt«, rief sie und suchte die bewusstlose Frau nach Verletzungen ab. Ihre Zeigefinger waren verbunden. Ansonsten fand Laura auf Anhieb nichts, was auf schwere Verletzungen hinwies.

»Hoffentlich hat er sie nicht vergiftet«, flüsterte sie, während Taylor eine Decke über Eva Hengstenberg legte, die er rasch besorgt hatte.

»Sie wird bestimmt durchkommen«, erwiderte er und hob die Frau hoch. »Ich bringe sie nach draußen, dort wartet schon der Rettungswagen.«

Laura folgte Taylor durch den Keller. Sie nahmen nicht die Wendeltreppe, sondern das Treppenhaus.

Die Notärztin kam ihnen bereits auf der Schwelle der Haustür entgegen. Eva Hengstenberg wurde in Windeseile in den Rettungswagen verfrachtet. Er düste mit Blaulicht davon, noch bevor Laura fragen konnte, ob sie es schaffen würde. Verzweifelt blickte sie den blinkenden Lichtern hinterher.

»Nein«, kreischte irgendwo eine Frauenstimme herzzerreißend. »Nein!« Laura stürmte sofort zurück ins Haus. Die Schreie kamen von oben. Sie nahm die Treppe und rannte in das Zimmer, in dem sie das Mädchen gefunden hatte. Was sie dort erblickte, ließ ihr das Blut in den Adern gefrieren.

»Lassen Sie ihn gehen«, flehte das Mädchen, das plötzlich eine Pistole in der Hand hielt. Die Unbekannte zielte auf Max, der vor dem Wandschrank stand und ihr den Rücken zuwandte. Die Waffe des Mädchens zitterte so stark, dass sie ihm fast aus den Fingern glitt. Trotzdem rührte Max sich nicht von der Stelle. Er hielt seine Pistole ebenfalls ausgestreckt vor sich, gerichtet auf etwas in dem Schrank.

Das Mädchen achtete nicht auf Laura, als sie lautlos das Zimmer betrat, sondern starrte weiterhin auf Max' Rücken. Die beiden letzten Türen des Schrankes standen jetzt ebenfalls offen. Innendrin hockte Samuel Maschke. Er hatte die Hände über den Kopf gehoben und war wie das Mädchen splitternackt.

»Wie heißen Sie?«, fragte Laura die vor Angst bebende junge Frau und näherte sich langsam dem Bett.

»Marina«, erwiderte sie. »Der Polizist soll Pedro in Ruhe lassen. Wir haben nichts getan. Begreifen Sie?«

Laura nickte. »Ich verstehe Sie, Marina. Sie sind freiwillig hier?«

»Natürlich«, stieß Marina überrascht aus, ohne die Waffe herunterzunehmen. Doch für einen winzigen Augenblick war sie abgelenkt.

Darauf hatte Laura gewartet. Sie schlug blitzartig zu. Die Pistole flog durch den Raum und landete scheppernd auf dem Boden.

Marina sprang auf und stürzte sich auf die Waffe.

»Nicht«, schrie Samuel Maschke plötzlich. »Marina. Nein! Lass die Pistole liegen!«

Marina hielt verdutzt inne. »Was sagst du da, Pedro? Wir wollen doch zusammen sein.«

»Ich will nicht, dass du meinetwegen im Gefängnis landest. Also bitte, lass die Pistole liegen und gehe mit den Polizisten mit. Du kannst ihnen alles erzählen. Sie werden dir helfen.« Maschke blickte zu Max. »Ich ergebe mich.«

Laura schaute verdutzt zwischen ihm und Marina hin und her. Warum nannte Marina ihn Pedro? Sie legte dem Mädchen die Decke über die Schultern und ließ es nach draußen führen. Marina warf Samuel Maschke einen sehnsuchtsvollen Blick zu. Laura verstand die Welt nicht mehr.

»Warum haben Sie all diese Frauen entführt und ermordet?«, fragte sie Maschke, nachdem Max ihm Handschellen angelegt und eine Decke gegeben hatte.

Maschke zuckte traurig mit den Schultern. »Sie haben nicht zu mir gepasst. Ich habe Marina zu spät kennengelernt.« In seinen Augen erkannte Laura die Verzweiflung. »Ich habe so viele Jahre lang nach jemandem wie ihr gesucht«, flüsterte er heiser und stockte, bevor er weitersprach: »Ich gebe alles zu. Aber bitte bringen Sie Marina nach Hause zu ihrer Mutter. Sie braucht ihre Familie.« Seine Stimme brach und er redete nicht weiter.

Musste er auch nicht. Laura fing langsam an zu begreifen, was die Schuld dieses Mannes natürlich nicht im Geringsten milderte. Doch jetzt ahnte sie immerhin, warum er das alles getan hatte.

»Führen Sie ihn ab«, sagte sie zu einem Beamten des Einsatzkommandos und griff zum Telefon. Sie musste wissen, wie es Eva Hengstenberg ging.

EPILOG

»Danke für alles«, flüsterte Marina und drückte Laura zum Abschied an sich.

»Gib mir Bescheid, wenn du bei deiner Mutter angekommen bist«, erwiderte Laura und lächelte Marina an. Für sie war es unvorstellbar, was das arme Mädchen in den letzten Monaten durchgemacht hatte. Erst wurde sie zur Prostitution gezwungen und anschließend von einem Serientäter entführt. Zumindest sah Laura es so. Für Marina hingegen war Samuel Maschke ihr Retter. Sie hatte sich Hals über Kopf in ihn verliebt. Ihm schien es tatsächlich ähnlich zu gehen. Er hatte während der gesamten Vernehmungen keine Möglichkeit ausgelassen, sich nach Marina zu erkundigen. Wenn er von ihr sprach, trat ein derartig liebevoller Ausdruck in seine Augen, dass Laura nicht glauben konnte, einem Serienmörder gegenüberzusitzen. Wie konnte ein Mensch gleichzeitig voller Grausamkeit und Liebe sein?

»Flug EW dreihundertsieben ist zum Einsteigen bereit«, knatterte eine Stimme aus den Lautsprechern des Flughafens und rief Laura in die Gegenwart zurück.

»Auf Wiedersehen und pass auf dich auf«, sagte sie und schob Marina zur Sicherheitskontrolle.

Marina drehte sich noch einmal zu ihr um und lächelte. Sie verschwand durch eine gläserne Tür, die sie zum Flugzeug führen würde.

Laura blickte ihr hinterher, bis sie verschwunden war. Taylor, Max und sie hatten ihr das Geld für den Flug gegeben, weil sie wollten, dass sie so schnell wie möglich zurück zu ihrer Mutter nach Rumänien kam. Marina hatte genug gelitten und sollte nicht auch noch auf die langwierigen Genehmigungsprozesse deutscher Behörden warten müssen, die ihr sicherlich irgendwann finanzielle Unterstützung zugesagt hätten. Marina hatte ihnen geholfen, Sascha Ciobanu aus dem Verkehr zu ziehen. Er würde sich wegen Menschenhandels, Zwangsprostitution und Vergewaltigung und diverser anderer Delikte vor Gericht verantworten müssen. Dafür würde er viele Jahre ins Gefängnis gehen und könnte Marina und ihrer Familie nicht mehr gefährlich werden.

Laura wandte sich ab und ging zu Taylor, der ein wenig abseits auf sie gewartet und telefoniert hatte.

»Wird sie zurechtkommen?«, fragte er und legte den Arm um sie.

»Ich denke schon. Sie ist stark, viel stärker, als sie denkt. Früher oder später wird sie das Erlebte verarbeiten und sicherlich auch erkennen, dass es keine echte Liebe ist, die sie und Samuel Maschke verbindet.«

Als sie das Flughafengebäude verlassen hatten, blieb Taylor stehen und sagte: »Gute Nachrichten. Eva Hengstenberg wurde aus dem Krankenhaus entlassen. Sie wird wieder ganz die Alte.« Er korrigierte sich: »Na ja, hoffentlich nicht ganz die Alte. Sie macht jetzt eine Therapie. Aber ich bin sehr froh, dass sie offenbar nicht mehr darüber nachdenkt, sich das Leben zu nehmen. Sie hat sich übrigens von ihrem Lebensgefährten getrennt.«

»Das ist ja wunderbar. Ich hoffe, dass sie jemanden findet, der sie wirklich glücklich macht.« Laura freute sich aus tiefstem Herzen. Die meisten Frauen schafften es nicht dauerhaft, sich von ihrem gewalttätigen Partner zu trennen. Sie wünschte Eva Hengstenberg Durchhaltevermögen. Ein Mann wie Frank Kahlau würde sich vermutlich nie ändern und deshalb war Evas Entscheidung der richtige Weg. Sie hatte Besseres verdient, vor allem nachdem sie in Samuel Maschkes Pension durch die Hölle gegangen war. Instinktiv hatte sie nicht aus der Wasserflasche getrunken. Laura war so froh darüber, dass Eva überlebt hatte. Und das hatte sie ihrem Durchhaltevermögen zu verdanken. Eva Hengstenberg wusste jetzt, dass sie sich nicht von einem Mann abhängig zu machen brauchte. Sie konnte ihr Leben ganz allein führen. Laura hoffte, dass sie in der Therapie lernen würde, klare Grenzen zu ziehen und auf ihren Instinkt zu hören.

Taylor sah Laura tief in die Augen. »Du machst mich übrigens sehr glücklich«, flüsterte er und zog sie an sich.

»Du mich auch«, hauchte sie.

Er küsste sie. Über ihren Köpfen donnerte ein Flugzeug hinweg. Doch Laura nahm es nur ganz am Rande wahr. In ihrem Bauch kribbelte es. Sie musste Taylor unbedingt noch etwas zeigen.

»Lass uns fahren«, sagte sie und ging zum Auto. Taylor blickte sie schweigend an. Er fragte nicht, wohin. Laura gab Gas und steuerte den Wagen hinaus aus Berlin. Als sie an einem See vorbeifuhr, kamen ihr kurz Zweifel. Doch sie kehrte nicht um. Taylor hatte so viel von sich offenbart. Er hatte ihr erzählt, wie er versucht hatte, seine Schwester Teresa aus ihrem brennenden Haus zu retten. Er kam zu spät und wurde dabei selbst verletzt. Nun war sie an der Reihe. Vielleicht würde er ihr irgendwann wehtun. Niemand konnte in die Zukunft blicken. Aber Laura konnte heute dafür sorgen, dass es keine Geheimnisse mehr zwischen ihnen gab.

Sie hielt vor einem von Pflanzen überwucherten Gebäude an. Ihr Herz schlug schneller. Taylor sah sie fragend an. Laura stieg aus und zog ihn mit sich. Erst als sie mitten im Pumpwerk standen, an der Stelle, an der Jahre zuvor ihre dreckige Matratze gelegen hatte, griff sie an die Narben unter ihrem Schlüsselbein.

»Du hast mir vor längerer Zeit erzählt, woher die Narben auf deinem Rücken stammen. Jetzt erzähle ich dir meine Geschichte.« Sie senkte den Blick, weil ihr plötzlich die Worte fehlten. Doch dann platzte alles aus ihr heraus. Der Fremde, der sie hierher in dieses Pumpwerk entführt hatte. Die Ängste, die sie damals ausgestanden hatte und die sie bis heute in ihren Träumen verfolgten. Das schmale Rohr, durch das sie entkommen konnte. Und dass dieses Monster immer noch irgendwo frei herumlief. Taylor hörte die ganze Zeit schweigend zu und hielt sie im Arm. Als sie fertig war, bedrängte er sie nicht mit Fragen. Er drückte sie ein wenig fester an sich, sodass sie seine Wärme spüren konnte. Minutenlang verharrten sie eng umschlungen. Laura fühlte, wie eine schwere Last von ihr abfiel. Jetzt musste sie sich nicht länger vor ihm verstellen.

»Es bedeutet mir unendlich viel, dass du mir von diesem Albtraum erzählt hast.« Er sah ihr tief in die Augen. »Ich liebe dich, Laura Kern, und ich schwöre, dass ich dich beschützen werde.«

ENDE

NACHWORT DER AUTORIN

Liebe Leserin, lieber Leser,

ich möchte mich ganz herzlich dafür bedanken, dass Sie meinen Roman gelesen haben. Ich hoffe, Ihnen hat die Lektüre gefallen und Sie hatten ein spannendes Leseerlebnis.

Die Figuren in meinem Buch sind übrigens frei erfunden. Ich möchte nicht ausschließen, dass der eine oder andere Charakterzug Ähnlichkeiten mit denen heute lebender Personen haben könnte, dies ist jedoch keinesfalls beabsichtigt.

Wenn Sie an Neuigkeiten über anstehende Buchprojekte, Veranstaltungen und Gewinnspiele interessiert sind, dann tragen Sie sich in meinen Newsletter oder in meine Telegram Liste (jetzt neu statt WhatsApp) ein:

- **Newsletter: www.catherine-shepherd.com**
- **Neuigkeiten über die App „Telegram":** Wenn Sie die App bereits haben, einfach nach meinem Kanal CatherineShepherd

(zusammengeschrieben) suchen oder auf den nachfolgenden Link klicken: **https://t.me/catherineshepherd**
- Die Telegram App können Sie hier herunterladen: **www.telegram.org**

Sie können mir auch gerne bei Facebook, Instagram und Twitter folgen:

- **www.facebook.com/Puzzlemoerder**
- **www.twitter.com/shepherd_tweets**
- **Instagram: autorin_catherine_shepherd**

Natürlich freue ich mich ebenso über Ihr Feedback zum Buch an meine E-Mail-Adresse:

kontakt@catherine-shepherd.com

Zum Abschluss habe ich noch eine persönliche Bitte an Sie. Wenn Ihnen dieses Buch gefallen hat, würde ich mich über eine kurze Rezension freuen. Keine Sorge, Sie brauchen hier keine »Romane« zu schreiben. Einige wenige Sätze reichen völlig aus.

Sollten Sie bei *Leserkanone*, *LovelyBooks* oder *Goodreads* aktiv sein, ist natürlich auch dort ein kleines Feedback sehr willkommen. Ich bedanke mich recht herzlich und hoffe, dass Sie auch meine anderen Romane lesen werden.

Ihre Catherine Shepherd

WEITERE TITEL VON CATHERINE SHEPHERD

Zons-Thriller Band 1 bis 4

Zons-Thriller Band 5 bis 8

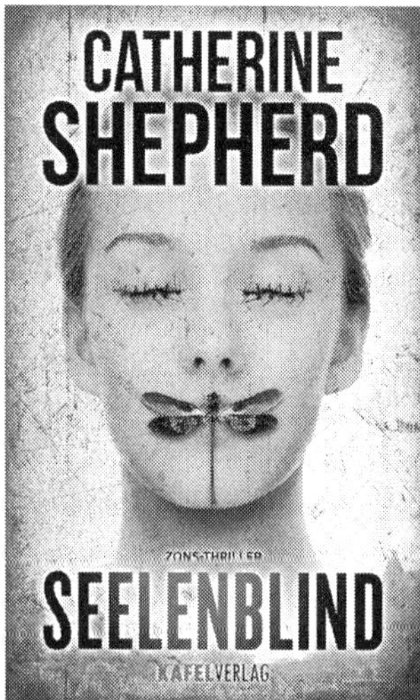

Zons-Thriller Band 9 und 10

Laura Kern-Thriller

Julia Schwarz-Thriller

ÜBER DIE AUTORIN

Die Autorin Catherine Shepherd (Künstlername) lebt mit ihrer Familie in Zons und wurde 1972 geboren. Nach Abschluss des Abiturs begann sie ein wirtschaftswissenschaftliches Studium und im Anschluss hieran arbeitete sie jahrelang bei einer großen deutschen Bank. Bereits in der Grundschule fing sie an, eigene Texte zu verfassen, und hat sich nun wieder auf ihre Leidenschaft besonnen.

Ihren ersten Bestseller-Thriller veröffentlichte sie im April 2012. Als E-Book erreichte »Der Puzzlemörder von Zons« schon nach kurzer Zeit die Nr. 1 der deutschen Amazon-Bestsellerliste. Es folgten weitere Kriminalromane, die alle Top-Platzierungen erzielten. Ihr drittes Buch mit dem Titel »Kalter Zwilling« gewann sogar Platz Nr. 2 des Indie-Autoren-Preises 2014 auf der Leipziger Buchmesse. Seitdem hat Catherine Shepherd die Zons-Thriller-Reihe fortgesetzt und zudem zwei weitere Reihen veröffentlicht.

Im November 2015 begann sie mit dem Titel »Krähenmutter« eine neue Reihe um die Berliner Spezialermittlerin Laura Kern (mittlerweile Piper Verlag) und ein Jahr später veröffentlichte sie »Mooresschwärze«, der Auftakt zur dritten Thriller-Reihe mit der Rechtsmedizinerin Julia Schwarz.

Mehr Informationen über Catherine Shepherd und ihre Romane finden sich auf ihrer Website:

www.catherine-shepherd.com

Printed in Germany
by Amazon Distribution
GmbH, Leipzig

18948682R00197